www.blue-panther-books.de

HELEN CARTER

ANWALTSHURE²

EROTISCHER ROMAN

www.blue-panther-books.de

BLUE PANTHER BOOKS TASCHENBUCH
BAND 2159

1. AUFLAGE: AUGUST 2009

VOLLSTÄNDIGE TASCHENBUCHAUSGABE

ORIGINALAUSGABE

COVER: ISTOCK
UMSCHLAGGESTALTUNG: WWW.HEUBACH-MEDIA.DE
GESETZT IN DER TRAJAN PRO UND ADOBE GARAMOND PRO

PRINTED IN GERMANY
ISBN 978-3-940505-32-3

WWW.BLUE-PANTHER-BOOKS.DE

INHALT

Mit dem Gutschein-Code

HC2TBKPZU

erhalten Sie auf

www.blue-panther-books.de

diese exklusive Zusatzgeschichte als PDF.
Registrieren Sie sich einfach online
oder schicken Sie uns die beiliegende
Postkarte ausgefüllt zurück!

Der Russe Sergeij

Weder die Sonne noch die ungewohnten Geräusche in meinem Apartment hatten mich geweckt. Es war vielmehr der Duft nach gebratenem Speck, Toast und Butter.

Ich saß aufrecht in meinem Bett und fragte mich, was da vor sich ging, denn zwei von diesen drei Sachen gab es gar nicht in meinem Haushalt.

Dass es weder Speck noch Butter in meiner Küche gab, bedeutete aber nicht, dass sie meinen Appetit nicht geweckt hätten.

Also stand ich auf, zog meinen sanft fließenden champagnerfarbenen Morgenmantel über und verknotete ihn nachlässig in meiner Taille. Noch einen schnellen Blick in den Spiegel und ab in die Küche.

Und da wartete meine nächste Überraschung: Ein Mann stand an meinem Herd und rührte in einer meiner größten Pfannen.

Er musste mein Näherkommen gespürt haben, denn im nächsten Moment drehte er sich zu mir um und lächelte.

»Guten Morgen, meine Kleine!«

Der Ausdruck war sehr passend, denn Sergeij war ungefähr einen Meter neunzig groß, während ich gerade mal auf gut einen Meter fünfundsechzig kam.

Sein ganzer Körper war imposant und alles andere als zierlich.

Er hatte nicht die eleganten Formen von Derek McLeod, der nackt einem gut trainierten Balletttänzer glich. Sergeij war eher grobschlächtig mit einer leichten Speckschicht, die er aber offensichtlich durch regelmäßige Fitness in Schach hielt. Er genoss gutes Essen und Getränke, und das sah man auch.

Im Moment stieß er beinahe mit seinen blonden Haaren gegen meine Ablufthaube. Sergeij trug sein Haar an den Seiten militärisch kurz geschnitten, nur das Deckhaar war etwas länger und glitt in leicht widerspenstigen Wellen über seinen Kopf nach hinten. Eine Frisur, die das längliche Oval seines Gesichtes noch ein Stück weit betonte. Es kitzelte in meinen Fingern, sie zu kraulen, doch ich hätte sie nicht erreicht, selbst, wenn ich es mir gestattet hätte. So stand ich nur da und sah ihm dabei zu, wie er, lediglich mit seiner Hose bekleidet, stumm vor sich hin arbeitete.

»Hast du gut geschlafen?«, fragte ich ihn und durchbrach damit die Stille.

Er nickte und ich bildete mir ein, ein Lächeln an der Seite seines Gesichtes gesehen zu haben.

»So. Fertig. Hast du Hunger mitgebracht?« Er hielt mir strahlend die Pfanne entgegen, in der sowohl Speck als auch Toast in aufgelöster Butter förmlich zu schwimmen schienen. Dieses Frühstück warf mich diätmäßig um Jahre zurück.

»Was machst du denn für ein Gesicht? Sieht es nicht gut aus?« Er hatte leichte Ringe unter den Augen, die hervorgehoben wurden durch die Tatsache, dass sein ganzes Gesicht mitlächelte.

»Doch, fantastisch. Aber …« Ich stutzte.

Seine Schultern sackten herunter und seine strahlend blauen Augen fixierten mich. »Es ist dir zu fett. Du hast Angst um deine Figur.«

Es war mir außerordentlich peinlich, mein Gewicht mit einem nagelneuen Liebhaber zu diskutieren. Hatte ich doch eigentlich die etwas irrige Vorstellung, Männer sollten die Figur einer Frau für gottgegeben halten.

Sergeij stellte die Pfanne auf den Herd zurück und war mit einem Schritt bei mir. Er legte seine mächtigen Arme um meine Taille und ließ dann seine Hände auf meinen Pobacken ruhen. Doch was heißt *ruhen?* Er begann im gleichen Moment, sie intensiv zu kneten.

»Ich habe eine Lösung: Du wirst jetzt mit mir zusammen kräftig essen und dann trainieren wir im Bett alles wieder ab. Ja?«

Allein die Vorstellung, seinen großen, harten Schwanz wieder in mir zu spüren, war so verführerisch, dass ich das Frühstück augenblicklich ausfallen lassen wollte.

Seine Hand tauchte in meinen Ausschnitt und umfasste meine Brust. Ohne nachzudenken griff ich nach der Beule in seiner Hose und Sergeij stöhnte auf. Himmel, er war bereit! Mit geschlossenen Augen legte ich meinen Hinterkopf gegen die Wand und folgte seinen Berührungen ... Seine Hände öffneten den Gurt meines Mantels und seine Lippen saugten meine Nippel ein. Augenblicklich begannen seine Zähne an den hart aufgerichteten Spitzen zu knabbern.

Als seine Finger zwischen meine Labien glitten und in meine intimste Öffnung eintauchten, war es, als habe mein Unterleib nur darauf gewartet, sich verströmen zu dürfen.

Leicht sackte ich in die Knie und ein Wimmern entrang sich meinen Lippen, das im nächsten Moment von seinen Küssen erstickt wurde.

Sergeij musste sich förmlich zusammenkrümmen, um meinen ganzen Körper so zu kosen und zu bearbeiten, wie er es gerade tat. Doch der Größenunterschied störte weder ihn noch mich. Und als Sergeij seine Hose herabgleiten ließ, hatte ich bereits mein Bein um seine Hüfte geschlungen und meine Möse, nass und erregt auf sein Eindringen harrend, weit für ihn gespreizt.

So saugte er an meinem Hals und knabberte an meinen Brüsten, während sich seine Erektion den Weg in mein geschwollenes Fleisch bahnte.

Wollüstig spannte ich meine Muskeln an und ließ Sergeij aufstöhnen von der plötzlichen Festigkeit, mit der mein Innerstes seinen Schwanz umschloss. Er warf seinen Kopf in den Nacken und stieß mit solcher Wucht in mich hinein, dass ich aufschrie und sich mein Körper im nächsten Moment in einem ungeheuren Orgasmus verkrampfte. Sergeij hatte einige Mühe, mich zu halten und drang so noch tiefer in mich ein, allein, weil er mich mit seinem Unterleib gegen die Wand gepresst hielt. Ich schrie und stöhnte, hechelte die im Krampf aufgestaute Luft ruckartig aus meinen Lungen und schlug dann meine Zähne in seine Brust. Der Schmerz kam für ihn so unerwartet, dass er aufstöhnte und dann erstarrte. Seine Härte zuckte in mir und verströmte sich in heißen Lava-Wellen in meinen Schoß. Am Ende meiner Kräfte, mit schmerzenden Beinen, die nach Entlastung schrien, klammerte ich mich an seinen Körper, presste mich in sein warmes, glattes Fleisch und saugte seinen Duft in mich ein.

Langsam ließ Sergeij von mir ab und mit einem Schwall seines Samens entzog er mir seinen Schwanz.

»Jetzt kannst du reinhauen, oder?«, sagte er kess und öffnete Tür um Tür meiner Küchenschränke, bis er die Teller gefunden hatte, die er sodann üppig mit Speck und Toast füllte. Dann trug er beide an den Esstisch, wo schon Besteck und Servietten lagen.

»Ich wusste nicht, ob du zum Frühstück Tee oder Kaffee bevorzugst«, sagte er.

»Kaffee. Und du?«

Er sah mich lange an, als denke er über etwas ganz anderes nach und könne sich nicht auf meine Frage konzentrieren. Seine blauen Augen hielten mich umklammert und fixierten mich in einer Härte, die ich so bei keinem Menschen je gesehen hatte. Ein Blick, als gälte es eine Antwort auf die Frage nach Leben und Tod zu finden. Dann aber straffte sich sein Rücken, er erhob sich und teilte mir mit tiefer Stimme mit: »Kaffee. Zum Frühstück trinke ich immer Kaffee.«

Ich lächelte. »Das werde ich mir merken, Sergeij.«

Seine Hand lag an meiner Wange und er sah mit leicht schräg gelegtem Kopf auf mich herab. Alle Härte war aus seinem Blick gewichen und hatte einer schier grenzenlosen Zärtlichkeit Platz gemacht.

»Ich hoffe es«, flüsterte er und drückte dann sacht seine Lippen auf meine.

***

Während des Frühstücks plauderten wir so angeregt, wie alte Freunde, die sich seit Jahren nicht mehr gesehen hatten. Er erzählte mir von seiner Heimat – er kam aus Sankt Petersburg – und wie er angefangen hatte, sich selbständig zu machen.

»Mein Vater sagte damals, eine Firma zu gründen, sei der gerade Weg in den Hungertod oder an den Strang.« Das Lächeln hüpfte von seinen Mundwinkeln bis hinauf in seine Augen.

»Bis jetzt scheinst du aber weder verhungert noch gehenkt worden zu sein!«, gab ich gut gelaunt zurück.

Sergeij schob ein Stück Speck mit der Gabel nachdenklicher über seinen Teller, als ich bei so einem Satz erwartet hätte.

»Tja, gegen das eine esse ich und gegen das andere beschäftige ich eine Armada von Anwälten und Bodyguards.«

Sofort hatte er sich wieder gefasst und ließ eine große Gabel voll Toast zwischen seinen wohlgeformten Lippen verschwinden. Es war mir selbst nur allzu klar, dass heutzutage russische Geschäftsleute in beständiger Gefahr schwebten. Sie hatten wohl nicht nur mit Konkurrenten im Geschäftsleben zu kämpfen, sondern auch mit korrupten Politikern und der Mafia. Wobei ich stets bezweifelte, dass es zwischen all diesen Gruppen klare Trennungslinien gab.

Ich trank einen Schluck Kaffee und wischte innerlich den Gedanken vom Tisch. Es ging mich nichts an. Schließlich war Sergeij ein Kunde und ich war eine Hure. Wie er seine Geschäfte betrieb, und welcher Natur diese Geschäfte waren, ging mich schlicht und ergreifend nichts an. George McLeod, meinem Auftraggeber, war nur daran gelegen, dass ich den Klienten seiner Kanzlei die Zeit vertrieb und dafür sorgte, dass sie entsprechend entspannt in die Gespräche mit ihm gingen.

Sergeij hatte seinen Teller ebenso geleert, wie ich den meinen. Und er hatte gerade die Gabel zur Seite gelegt, als sein Handy piepte.

»Es tut mir leid, aber ich muss gehen«, sagte er zu mir gewandt. »Ich habe schon gestern Abend den Termin ausfallen lassen. Noch einmal kann ich das nicht machen.«

Alles in mir drängte danach, ihn zu fragen, wann ich ihn wiedersehen würde, doch ich wagte es nicht. Instinktiv spürte ich, dass ich die Linie zu überschreiten drohte. Jene feine Linie, die ich selbst zwischen Job und Privatleben gezogen hatte.

Aber hatte ich sie nicht schon längst überschritten?

Ich lauschte dem Prasseln des Wassers in der Dusche, den Bewegungen seines Körpers darin. Wann hatte jemals ein Kunde in meiner Küche gestanden und ein Essen zubereitet? Nicht einmal George selbst war bis jetzt soweit gegangen.

Wie ich es auch drehte und wendete – wenn ich Herrin der Dinge bleiben wollte, musste ich dringend einen Punkt setzen.

Mein Kopf dröhnte und mein Herz hämmerte.

Was sollte ich nur tun?

Das Wasser hatte aufgehört zu rauschen und ich hörte Sergeijs leises Pfeifen. Kurz darauf stand er angezogen, wenn auch mit stoppeligem Kinn, vor mir.

»Du hast nicht zufällig einen Herren-Rasierer hier?«, wollte er wissen.

Eine seltsame Erleichterung erfasste mich, als ich verneinen musste. Wir wussten doch beide, welcher Profession ich mein Vermögen verdankte. Wir kannten doch den Grund, warum Sergeij am Abend zuvor plötzlich vor meiner Tür gestanden hatte.

Jetzt lächelte er und fuhr mit seiner Hand über sein raues Kinn. »Na, dann halt nicht.« Sein Lächeln erzählte von einer ebensolchen Erleichterung, wie meines. Zumindest interpretierte ich dies hinein.

Sergeij schlüpfte in seinen Mantel, während ich ihm unterdessen kniend die Schuhe zuband. Was für ein herrliches Gefühl, seine Hand auf meinem Kopf zu spüren. Wie seine Finger sanft über mein Haar strichen und eine leichte Wärme erzeugten. Es war eine Ahnung von Nähe, die mir gefiel. Sehr sogar.

Wie dringend wollte ich ihn fragen, ob er nicht doch noch bleiben könne, wann er wiederkäme … Tausend Fragen, die man einem Liebhaber stellt, aber keinem Kunden. Zumindest nicht, wenn man die professionelle Distanz wahren will. Oder wahren muss! Denn ich hatte allzu schmerzlich in Bezug auf George McLeod erfahren müssen, wie es einem ergeht, wenn man die Grenzen verwischt und dann zurechtgestutzt wird.

Mit zögerlichen Schritten brachte ich Sergeij zur Tür. Ich hatte in den vergangenen Stunden mit ihm mehr gelacht, als im ganzen vergangenen halben Monat. An seiner Seite hatte ich eine Leichtigkeit empfunden, die ich so beinahe vergessen hatte.

Jetzt sah ich die leere Straße hinter ihm. Die geparkten Autos. Eine Frau, die ihre Tasche über die Schulter warf und mit kleinen, schnellen Schritten voranmarschierte.

Jedes Detail betrachtete ich genau, nur um Sergeij nicht in die Augen sehen zu müssen. Nur, damit ich jetzt nichts sagte, was ich später bereuen würde.

»Kann ich dich anrufen, wenn ich wieder in London bin?«

Es war die Frage, die mein Herz zum Hüpfen brachte, die es heftig gegen meinen Brustkorb hämmern ließ.

Doch im gleichen Moment packte ich mich selbst im Nacken und riss mich zurück. Er war nichts weiter, als ein zufriedener Kunde. Nichts weiter. Und dass er Frühstück gemacht hatte, war vielleicht bei Russen normal – oder bei ihm – wenn er sich bei einer Nutte wohlgefühlt hatte.

Sergeijs Augen waren jetzt runder als gewöhnlich, denn seine Stirn lag in Falten und zog die Lider ein klein wenig nach oben.

»Ja. Ich würde mich sehr darüber freuen«, flüsterte ich.

Da beugte er sich zu mir herunter, legte seine Arme fest um meinen Rücken und küsste mich mit einer Inbrunst, die man als Frau nur selten erlebt. Fast so, als wollte er mit diesem Kuss einen Pakt besiegeln oder mit der Dauer der Umarmung die Wartezeit überbrücken, bis wir uns wiedersahen.

Erst in dem Moment, als er sich von mir löste und einen Schritt zurücktrat, sah ich ihn an und verlor mich in seinen Blicken, in diesem tiefen unergründlichen Blau, das wie gefrorenes Eis schimmerte.

Sergeij nickte mir zu, schien etwas sagen zu wollen, doch

wir schwiegen. Dann drehte er sich um und ich sah seinem breiten Rücken in dem hellen wehenden Trenchcoat nach, der die Stufen mit sehr gerader Haltung hinabstieg und auf den Mann zusteuerte, der ihm bereits den Schlag des Wagens offenhielt. Ein bisschen steif wirkte er, was mich amüsierte und viele andere sicher auf Distanz hielt.

Hinter der Scheibe waren Sergeijs Augen, die mich betrachteten, nur verschwommen wahrzunehmen. Sie verschwanden, als sich der Wagen in den Verkehr einfädelte und, gefolgt von zwei anderen Autos, die ebenfalls vor meinem Haus geparkt hatten, in Richtung Flughafen davonfuhr.

Mit schwerem Herzen schloss ich die Haustür, blieb aber noch lange stehen, die Stirn gegen das kühle Holz gepresst und kämpfte mit den Tränen. Bei meinem Glück mit Männern, würde er so bald nicht mehr auftauchen …

»EntJungferung«
Die Internet-Story

Mit dem Gutschein-Code

HC2TBKPZU

erhalten Sie auf

www.blue-panther-books.de

diese exklusive Zusatzgeschichte als PDF.
Registrieren Sie sich einfach online oder
schicken Sie uns die beiliegende
Postkarte ausgefüllt zurück!

SexDrive

George hatte mir unabsichtlich den restlichen Tag freigegeben, bevor er mich am späten Abend anrief.

»Kann ich bei dir vorbeikommen oder bist du noch immer sauer auf mich?«, fragte er.

Ich hasste den amüsierten Unterton in seiner Stimme, doch ich war milde gestimmt, wenn ich an Sergeij dachte und daran, dass ich seine Bekanntschaft ja Mister George McLeod – seit Neuestem »OBE« (Order of the British Empire) – verdankte.

»Nein, komm ruhig her«, ermunterte ich ihn.

Es dauerte keine halbe Stunde, da klingelte es an meiner Tür. Ich schaute durch den Spion und erkannte am silbergrauen Haar meinen Brötchengeber.

Er begrüßte mich mit einem Küsschen rechts und einem links und ging dann an mir vorbei ins Wohnzimmer.

»Kann ich dir einen Drink anbieten?«, fragte ich.

George setzte sich auf die cremefarbene Couch und schlug ein Bein elegant über das andere. »Nein danke. Ich habe noch einen langen Abend vor mir. Es wird anstrengend. Auch alkoholmäßig.« Dabei grinste er frech von einem Ohr zum andern.

»Fein. Und was führt dich dann zu mir?«, wollte ich wissen.

Sorgsam darauf bedacht, ihn ein gutes Stück meines oberen Strumpfrandes sehen zu lassen, lehnte ich mich weit zurück. So weit, dass meine Brüste gegen den Ausschnitt meines etwas zu engen Pullovers gedrückt wurden und ihm ein eindeutiges Angebot zukommen ließen. Ich wusste nur zu genau, was unsere rein geschäftliche Beziehung erforderte.

»Bist du hergekommen, um eine Nummer zu schieben?«

George beugte sich nach vorn und ließ seine Hand unter meinen Rocksaum gleiten. Ein eindeutiges Kribbeln brandete von meinem Rückgrad abwärts durch meinen Unterleib und meine Beine herab.

Sergeij hin oder her. George sah zum Anbeißen aus. Sein maßgeschneiderter Anzug saß exakt und seine silbergrauen Wellen funkelten beinahe. Er zündete sich eine obligatorische Zigarette an und blies den Rauch über sich in die Luft. Mit stetig schmutziger werdenden Gedanken betrachtete ich sein Gesicht mit der kräftigen Nase, die ein Verbindungsglied zwischen diesen ausdrucksvollen Lippen und seinen tiefblauen Augen zu sein schien. So, wie ich ihm nun gegenübersaß, mit prickelnder Spalte und kaum zu zügelnder Gier, plagte mich ein kleinwenig mein Gewissen wegen Sergeij. Aber wenn ich ehrlich war, dann war eigentlich nicht mehr zwischen uns gewesen, als eine heiße Nacht und ein kräftiges Frühstück. Er war ein Kunde und George bezahlte mich für den Sex, den ich mit ihm hatte.

»Wie war der Russe?«, fragte George in meine Gedanken hinein.

Mit meiner Selbstbeherrschung ringend, presste ich die Lippen fest aufeinander. »Das war ganz schön ausgefuchst von dir, mein Lieber – mir Sergeij herzuschicken, als du noch gar nicht wissen konntest, ob ich überhaupt noch für dich arbeite.«

Der hochgewachsene, schlanke Mann erhob sich elegant und ging zu dem Bartisch, wo er uns zwei Drinks mixte. George hatte einen Körper, der sein Alter Lügen strafte. Straff und sexy

– und das, wo George bereits Ende fünfzig war! Er schäumte Soda in die Gläser und reichte mir dann eins davon. Es lag schwer in meiner Hand und half mir dabei, mich abzulenken.

»Ich kenne deinen Sex-Drive«, sagte George gelassen. »Da braucht es nicht viel Menschenkenntnis, um zu wissen, dass du einem Mann wie Tretjakow keinen Korb geben würdest.«

Seine Blicke fixierten meine Brüste und waren wie glühende Strahlen, die meine Nippel erregten, ohne sie zu berühren.

Mein Atem begann schwerer zu gehen. Und ein Blick auf seinen Schritt genügte, um zu wissen, dass auch George nicht unwillig war. Warum bekam ich nur so furchtbar selten die Gelegenheit, es mit ihm zu treiben? Natürlich hatte ein Mann wie er Sex-Partnerinnen wie Sand am Meer, aber trotzdem …

Er stand noch immer direkt vor mir, sodass seine Beine fast meine Knie berührten. Seine Augen hafteten fest an meinem Ausschnitt und doch hielt er sich an seinem Drink fest, ohne auf mein »Angebot« einzugehen. Denn an meinen Absichten konnte kein Zweifel bestehen. Es wurde Frühling und ich war heiß.

So löste ich eine Hand von meinem Glas und umfasste seine Männlichkeit soweit ich konnte, drückte sanft zu und schenkte ihm einen lasziven Blick. »Kann ich dir denn heute gar keinen Gefallen tun?«, gurrte ich tief und kehlig.

»Du kleines Luder …« George kniff die Augen leicht zusammen und nur sein Mund lächelte.

»Du kannst doch vielleicht einen Moment später zu deinem Termin kommen, oder?« Langsam intensivierte ich den Druck auf seinen Schwanz.

»Ich habe sexmäßig schon Pläne für heute Abend, meine Süße.«

Noch gab ich mich nicht geschlagen! Ich zog den Pullover über meine Brüste herab und öffnete seine Hose.

»Aber nur eine schnelle Nummer, du böses, böses Mädchen!«

Ich brauchte nicht viel mehr tun, als mich auf die Couch zu knien und George meine Spalte entgegenzuhalten. Über meine Schulter blickend, sah ich, wie er seine Finger benetzte und sie mir dann ohne großes Federlesen in die Möse schob. Ich schrie vor Gier auf. Das war meine Lieblingskombination: Sex und ein wenig Qual.

Hechelnd verarbeitete ich das Gefühl, das George in mir auslöste, indem er mit seiner ganzen Hand meine Vagina weitete und so Platz für seinen Ständer schaffte.

Als er seine Finger wieder herauszog, schrie ich abermals auf, doch diesmal, weil ich kurz davor gewesen war, einen enormen Orgasmus zu genießen. Mit verzerrtem Gesicht starrte ich ihn über die Schulter hinweg an. »Steck ihn rein, verdammt noch mal!«, kommandierte ich atemlos. Atemlos vor Furcht, keine Erleichterung zu finden.

Doch George tat mir den Gefallen. »Willst du richtig hart gefickt werden?«, stieß er keuchend hervor.

»Ja! Ja!«, schrie ich mit beinahe heiserer Kehle.

Und noch ehe mein letztes Ja! verklungen war, rammte er mich mit einer Wucht, dass ich nach vorn kippte und mit dem Gesicht gegen die Rückenlehne stieß.

Sein Schwanz tobte sich in meiner gequälten Möse so sehr aus, sodass ich auf einer Welle aus Lust und Qual davongetragen wurde. Wieder und wieder stieß er auf das Heftigste in mich hinein, bis ich mir endlich gestattete, zu kommen. Seinen Riemen mit meinem Saft zu überfluten, seine Schreie mit meinem zu mischen ...

»Komm her, du Schlampe!«, stieß er keuchend hervor, riss seine Männlichkeit aus mir heraus und zerrte mich an der Schulter beinahe brutal herum.

Ein weiterer harter Griff und ich lag vor ihm auf den Knien, die lüsternen Blicke zu ihm emporgerichtet.

»Hab ich's dir gut besorgt, Schlampe?«, knurrte er.

Himmel, wie ich es liebte, wenn er so mit mir beim Sex sprach.

»Ja!«, rief ich begeistert.

»Dann werde ich jetzt in deinen Schlund abladen!«

In dieser Situation brauchte ich nichts weiter tun, als mit weit geöffnetem Mund seinen wichsenden Bewegungen zu folgen und zu warten, bis sein Sperma in hohem Bogen aus seiner Eichel geflogen kam. Ich streckte ihm meine Zunge entgegen, begierig, so viel als möglich von seinem Saft zu erhaschen. Denn was ich so nicht bekam, war unweigerlich auf meinen vollen Brüsten und meiner Kleidung verloren. Die cremige Flüssigkeit tropfte aus meinen Mundwinkeln und floss auf meinen Busen. Mein Körper hatte sich in einen warmen Strom verwandelt, auf dem meine Lust davonglitt.

Mit heftig sich hebender und senkender Brust machte George ein paar Schritte rückwärts und stopfte seinen schlaff herabhängenden Schwanz in die Hose zurück, während ich erschöpft zu Boden rutschte, den Rock über den Hüften hochgeschoben.

»Das ist das Unglaubliche an dir, du kleines Miststück … Jedes Mal, wenn ich mit dir zusammentreffe, kann ich mir noch so sehr vornehmen, dass ich dich *nicht* ficken werde – es klappt nicht!«

Mit frechem Grinsen sah ich ihn an. »Siehst du. Dann versuch es doch gar nicht erst«, erwiderte ich kess.

Er griff nach seinem Jackett und zog es wieder an.

»Und warum bist du hergekommen, wenn nicht zum Bumsen?«, erinnerte ich ihn an seine ursprünglichen Absichten.

Er hielt abrupt inne. »Ach ja. Genau! Ich wollte dich fragen, ob du morgen zu einem Date kommen kannst.«

»Wie viele Teilnehmer? Irgendwelche Spezialitäten?«

George dachte scheinbar nach, wobei ich nur allzu gut wusste, dass er nicht nachdenken musste. Er kannte die Gewohnheiten, Vorlieben und Abneigungen seiner Klienten in- und auswendig. Das war auch der Grund, warum er, beziehungsweise wir, so außerordentlich erfolgreich waren.

»Er heißt Buchanan. Daniel Buchanan. Sechsundfünfzig Jahre alt und seines Zeichens überzeugter Voyeur. Wir werden in seinem Haus eine kleine Szene spielen. Er und ich als Zuschauer, du und dein Partner als Akteure.«

»Irgendwelche besondere Kleidung?«

George schüttelte sein glitzerndes Haupt. »Nein. Sexy. Aber alltagstauglich. Du spielst eine Hausfrau.«

Damit waren für mich alle Fragen erledigt. Danny, Georges Chauffeur, würde mich abholen und auch wieder nach Hause fahren. So hielten wir es, seit ich für George arbeitete. Es war auch sozusagen eine kleine Sicherheit für mich, denn Danny konnte nachsehen, wenn ich nach einer bestimmten Zeit nicht wieder auftauchte. Wobei dieser Fall, Gott sei Dank, noch nie eingetreten war.

Selbst die exzentrischsten Klienten waren nicht gefährlich. Da bot Georges Kanzlei – als deren diskreten Teil ich mich empfand – ein Sicherheitsnetz, das ich sehr zu schätzen wusste, und auf das andere Frauen meines Gewerbes oftmals verzichten mussten.

OscarReif

So machte ich mich am darauf folgenden Abend dezent als »Hausfrau der Upperclass« zurecht und trug einen schwarzen Bleistiftrock aus Lammnappa, den ich mit einem bunten Wickelshirt von Gucci in psychedelischen Mustern kombinierte. Dazu wählte ich farblich passende Pumps, nicht zu hoch. Schmuck ließ ich ganz weg. Nur Brillanten als Ohrstecker. So wirkte das Ganze sportlich-intellektuell und nicht billig oder gar nuttig.

Als Wäsche kam nur champagnerfarbene Seide in Frage. Das wirkt immer klassisch schön. Vor allem, wenn bei einem Rollenspiel nicht der Sex betont werden soll.

***

So fuhr ich mit Danny in die Außenbezirke Londons. Es war beinahe schon die Countryside, wohin wir uns begaben. Ein freistehendes, modernes Architektenhaus, das aussah, als hätten Riesenkinder ihre Bauklötze wild übereinander getürmt. Ein seltener Anblick in der architektonisch, eher traditionellen englischen Landschaft.

Der Garten, soweit ich ihn in der hereinbrechenden Dämmerung noch erkennen konnte, war ebenso modern, wie beinahe spartanisch angelegt. Deswegen aber nicht weniger ansprechend.

Die Tür öffnete der obligatorische Butler, der mir auch sogleich aus meinem beigefarbenen Burberry Trench half.

»Mister McLeod erwartet Sie bereits, Miss Hunter«, sagte er mit gedämpfter Stimme, die zu dem Ort passte, an dem wir uns befanden.

Alles hier in der Empfangshalle wirkte karg. Klare Linien dominierten in den Tönen Creme und Nuss. Auf einer gewaltigen Anrichte stand allein eine Vase mit einer gut armlangen exotischen dunkelroten Blüte darin.

Die Türen schoben sich sämtlich automatisch zur Seite, wenn man ihnen nahe genug kam.

So befand ich mich umgehend, ohne auch nur einen Handschlag getan zu haben, in einem Zimmer, das lediglich eine lederne Liege und ein kleines Beistellschränkchen mit einem Buch darauf beherbergte.

George war der einzige Farbfleck.

»Meine Liebe!«, grüßte er beinahe überschwänglich und eilte mit langen Schritten auf mich zu. Er drückte und küsste mich herzlich.

»Wo ist unser Gastgeber?« Auch wenn ich mich noch so intensiv umsah – ich erspähte niemanden, außer uns.

George aber zog die Augenbrauen hoch, sodass sich seine Stirn runzelte, und sah über sich. Jetzt entdeckte ich eine Art gläsernes Fenster, das um den kompletten Raum herumführte und wo ich nun den Ausschnitt eines männlichen Gesichts entdeckte. Augenblicke später erkannte ich wackelnde Finger neben den Schläfen des Mannes, und ich grüsste lächelnd zurück.

»Das ist Buchanan«, sagte George.

»Du überraschst mich immer wieder, mein Lieber!«, säuselte ich, während ich einen Platz für meine Tasche suchte.

Georges Blicke wanderten zufrieden an mir auf und ab, bis sie an meinem Dekolleté innehielten. Jetzt runzelte er die

Stirn. »Wieso trägst du heute keinen Schmuck?«, versetzte er in beinahe beleidigtem Ton.

»Hätte nicht gepasst, fand ich.«

»Doch. Heute muss sogar viel Schmuck sein.«

Damit verließ er den Raum, um gleich darauf zurückzukehren. Hände voll Preziosen. Die funkelnde Pracht verschlug mir nachhaltig den Atem.

»Leg das alles an!«, kommandierte er, als sei ich gerade im Begriff gewesen, sein Spiel kaputt zu machen.

Brav schob ich klobige Ringe an fast jeden Finger, hängte mehrere Colliers und drei meterlange Perlenketten um mich und krönte das Ganze mit dutzenden von gleißenden Armbändern. Nun sah ich unter Garantie wie ein Christbaum aus. Fragend sah ich George an, der entschieden zufrieden lächelte. »So siehst du gut aus. Fabelhaft. Genau richtig.«

»Sind diese Klunker denn echt?«

So etwas hatte ich mir nämlich nach einem Blick auf die Verschlüsse schon gedacht und Georges ernsthaftes Nicken bestätigte meinen Verdacht. *Nun gut,* sagte ich mir, *wenn etwas zu Bruch geht, ist es nicht meine Sorge. Und vielleicht bekomme ich am Ende ja das eine oder andere Stück geschenkt …*

»Ich werde mich jetzt unserem Gastgeber anschließen und dann kann die Show beginnen«, sagte George.

»Halt … Warte!«, bremste ich ihn, indem ich seinen Arm packte. »Und was soll ich tun?«

»Du, meine Süße, wirst dich da auf die Chaiselongue begeben und in einem Buch schmökern. Das ist alles.«

Ich grinste so breit, dass mein Gesicht beinahe wehtat. Das konnte ja lustig werden. Es amüsierte mich allein schon, dass ich ein solch bunter Farbklecks in diesem schneeblind machenden Raum war. Und mir vorzustellen, dass ich nichts tat, als hier zu liegen und zu lesen – während mein Gastgeber da oben stand und sich einen runterholte – das hatte was!

So verabschiedete ich also George und sah ihm nach, bis die gläserne Tür sich lautlos hinter ihm schloss. Dann legte ich mich auf die überraschend bequeme lederne Liege und streckte meine Beine aus.

Schnell untersagte ich mir selbst, erotische Andeutungen zu machen und griff stattdessen nach dem Buch.

»Garten- und Landschaftsbau aus ökologischer Sicht« hieß das sicherlich bahnbrechende Werk, von dem ich jetzt die ersten Zeilen zu studieren begann.

So lag ich denn da und hatte nur ein Problem: Ich drohte langsam, aber sicher, wegzudämmern.

Diese Chaiselongue war ungemein gemütlich und ich merkte die vergangenen Nächte, die ich mit Vögeln verbracht hatte. Natürlich war mir auch klar, dass hier mehr geschehen würde, als dass ein Klient mir nur beim Lesen zusah, und so ließ ich mich entspannt auf das zutreiben, was sich hinter den Kulissen bereits anbahnte.

Ich musste nicht lange warten. Ein Gemisch aus Poltern und Klirren weckte meine Aufmerksamkeit. Ich ließ das Buch in meinen Schoß sinken und setzte mich auf. Was zur Hölle ging da vor sich?

Nur wenige Augenblicke später wusste ich es: Die zweite gläserne Tür wurde mit einem enormen Krach eingetreten!

Jetzt blieb sogar mir die Luft weg. Der Schrecken fuhr mir durch alle Glieder und ich machte einen Satz von der Couch, um hinter ihr schnellstens in Deckung zu gehen. Die Splitter stoben in glitzernden Kaskaden durch den Raum und ich hätte sicherlich den ästhetischen Anblick genossen, hätte ich nicht inmitten des funkelnden Chaos' am Boden gekauert, ängstlich darauf bedacht, meine Pumps nicht mit den Scherben zu ruinieren.

Als endlich wieder Ruhe eingetreten war, wagte ich es, hinter der Chaiselongue hervorzuschauen und blickte direkt in die wilden rehbraunen Augen eines Maskierten.

Mein Herz hüpfte.

Er war gut mittelgroß und selbst der khakifarbene Tarnanzug konnte nicht darüber hinwegtäuschen, dass der Inhalt desselben äußerst appetitlich war. Sein Haar war unter einer Militärkappe verborgen und sein Gesicht, von den Augen abgesehen, mit einem Tuch bedeckt. In der Rechten hielt er eine Pistole, mit der er nun ruhig und gelassen auf mich zielte. Okay, zugegebenermaßen fand ich diesen Punkt nicht wirklich witzig.

»Komm da raus, du Schlampe!«, bellte er. Noch im Auftauchen packte mich mein Gegenüber grob und riss mich auf die Füße. »So seht ihr Millionärsflittchen also aus.«

Seine Augen begannen ihre Wanderung über meinen Körper. In mir breitete sich ein angespanntes Prickeln aus, das sich wirklich gut anfühlte. Sein Griff war fest, aber nicht schmerzhaft. Wenn ich mir auch mit all den Klunkern ziemlich bescheuert vorkam.

»Hast du dich für deinen Luden so fein gemacht oder erwartest du deinen Stecher?«, knurrte er mich an.

Lude? Stecher?

»Sie meinen wohl meinen Mann oder meinen Liebhaber?«, verbesserte ich arrogant.

»Ich sage, was ich meine!«, versetzte er nicht minder zickig.

Die Sache versprach interessant zu werden, denn ich hatte inzwischen einen Blick auf seine Hose geworfen und die beulte sich bereits aus.

»Weiber wie du haben immer einen Liebhaber, nicht wahr?«

Theatralisch rümpfte ich die Nase. »Wieso nur einen?«, zischte ich ihn an.

Plötzlich stieß er mich grob von sich. Ich taumelte leicht und blieb dann kerzengerade stehen.

»Ich frage mich, wie eine Schlampe wie du nackt aussieht?«

Schnell kreuzte ich die Arme vor der Brust und tappte unsicher mit angstverzerrtem Gesicht rückwärts, bis ich mit dem Rücken gegen die Wand stieß.

»Sie wollen mich doch nicht etwa …«, stammelte ich heiser.

Er machte einen bedrohlichen Schritt auf mich zu und ich verkrampfte meine Arme noch ein Stück mehr.

»Zieh dich aus, Flittchen!«, wisperte er mit mühsam niedergehaltener Stimme.

»Nie – mals!«, tönte ich mit hoch erhobenem Kopf.

Und schon war er bei mir.

»Das wollen wir ja mal sehen!«, brüllte er, sodass es von den Wänden hallte.

Ich machte mich zur Gegenwehr bereit. Mit welcher Begeisterung ich die Gegenwehr sein lassen würde! Mich ihm ergeben, mich seiner Gewalt beugen …

Mein Herz tobte in der Brust vor schierer Vorfreude, als er seine Faust in meinen Ausschnitt hakte und mit einem kräftigen Riss mein Top zerfetzte.

Die Kühle der Perlen und Edelsteine auf meiner entblößten Haut ließen eine Gänsehaut über meinen Körper wandern.

Die Erregung versetzte meinen Unterleib in schiere Raserei, und als ich in seine Augen sah, wusste ich, dass er abspritzen würde, noch bevor er mich richtig geentert hatte. Sie sprühten vor maßloser Gier, funkelten wie die Steine, die hart und schwer über meine Nippel strichen und aus diesen harte Knöpfe machten, die senkrecht in die Höhe standen.

»Deswegen behängen diese Ausbeuter-Schweine euch wie die Christbäume … Es macht sie geil, euch so zu sehen. Es ist eure Bezahlung dafür, dass ihr die Beine für sie breit macht. Ja?«

»Wie können Sie es wagen?«, fauchte ich in bester Film-Manier und stieß ihn hart gegen die Brust. Er taumelte.

»Wagen Sie nicht, auch nur eine Hand an mich zu legen!«

»Wieso meine *Hand*? Ich werde meinen *Schwanz* an dich legen. Ich werde dir meinen Samen zu schlucken geben! Und wenn ich mit dir fertig bin, wirst du mir auf Knien folgen! Weil du diesen Geldsack nicht mehr ertragen kannst!«

Innerlich bebte ich vor Freude. Sehnte mich danach, von ihm genommen zu werden und unsere kleine Szene machte mich von Moment zu Moment schärfer.

Mit Entschlossenheit presste ich meine Arme gegen meine Brüste, doch nur, um sie hochzudrücken, damit sie noch mehr Volumen bekamen.

»Los! Zieh deinen Rock aus! Und wenn du es nicht machst, reiße ich dir den auch in Fetzen, du widerborstige kleine Schlampe!«

Es war einigermaßen mühsam, den Lederrock zu öffnen und gleichzeitig so viel, beziehungsweise so wenig, von meinen Brüsten zu verdecken, als nur irgend möglich.

Sie lagen voll und üppig auf meinem Arm wie auf einem Balkon, und weder mein Bedränger noch unsere beiden Zuschauer konnten ihre Blicke abwenden, wie ich aus den Augenwinkeln erkannte.

Endlich hatte ich mich von meinem Rock befreit und stieg einigermaßen zimperlich aus dem kleinen schwarzen Häuflein zu meinen Füßen.

»Slip weg!«, fauchte er ungnädig.

»Nur, wenn Sie versprechen, mir nicht weh zu tun!«, bibberte meine Stimme leise.

»Schnauze und Ausziehen!«

Jetzt hatten alle, was sie wollten: Ich stand da, nackt wie von Gott geschaffen, stützte meine Brüste und bedeckte meinen Schamhügel mit einer Hand.

»Hast du etwa eine rasierte Möse?« Seine Stimme stolperte und ich wusste nur zu gut, warum. Zu erregend war der Anblick, der sich ihm bot. Und vor allem auch – der Ausblick! Meine erregten Spitzen wurden umwogt von glitzernden und funkelnden Edelsteinen, während die langen Perlenketten mein rasiertes Dreieck umspielten.

»Du hast bestimmt auch noch einen Diamanten in die Klit gepierct!«, höhnte er und ich errötete. Eine göttliche Vorstellung: wie ein Mann mich leckt und dabei mit diesem lupenreinen Einkaräter spielt!

»Los! Heb dein Bein, damit ich nachsehen kann, ob du noch etwas in deiner Möse oder deinem Hintern versteckt hast.«

»Oh, Gott! Nein! Ich habe nichts versteckt. Wirklich nicht! So glauben Sie mir doch!«, wimmernd und flehend rang ich die Hände, wodurch mein »Schutz« verschwand.

»Bück dich, Schlampe, und zeig mir deine Spalte!«

Ich musste die Augen schließen. Es war kaum noch auszuhalten. Mit klirrenden Preziosen drehte ich mich um und beugte mich wie befohlen vornüber. Mit trockenen Lippen und pochendem Herzen betrachtete ich meine baumelnden Titten und die langen Ketten, die sich miteinander zu verschlingen schienen. Meine Knie wurden weich wie Butter in der Sonne, als ich spürte, wie er sich mir näherte. Und als seine Hände sich auf meine Schamlippen legten und sie sanft auseinanderzogen, keuchte ich auf.

»Nein. Deine Klit ist nicht gepierct. Schade eigentlich. Und wies sieht's da drinnen aus?«

Jetzt musste ich mich gegen die Wand stützen, damit ich nicht zu Boden sackte, so erregt war ich und so sehr sehnte ich mich nach seiner Berührung.

»Gut. Du hast es nicht anders gewollt …«, sagte er so leise und drohend, dass mir schwindelig wurde.

Im ersten Moment verstand ich nicht, was er wollte. Doch dann begriff ich: Er nahm mir eine der langen Perlenketten ab und spannte sie zwischen meinen Schenkeln durch. Atemlos sah ich zu, wie die glänzenden Meerespreziosen meiner geschwollenen Spalte immer näher kamen. Er bewegte sie langsam hin und her. Den ersten Atemzug tat ich, als der kühle Strang meine erhitzte Möse berührte. Diese kleine Sau! Er bewegte die Perlen vor und zurück. Wimmernd und leise keuchend gab ich mich dem massierenden Druck hin, den die Kette, fest gegen mein geschwollenes Fleisch gepresst, an meinen intimsten Stellen erzeugte. Er manipulierte so aber nicht nur meine Klitoris und meine Labien, sondern auch meine Rosette, die sich beständig zusammenzog und dann wieder entspannte.

»Das magst du, wie?«

Ohne ein Wort sagen zu können, nickte ich nur heftig.

»Und? Wie lange denkst du, kannst du es aushalten, dass ich dich so benutze und nicht kommen lasse? Wie lange wirst du die Perlen an deiner Möse spüren, bis du mich um einen Orgasmus anflehst?«

»Herr im Himmel! Nicht lange … sicher nicht lange. Es ist so geil!«

Er stieß mich unsanft zu der Chaiselongue, wo ich auf dem Rücken liegend meine Beine augenblicklich anzog. Vor Geilheit sprachlos, spürte ich nur der Nässe zwischen meinen Schenkeln nach, die er so spielerisch erzeugt hatte.

Mein Bedränger ging zwischen meinen Beinen in die Hocke und spreizte mit einer Hand meine Schamlippen, während er mit der anderen nach und nach, aufreizend langsam, die Perlenkette in meine Öffnung schob. Stück um Stück, Perle um Perle, verschwand in meinem Inneren, während ich mein Kinn gegen meine Brust presste und nur noch wimmern konnte.

Erst als nur noch wenige Perlen übrig geblieben waren, hielt er inne und sah mich herausfordernd an. »Und jetzt, Schlampe? Soll ich das Ding da drinnen lassen?«

Zu diesem Zeitpunkt war ich vor Lust beinahe besinnungslos.

»Nein!«, stieß ich hervor. »Nein! Zieh es wieder raus! Jetzt! Ich flehe dich an!«

Von einem Orgasmus zerfetzt, der so heftig war, dass ich das Gefühl hatte, von einem Orkan durchtobt zu werden, schrie ich gellend nach Erlösung. Meine Beine stießen, von ungeheuren Krämpfen geschüttelt, die direkt aus meinem Unterleib kamen, an seinen Seiten in die Luft, während er Stück für Stück die Perlenkette aus mir herausgleiten ließ. Noch nie zuvor hatte ich dergleichen gefühlt. Es machte mich wahnsinnig, brachte mich beinahe um den Verstand.

Und als die Kette an seinem ausgestreckten Arm baumelte, konnte ich nicht mehr anders – ich warf mich gegen ihn und begann, an seiner Kleidung zu zerren. Er sollte nackt sein. Ebenso nackt wie ich. Ich verzehrte mich danach, diesen Körper zu sehen, seine Haut zu berühren und vor allem: seine Männlichkeit zu kosten! In meiner irren Gier hatte ich bereits ein paar Knöpfe von seiner Jacke gerissen und wie ich nun so an seinem Aufschlag riss, war auch er nicht mehr zu halten. Mit bebenden Händen zerrte er seine Maske herunter, atemlos keuchend. Da blickte ich in die rehbraunsten Augen, die man sich nur vorstellen kann. Sie waren groß und rund und leuchteten wie Edelsteine. So beugte ich mich leicht zurück, allein in dem Wunsch, mich der Vermutung zu versichern, dass ich diesen Mann kannte. Das Band, das sein welliges Haar gehalten hatte, war in dem Moment kaputtgegangen, als er die Maske heruntergezogen hatte und nun wallte eine Lockenmenge um sein Gesicht, floss über seine Schultern und kringelte sich fast bis zu seinen Ellenbogen, auf die so manche Frau neidisch gewesen wäre.

Ja, weiß Gott – ich kannte diesen Mann! Es war mein »Junger Löwe«. Ganz zu Beginn meiner Verbindung mit George hatte George mich in eine exklusive Boutique in einem Privathaus mitgenommen, wo man erotische Wäsche kaufen konnte. Dort wurden die wertvollen Stücke aber nicht einfach in Vitrinen ausgestellt, sondern mittels kleiner, erotischer Szenen präsentiert. Und Teil eben einer dieser Szenen war jener fantastisch aussehende junge Kerl mit der wallenden blonden Mähne, den ich sofort »Junger Löwe« getauft hatte.

George hatte ihn mir für eine Nummer angeboten, da er im Preis inbegriffen sei, doch ich hatte abgelehnt. War ich doch in diesem Moment nur darauf versessen gewesen, mit George zu vögeln. Später hatte ich es noch oft bereut, das Angebot ausgeschlagen zu haben. Und nachdem, was ich jetzt gerade erlebte, verdoppelte sich die Reue.

Ich schenkte ihm ein kleines Lächeln des Erkennens, das er erwiderte, woraufhin wir gemeinsam im Handumdrehen seinen Körper entblößt hatten.

Was ich nun sah, war absolut atemberaubend und ich stellte fest, dass er noch schöner war, als in meiner Erinnerung. Sein Oberkörper war straff und glatt. Über seinem linken Arm räkelte sich ein Drache, der seinen Schwanz bis zum Handgelenk des Jungen Löwen schlängelte. Diese Tätowierung war neu.

In der Boutique hatte er sie noch nicht gehabt. Allerdings war sie schwarz-weiß und büßte so einen Gutteil ihrer Wirkung ein. Die Muskeln hoben sich wohl trainiert unter der leicht schimmernden Haut. Sein Bauch war ein echtes Sixpack und die Hüften schmal. Von diesen starken Armen gehalten zu werden, versprach die höchsten Wonnen, nur noch übertroffen durch die Lust, die seine Männlichkeit zu schenken versprach. Dick, lang und hart pochte sie ungeduldig gegen seinen von Adern lebendig durchzogenen Unterbauch und berührte sogar noch den Nabel. Wie entrückt saß ich auf der Chaiselongue und betrachtete diese Perfektion. Ein Mann, wie man ihn sonst nur in Werbefotografien für Herrenparfums und Ähnlichem sah – hingegossen auf Felsen, umspült von der schäumenden Meeresbrandung, beschienen von sanften Sonnenstrahlen.

Nichts und niemand hätte mich in diesem Moment davon abhalten können, seinen festen Schaft zu umfassen und mit leichtem Nachdruck an meine Lippen zu ziehen. Er keuchte laut, als meine Zungenspitze seine glänzende Eichel berührte und ein klein wenig in seinen kleinen Schlitz eindrang. Und während ich sanft seine Eier massierte, leckte ich mit meiner Zunge den kompletten Schaft auf und ab, wobei ich am Ende jeweils einen kleinen Bogen um den unteren Rand der Eichel zog. So stand er vor mir, die Fäuste in die Hüften gestemmt und den Unterleib langsam vor und zurück bewegend. Da musste ich einfach mit meinen Händen nach seinen Arschbacken greifen, spüren, ob sie so hart und griffig waren wie der Rest von ihm. Und ich wurde nicht enttäuscht. Es fühlte sich an, als habe er Steine unter der Haut. Meine Handballen passten in die seitlichen Vertiefungen, die mal flacher, mal tiefer waren, je nachdem, ob er sie anspannte oder locker ließ. Er schloss seine herrlichen Rehaugen und legte seinen Kopf in den Nacken, dabei rauschte seine Mähne nach hinten und ergab so den Anblick eines Naturgottes aus einem Fantasy-Film. Nur seine Brust zu sehen, seine kleinen Spitzen, die sich ebenso hart aufgerichtet hatten, wie meine, machte mich rasend. Wie eine Irre warf ich mich jetzt über seinen Schaft und ließ ihn, so tief ich irgend konnte, in meinen Schlund gleiten. Das war zu viel. Er schrie laut auf, verzehrt vom Bemühen, noch nicht zu kommen.

Und in diesem Bemühen drückte er nun meinen Kopf sanft rückwärts, seine eigenen Versuche Lügen strafend, indem er noch immer seinen Unterleib heftig vor- und zurückschob.

Dann aber gewann sein Wille Oberhand und er entzog mir seinen Schwanz.

Wie er schnaufend auf mich herabsah … mich – die ich nicht weniger atemlos auf der Couch kauerte, normalisierte sich langsam seine Atmung und er fand auch seine Sprache wieder.

»Dein … ist … ich meine … ist dein Arsch noch jungfräulich?«

Fragend schauten meine grauen Augen zu ihm auf. Was wollte er denn jetzt hören? Dass ich ein braves Frauchen war oder ein ganz schlimmes?

Seine Miene deutete auf Ersteres. Also fügte ich mich und log errötend: »Oh, mein Gott! Sie wollen meinen … entjungfern?!«

So herzzerreißend wimmerte ich, dass es fast übertrieben war. Aber gut – ich bewarb mich ja auch nicht gerade für den Oscar, obwohl es dem in Ansätzen schon recht nahe kam.

»Jaaa …«, knurrte eine Stimme, die irgendwo aus den Wänden zu kommen schien und ich schrak zusammen.

Der Junge Löwe war allerdings nicht irritiert. Möglicherweise hatte er es auch einfach ignoriert. Die schlimmen alten Männer da oben konnten uns also hören. Gut! Sollten sie ihre Show bekommen.

»Dreh dich um und zeig mir deinen Arsch!«, donnerte er in bester Armee-Ausbilder-Manier.

»Oh … bitte, bitte … tun Sie mir nicht weh!«

»So wie du mich geblasen hast, hast du noch etwas gut, kleine Schlampe!«

Vorsichtig ging ich auf alle viere, nachdem ich mich zu den Männern oben umgesehen hatte. Schließlich musste ich mich so positionieren, dass unser Gastgeber den optimalen Blick von seinem Logenplatz aus hatte.

»Aha … Mmmmh … du hast aber einen verflucht appetitlichen Arsch. Und du bist dir sicher, dass den noch keiner gefickt hat? Nicht mal so?«

Sein Daumen streifte im ersten Moment noch einschmeichelnd über meine Rosette, um im nächsten unerwartet heftig in mich einzufahren. Überrascht wie ich war, heulte ich laut auf und bewegte mich instinktiv nach vorn, von seinem aufdringlichen Finger weg.

»Bleibst du wohl hier!«, fauchte es hinter mir und schon schlug seine flache Hand klatschend auf meinen Hintern. Wenn es noch irgendetwas gebraucht hatte, um einen Orgasmus in meinem Hinterteil explodieren zu lassen, so hatte er es gerade vollbracht. Ich spürte noch dem verhallenden Geräusch nach, da überwältigten mich seine Finger auf eine Art und Weise, dass es mir den Atem verschlug. Noch nie hatte es ein Mann geschafft, mir allein mit Hilfe seines Fingers in meinem Anus einen solchen Höhepunkt zu verschaffen. Und hätte er mich in diesem Moment nicht gehalten, ich wäre kopfüber von der Couch gekippt.

Längst hatte er die Creme entdeckt, die bereits auf dem Beistelltischchen bereitlag, und verteilte ihren Inhalt großzügig auf meiner Rosette. Über alle Maßen erregt, blickte ich zitternd über meine Schulter nach hinten. Welche Vorstellung, diesen Ständer in mein enges Loch gebohrt zu bekommen! Natürlich war dies nicht meine erste Ponummer, und doch faszinierte mich meine eigene Dehnbarkeit stets aufs Neue. So auch diesmal. Nein, ich musste mich gar nicht groß zwingen, verzweifelte Schreie auszustoßen, wie » Oh, nein! Tun Sie mir das doch nicht an!« oder »Der passt doch nie da rein! Sie werden mich zerfetzen!«. Aber er passte sehr wohl hinein und zwar wunderbar. Meine Rosette öffnete sich für ihn, als sei sie nur für seinen Schwanz geschaffen worden. Dieses Gefühl des Ausgefülltseins ist mit nichts anderem zu vergleichen. Der Anus ist so viel empfindsamer und die Orgasmen, die ich an dieser Stelle empfinde, sind um so vieles befriedigender, dass ich auch jetzt beinahe starr den Jungen Löwen machen ließ. Selbst tat ich nichts, als über meine Schulter zu schauen und mit verzerrtem Gesicht zu wimmern. Ein Wimmern, dass ich veränderte: von einem angst- und schmerzerfüllten Betteln hin zu einem verzückten, gierigen Keuchen. Einem Klang, der meinen Liebhaber von Moment zu Moment mehr anfeuerte, sodass er immer schneller und heftiger in mein Innerstes hineinstieß, so lange, bis ihn sein eigener Orgasmus zu zerreißen schien. Er warf den Kopf nach hinten und schrie seinen Triumph in den Himmel. Seine perfekten Zähne, sein wallendes Haar, sein schweißüberzogener Körper – all das ließ mich vor Leidenschaft beben.

Am Ende meiner Kräfte glitt ich auf den Bauch, als er sich aus mir herausgezogen hatte. Tränen schlängelten sich von meinen Augenwinkeln meine Schläfen herab.

Plötzlich lag eine warme Hand auf meiner Schulter.

»Hab ich dir weh getan?«, flüsterte es.

Ein leichtes Kopfschütteln war meine Antwort.

»So!«, grölte es überraschend hinter mir. »So … dann habe ich es dir also mal so richtig besorgt, hä? So hast du es bei dem alten Geldsack nicht verabreicht gekriegt, wie?«

Abermals schüttelte ich den Kopf. Zwischen meinen wirren Haarsträhnen hindurch beobachtete ich, wie er sich wieder anzog. Offensichtlich hatte Buchanan angezeigt, dass er fertig geworden war.

»Und jetzt krieg ich noch deinen Schmuck, Schlampe!«

Damit riss er mir die verbliebenen Ketten und Armbänder vom nackten, bebenden Körper und stopfte sich die weiten Hosentaschen voll. Langsam drehte ich mich auf den Rücken und zog ein Bein an. Der Junge Löwe hielt für einen Moment inne und sah mich scharf an. Dann griff er in seine Hosentasche, zerrte eine lange Diamantenkette heraus und schleuderte sie auf mich.

»Da! Nimm das als Bezahlung, du Hure!«

In diesem Moment wusste ich nicht, was ich denken sollte. Verwirrt starrte ich den wütend funkelnden Mann in dem Tarnanzug an und ertappte mich bei dem Gefühl, beinahe verletzt zu sein. Das erforderte eine Reaktion. Also schnappte ich die Kette und schleuderte sie gegen ihn. Jetzt war es an ihm, mich verblüfft anzusehen.

»Behalte die Kette! Sie ist für mich genauso überflüssig wie du!«, fauchte ich.

Er ignorierte das am Boden funkelnde Geschmeide, warf mir noch einen letzten, nicht zu deutenden Blick zu und stampfte auf dem gleichen Weg davon, wie er hereingekommen war.

Mir blieb nur, meine ziemlich lädierte Kleidung zusammenzusuchen und dann den Heimweg anzutreten.

***

Die lautlose Tür hatte sich gerade hinter mir geschlossen, als

George mir bereits strahlend entgegenkam. Beide Hände weit vor sich ausgestreckt, ergriff er meine nackten Schultern und küsste mich auf den Mund.

»Eine fabelhafte Nummer. Buchanan war ganz hin und weg, und ich muss gestehen – ich habe auch nicht an mich halten können. Wie du ihm einen geblasen hast … Toll! Es war wirklich eine gute Entscheidung, ihn und dich für heute Abend zu engagieren.« George hakte mich unter und führte mich in einen angrenzenden Raum, in dem es einen Couchtisch und eine nussfarbene Sitzgruppe gab.

»Du kanntest ihn ja noch, oder?«, fragte er.

»Ja. Er stammt aus Lady De Winters Inventar.«

George lachte amüsiert. »Aber er ist ein fantastischer Ficker. Was hältst du davon, wenn ich ihn öfter für GangBangs hole?«

»Wenn deine Klienten mit so einer Sahneschnitte klarkommen ... Mir soll's recht sein.«

Mit einem Kopfnicken deutete George zu einer hölzernen Tür, die mehr wie ein Wandelement wirkte, als eine Tür, und sagte: »Da ist ein Badezimmer. Neue Kleidung haben wir dir auch zurechtgelegt.«

Das Angebot nahm ich gern an. In dem luxuriös ausgestatteten Badezimmer duschte ich und frischte mein Makeup auf. Dann zog ich das bereitliegende Wickelkleid an und meinen Trench darüber. Die mitgebrachten Sachen rollte ich zusammen, stopfte meinen Umschlag in meine Handtasche und verließ das gastliche Haus.

***

Der Butler verabschiedete mich gerade in die Dunkelheit, während Danny mir den Schlag des Wagens offenhielt, als ich ein leises Zischen neben mir hörte. Sofort blieb ich stehen.

»Psst … Nicht erschrecken … ich bin's … Jay.«

Na, das sagte mir nun gar nichts. So spähte ich also in die Dunkelheit und erkannte plötzlich den Jungen Löwen, der in den Lichtkegel trat.

»Jay?«, fragte ich ein bisschen stumpfsinnig.

»Ja. Ich wollte dir nicht auflauern. Ich wollte mich nur entschuldigen.«

»Wofür denn?« Natürlich hatte ich eine Ahnung, was er meinte, doch ich stellte mich absichtlich dumm.

»Na … wegen der Sache am Ende vorhin … wie ich dir die Kette hingeschmissen habe. Ich wollte dich nicht beleidigen.«

Wie jung er war …

»Nein. Das hab ich so auch nicht aufgefasst.«

Er nickte und das Haar rauschte in sein Gesicht.

»Na dann … vielleicht sehen wir uns ja mal wieder. Wäre toll.« Damit wandte er sich ab und wollte gerade im Dunkeln verschwinden, als ich ihn an seinem Parka festhielt. »Wie kommst du nach Hause?«, wollte ich wissen.

»Ich laufe, wieso?«

»Da steht mein Wagen. Ich kann dich nach Hause bringen.«

»Oh … das wäre cool. Vielen Dank! Aber es ist ein bisschen weit.«

»Wo wohnst du?«

Er nannte Danny eine Adresse, die ich beim besten Willen nicht kannte, aber Danny, ganz perfekter Chauffeur, ließ sich nichts anmerken und nickte nur. »Ich weiß, wo das ist.«

Wir stiegen ein und mir gefiel der Gedanke, noch eine Weile mit Jay zusammen zu sein.

»Ich kenne dich … aus dem Laden von Lady De Winter. Arbeitest du da immer noch?«, begann ich ein Gespräch.

Er nickte, offensichtlich noch immer vom Inneren des Rolls fasziniert. Ungefähr so hatte *ich* wohl damals ausgesehen, als

George mich das erste Mal von zu Hause abgeholt hatte.

»Ab und zu habe ich mal einen Job als Fotomodell. Aber das reicht nicht zum Leben. Vor allem …«

»Vor allem … Was?«, setzte ich nach.

»Pfff … na … ich war im Knast. Einbruch. Hat mir vier Monate eingebracht, weil ich Schmiere gestanden habe.«

Jay kramte in seiner Tasche und ich stellte fest, dass seine Gesten wesentlich jungenhafter waren, als sein Körper hätte erwarten lassen.

»Darf ich hier drinnen rauchen?«

Ich nickte, auch wenn George es nicht mochte. Wobei eigentlich eher Danny es nicht gern sah, schließlich war der Wagen *sein* Reich …

»Im Knast … das war wohl schlimm, wie?«

Er nickte, das Gesicht komplett von Haaren verdeckt. In diesem Moment bildeten sie einen Sicherheitszaun gegen meine Blicke.

»Deswegen wollte ich vorhin auch wissen, ob ein Arschfick für dich okay ist«, wisperte er so leise, dass ich es kaum verstehen konnte.

»Wegen dem Knast?«, hakte ich nach.

Er nickt abermals und ich konnte sein Gesicht immer noch nicht sehen. Nur den Rauch, der aus den Strähnen hervorquoll.

»Schon am ersten Abend … es gab Umschluss. Da werden alle Zellen geöffnet. Da kann sozusagen jeder einen Besuch bei Mithäftlingen machen.«

Jay zog so intensiv an seiner Zigarette, dass sie nicht mehr zu glühen aufhörte. »Mich haben fünf besucht …«

Sanft legte ich meine Hand auf seine. Das Bild, das vor meinen inneren Augen auftauchte, machte eine Geste des Beistands nötig.

»Es hat erst aufgehört, als einer der Alpha-Männchen unter den Gefangenen mich zu seinem Schützling erklärt hatte.«

»Das muss furchtbar gewesen sein!«

Was für ein läppischer Satz …

Mit einer fahrigen Handbewegung schob er sein Haar hinter die Schulter und gab den Blick auf sein perfektes Profil mit dem energischen Kinn, der geraden, schmalen Nase und dem herrlichen Rund seiner Augen, beschattet von dichten Wimpern, frei. Er hatte eine unbeschreibliche Ähnlichkeit mit einer antiken griechischen Statue. Dabei lächelte er und zuckte mit den Schultern.

»Mit der Zeit kommt man klar. Mit allem«, erwiderte er.

»Was hast du nach dem Knast gemacht?«, fragte ich.

»Pfff …«, er blies den Rauch nach oben, wo er sich verteilte. »Ich war arbeitslos. Hab lange nichts gefunden. Einen Knacki will nun mal keiner. Eigentlich wollte ich ja als Model arbeiten, aber das war nicht so einfach. Bis ich dann eines Tages die Adresse von der De Winter bekam. Ich habe mich vorgestellt und sie hat mich genommen. Damit war ich die schlimmsten finanziellen Sorgen los.«

Lady De Winter – meine Spezialfreundin.

»Sie verschafft mir Aufträge, und ich …«

»… und du schläfst dafür mit ihr«, ergänzte ich. Wie sich doch die Bilder glichen.

»Sie ist gut im Bett und hat eine super Figur für ihr Alter.« Seine Stimme wechselte auf Angriff. Ein Angriff, der mehr als nur halb Verteidigung war.

»Kein Problem. George bumst mich doch auch. Und ich genieße es. Er ist ein verdammt guter Liebhaber mit ebenso viel Erfahrung wie Toleranz.«

Jay nickte. Dann fuhr sein Kopf zu mir herum. »Der Altersunterschied macht dir also auch nichts aus?«

Jetzt musste ich heftig grinsen. Wenn Altersunterschiede ein Hinderungsgrund wären, mit jemandem ins Bett zu gehen, wäre ich die meiste Zeit sowohl ohne Job als auch ohne Spaß.

Der Rolls parkte in zweiter Reihe und Danny wartete auf ein Zeichen, dass er aussteigen und Jay die Tür öffnen sollte.

»So … da wären wir wohl«, verkündete Jay.

Hier wohnte er also. Eine lang gezogene Straße, praktisch ohne Bäume, mit einer schier endlosen Reihe gleichförmiger Häuser, Wand an Wand, die die Biegungen der Straße nachvollzogen. Nach vorn heraus hatte jedes Haus einen Erker und einen kleinen Vorgarten.

»Wohnst du hier allein?«, fragte ich.

Jay löste den Gurt und schaffte dabei die Balance, sein Haar nicht mit der Zigarette zu verbrennen.

»Nein, wir sind eine WG. Ein paar Kumpels und deren Mädchen.«

Kaum war er ausgestiegen, fiel es mir wieder ein und ich zog eine Visitenkarte aus meiner Handtasche. »Hier … wenn du mal Lust hast, mit jemandem zu reden. Oder einen Job suchst … oder sonst etwas …«

Jay sah kurz auf die Karte und dann tief in meine Augen. »Ich komme drauf zurück.«

»Gern.«

Dieses Wort war eine Einladung, die er sofort verstand. Er beugte sich noch einmal in den Fond des Wagens und küsste mich lange und intensiv. Sofort begann mein Unterleib warm zu kribbeln und es hätte nicht viel gefehlt, dass ich Jay wieder hineingezogen hätte.

»Wir sehen uns!«, rief er zum Abschied und winkte.

HomeSex

»Wir sehen uns!«, hatte Jay zum Abschied gerufen. Und immer, wenn ich an unsere Nummer bei Buchanan dachte, stellte ich mir sehnsüchtig die Frage: »Wann?«

Diese ersten Tage im März schienen eine ruhige Zeit zu werden. George rief das ein oder andere Mal aus seiner Kanzlei an, um sich nach mir zu erkundigen. »Ich könnte mal wieder ein Date brauchen«, ließ ich ihn dann unverhohlen wissen.

»Okay, ich sehe zu, dass ich was arrangiere.«

»Was machst du gerade?«, fragte ich.

»Ich studiere einen Vertragsentwurf zur Übernahme eines stillgelegten Atomkraftwerks.«

»Wow. Klingt cool. Soll ich mit dem Käufer ins Bett springen?«

Grunzendes Kichern am anderen Ende. »Der würde dir wenig gefallen. Ein dicker Russe mit den Manieren eines Kosaken. Vollkommen unbändig. So etwas kann ich auf dich nicht loslassen.«

»Ach, komm, vielleicht muss er bloß richtig zugeritten werden.«

»Du bist ein sehr böses Mädchen. Der Einzige, der im Moment einen Ritt gebrauchen könnte, bin ich.«

»Du hast wohl schon die Hand an der Hose?«

»Nein, *in* der Hose.«

»Guuut ... Und was machst du heute Abend?« Eine Frau wie ich kann es sich nicht leisten, lange bei einem Mann wie George McLeod zu schmollen.

»Wir haben eine große Familienfeier im Grillroom des ›Ritz‹. Es wird definitiv todsterbenslangweilig.«

»Na, dann sollte ich vielleicht vorbeischauen«, kicherte ich.

»Ja, schöne Idee. Ich verstecke dich unter dem Tisch und wenn alle versammelt sind, kannst du mir einen blasen. Was hältst du davon?«

Grinsend stellte ich mir die Szene vor. Der Gedanke machte mich an. Eindeutig. »Warum setzen wir ihn nicht in die Tat um?«, schlug ich vor. »Wenn ich mich richtig erinnere, sind die Tische im ›Ritz‹ sehr hoch. Da gibt es Platz ohne Ende.«

Ein Prusten war die Antwort. »Du spinnst, auch wenn ich vollstes Verständnis habe in meiner momentanen Situation …«

»Was für eine Situation ist das denn?«

»Ich habe eine Latte. Brauche dringend eine Möse.«

»Böser alter Mann.«

Ich wusste wie er jetzt aussah. Wie er dasaß in seinem großen ledernen Chefsessel an dem mächtigen hölzernen Schreibtisch. Umgeben von schweren samtenen Vorhängen und in der Ecke die elegante Sitzgruppe, auf der wir es zum ersten Mal miteinander getrieben hatten. Damals …

Damals hatte er auch einen Harten. Ich brauchte ihn nur zu berühren und wusste, dass er beinahe wehtun musste von all dem Blut, das seine Adern füllte und fast sprengte.

Und dann diese Gier in seinen Augen, hinter der randlosen Brille. Eine Gier, die alles zu versengen drohte, was in ihren Bannkreis geriet. Meine Brüste spannten und brannten bei dem Gedanken an seine Augen, seinen Mund, der mir schon solche Freuden bereitet hatte. Und vor allem die Vorstellung seiner Erektion – einer Erektion, die sein Alter Lügen strafte mit ihrer Ausdauer und Härte.

Seine tiefe, raue Stimme ließ meine Säfte fließen und ich

musste mich meines Höschens entledigen. »Ich würde dich jetzt zu gern ficken, George.«

»Was hast du eigentlich an?«

»Meinen pinkfarbenen Nicki-Hausanzug.«

»Der, der so eng sitzt?«

»M-mh«, bestätigte ich.

»Und der Reißverschluss – ist er offen?«

»Ja. So weit, dass du gerade noch die Nippel erahnen kannst. Ich trage allerdings einen BH. Er presst meine Titten beinahe aus meinem Ausschnitt.«

»Oh, das liebe ich. Umfass eine und heb sie raus!«

»Mach ich. Sie wird schon hart. Warte … ich reibe sie nur etwas. Jaaa ... Das ist gut.«

»Er steht jetzt, dein frecher kleiner Knopf, ja?«

»Oh, er will noch mehr. Er will, dass ich an ihm sauge.«

Ohne zu überlegen, beugte ich mich über meine emporgehobene Brust und tippte die Warze mit meiner Zungenspitze an. Jetzt brauchte es nicht mehr viel. Ich ließ meine Zunge gegen den Nippel stoßen und saugte ihn dann hart zwischen meinen Zähnen hindurch. Wie appetitlich, die knubbelige Härte an meinen Geschmacksknospen zu spüren.

»Ich höre, wie du saugst, du kleine Schlampe. Hast du deine Finger in deiner Spalte?«

Ein Stöhnen. Mehr brachte ich nicht heraus. Gierig stieß ich meinen Finger in meine feuchte Wärme hinein.

»Wichs dich! Ich kann es hören. Ich kann das Schmatzen deiner Votze hören.«

»Fass deinen Schwanz an! Jetzt! Während ich mich reibe.«

Tiefes Raunen war die Begleitung zu seinen immer schneller werdenden Bewegungen.

»Ich fühle dich tief in mir drinnen, George. Ich fühle dich.«

»Jaaa … ich ramme ihn dir rein. Tiefer, immer tiefer. Oh, Gott. Ich will auf deine Titten spritzen. Reiß dein Top auf. Reiß es auf, damit ich deine Möpse sehe!«

Mit einem Ratsch war der Reißverschluss offen. Hastig zerrte ich auch die zweite Brust aus ihrem Körbchen und knetete meine Rundungen mit der freien Hand, während die andere meine Klitoris bis zur schieren Taubheit reizte. Jetzt konnte ich nur noch keuchen.

»Gleich komme ich, meine kleine Schlampe. Gleich. Oh, Gott … oh Gott … ich spritze auf deine Titten … in dein Gesicht!«

Bunte Flammen schossen vor meinen geschlossenen Lidern empor. Vor meinem inneren Auge sah ich George in seinem Sessel, der mit seiner hoch aufgerichteten Männlichkeit und fliegender Hand dem Höhepunkt entgegenjagte.

»Jaaa … spritz mich voll. Ich will deinen Samen schlucken!« Mein Unterleib zog sich zusammen. Ein orgiastischer Krampf jagte durch mich hindurch und ließ meine Beine unkontrolliert zucken, während eine glühende Welle ein Feuerwerk in meinem Hirn auslöste.

Sein starkes Keuchen ging in leichtes Hecheln über, das sich stetig verlangsamte. Er war gekommen, ebenso wie ich. Erschöpft sank mein Kopf zurück. Meine Beine fühlten sich taub an, wie mit Sägespänen ausgestopft.

»Danke.« Seine Stimme klang noch immer gepresst, wie nach einem schnellen Lauf.

»Deine Nummern sind noch immer die Besten«, fügte er an. »Das Einzige, was ich dabei vermisse, ist dein Körper.«

»George, es liegt nicht an mir. Und das weißt du auch. Ruf mich an und ich stehe jederzeit zur Verfügung.«

»Bist ein großes Mädchen geworden seit damals …«

Auf diese Bemerkung zog ich es vor zu schweigen.

Unter Männern

Den ganzen Vormittag hatte ich in einem Gartencenter zugebracht und Pflanzen für meinen Garten geordert. Ich musste dringend im Grün Hand anlegen, wenn der Sommer ein Erfolg werden sollte. Es gab so wahnsinnig viel zu tun.

Wie ein Kind freute ich mich auf die Arbeit in der duftenden Erde mit dem Pflanzen und Jäten. Es war ein herrlicher Ausgleich nach den vielen drinnen verbrachten Monaten.

Und auch in den Gartencentern schwirrte es nun von Kunden, die sich ebenso auf die Arbeit draußen freuten, wie ich, die Pläne schmiedeten und nicht nur Pflanzen, sondern auch jede Menge Dekoartikel erstanden.

Es war gegen zwölf, als ich das Knurren meines Magens bemerkte und deswegen auf die Uhr sah. Da ich mal wieder keine Lust zum Kochen hatte und fand, ich müsste diesen Tag mit einem guten Essen krönen, rief ich im »La Caleche« an, um einen Tisch zu bestellen.

Es war zu diesem Zeitpunkt noch ein absoluter Geheimtipp unter allen, die etwas auf sich hielten. Man kannte mich bereits sehr gut dort, um nicht zu sagen – ich war jetzt eine Art Stammgast. So bekam ich ohne großes Federlesen meinen Lieblingstisch etwas abseits vom Geschehen, wo ich die anderen Tische sehen konnte, ohne selbst allzu sehr im Mittelpunkt zu stehen.

***

Gerade überquerte ich die Regent's Street, als ich eine mir sehr vertraute Lockenmähne in der Menge erspähte.

»Jay?«

Die Mähne hielt inne und sah sich suchend um. Wie die Sonne auf diesen blonden mit einem leichten Rotstich versehenen Wellen funkelte. Wie Bernstein wirkte sein Haar an diesem Mittag und ich war nicht die Einzige, die diese Pracht bewunderte, wie ich an den Blicken der anderen Passanten erkannte.

»Emma!« Er strahlte, als habe er gerade ins Weihnachtszimmer geschaut.

Sofort bahnte er sich seinen Weg durch die anderen Fußgänger und blieb dann vor mir stehen. Es war beinahe süß, wie er etwas unsicher vor mir stand, nicht wusste, wie er mich begrüßen sollte.

Da nahm ich ihm die Entscheidung ab und schloss ihn in meine Arme. Himmel, wie hart diese Muskeln selbst durch den dicken wattierten Anorak hindurchdrangen. Seine Zunge glitt in meinen Mund – sehr kess – und ich erwiderte seine Leidenschaft ohne zu zögern. Augenblicklich lag seine Hand ungebührlicherweise auf meinem Po und knetete meine Pobacken.

»Hast du Hunger?«, gurrte ich leise in sein Ohr.

»Und wiiiiee …«, raunte Jay lüstern zurück.

»*Essen* habe ich gemeint«, lachte ich.

Er sah zu mir herab und nickte dann zögerlich.

»Ich will gerade essen gehen. Kommst du mit?«

Jay sah sich um, als suche er etwas. Dabei wusste ich nur allzu gut, was er befürchtete. Mit Sicherheit hatte er kein Geld, um in ein Restaurant zu gehen.

»Hieße es, die Emanzipation auf eine zu harte Probe zu

stellen, wenn ich dich zum Essen einladen würde?«

Er legte den Kopf leicht schräg und überlegte.

»Du darfst es mir anschließend – zu Hause – auch zurückzahlen …«

Im gleichen Moment erhellte ein breites Lächeln sein Gesicht. »Einverstanden!«

So betraten wir nebeneinander das »La Caleche« und wurden sofort an meinen Stammplatz geführt. Der Kellner ließ sich keine Gefühlsregung anmerken, als er den ziemlich alten Parka entgegennahm.

»Gibt's ein Limit?«, fragte Jay lächelnd, als seine erste Erkundung über die Seiten der Speisekarte geendet hatte. Er rechnete wohl insgeheim damit, dass er hier mit einem Glas Wasser im Magen hinausspazieren würde.

»Kein Limit. Du bestellst, auf was du Lust hast.«

»*Du* stehst aber gar nicht auf der Karte!«, sagte plötzlich eine mir nicht unbekannte Stimme. Augenblicklich starrten wir den an den Tisch Getretenen überrascht an.

Derek!

Wenn ich mit allem gerechnet hätte – mit ihm nicht!

Er lächelte auf uns herunter. Seine hochgewachsene, schlanke Gestalt steckte in einer sehr engen schwarzen Jeans. Dazu trug er ein blütenweißes Hemd ohne Krawatte und darüber ein schwarzes Dinnerjackett mit seidenglänzenden Aufschlägen. Seine olivenfarbenen Augen, die mich wider Willen stets so faszinierten, lagen eingebettet in ein rundes Gesicht, mit Tendenz zum Oval, das umwallt war von dunklen Locken. Gegen die Strahlkraft dieser Augen kamen nur die Lippen an, die von einem vollen Schwung waren, die so manche Frau neidisch gemacht hätten.

»Willst du uns nicht bekannt machen, Emma-Liebes?«, sagte er zuckersüß.

»Aber natürlich. Das ist Jay … Jay … das ist Derek.«

Derek schenkte mir einen weniger charmanten Blick und fügte hinzu: »Derek McLeod.«

»Was Derek damit betonen möchte, ist die Tatsache, dass sein Vater jener George McLeod ist, dem die größte Anwalts-Kanzlei in London gehört und der sozusagen mein Arbeitgeber ist.«

Jay machte ein ernstes Gesicht und sagte verhalten: »Ich kenne George McLeod«

»Garçon!« Derek hob eine Hand. »… Noch ein Gedeck, bitte.« Dann lächelte er mich diabolisch an. Genauso blickte wohl die Schlange auf das Kaninchen. »Darf ich mich zu euch setzen? Ich störe doch nicht bei irgendwas, oder?«

»Aber nein«, flötete ich. »Wo doch dein Daddy indirekt hier alles bezahlt, wir also sozusagen alle im George-McLeod-Fanclub sind …«

Er hatte unser Tête-à-Tête versaut und genoss es. Mein Zorn aber wuchs umso mehr, als ich sah, wie genervt Jay wirkte. Er hielt es offensichtlich kaum aus, an einem Tisch mit einem McLeod zu sitzen. Und es war offensichtlich nur seiner Zuneigung zu mir geschuldet, dass er nicht augenblicklich ging.

Jay schwieg lange. Anstatt bei dem geduldig wartenden Kellner zu bestellen, presste er seine Kiefer aufeinander und sah aus, als müsse er all seine Kraft zusammennehmen, um Derek keine reinzuhauen. Die Situation drohte zu eskalieren, als mir Dereks letzter Auftritt mit seiner Flamme in den Sinn kam, die er partout mit Hinweis auf seinen Vater in meinem Apartment vögeln wollte. Daran erinnerte ich mich von Moment zu Moment detaillierter, bis ich fast nicht mehr an mich halten konnte.

»Ich … gehe schnell noch eine rauchen, bevor das Essen kommt«, erklärte Jay, und noch ehe ich etwas sagen konnte, war er verschwunden.

Gut. Dann konnte der Tanz jetzt beginnen!

»Sag mal – hast du sie noch alle? Was veranstaltest du denn hier?«, knurrte ich Derek mit funkelnden Augen an.

»Was meinst du, Liebes?«, säuselte er. Oh, ja. Er wusste, wie er mich auf die Palme brachte.

»Was das soll?! – Ich gehe mit einem Freund essen und du drängst dich einfach frech dazwischen!«

»Du meinst, du wolltest einen Fick klarmachen …«, verbesserte Derek zynisch und strich gleichzeitig ein paar nicht vorhandene Falten auf dem Tischtuch glatt.

Meine rechte Hand drückte meine Linke nieder, dass ich ihm nicht mein Wasser ins Gesicht schüttete. »Ich kann nichts dafür, wenn *du,* lieber Derek, jeden mit Georges Kohle bezahlen musst, damit er *dich* bumst.«

»Ich bezahle keinen für eine Nummer«, versetzte er.

»Gut. Ich auch nicht«, erwiderte ich spitz.

»Legst du ihn zum ersten Mal flach?«, zischte Derek. Er lehnte sich jetzt so weit zu mir herüber, dass ich die Stoppeln seines Barts erkennen konnte. Seine dunklen Locken umrahmten sein verführerisches Gesicht, das – zumindest in meinen Augen – nur durch seinen Charakter Schaden nahm.

»Auch wenn es dich einen feuchten Scheiß angeht – nein! Nein, ich habe ihn schon öfter gebumst.«

Er setzte sich sehr aufrecht hin. Touché!

Dann nickte er. »Tja. Nun gut. Vielleicht auch nicht ungewöhnlich für eine Nutte.«

»Ja, eine Nutte, von der du – wenn ich mich richtig erinnere – beim letzten Zusammentreffen unfähig warst, die Finger zu lassen.«

Er trank von seinem Wein, rollte nachdenklich mit den großen, olivenfarbenen Augen und hob dann an. »Aaah, ja.

Ich erinnere mich. Woraufhin die Dame handgreiflich werden wollte ....«

»Gift*zwerg!*«, entwischte es mir.

Derek lehnte sich zurück und lachte, als er sagte: »Giftzwerg? Liebes, ich bin einsfünfundachtzig groß. *Zwerg* ist da wohl recht unpassend.«

»Ich meinte deinen Charakter. Nicht deine Statur.«

Sein Kopf kam näher wie der eines Verschwörers und mit ebensolchen Blicken fixierte er mich. »Wenn du nur wolltest …«

»Wenn ich nur *was* wollte?«

»Le pain!«, tönte es über uns und enthob Derek so einer Antwort. Der Kellner platzierte die Teller vor jedem, dazu jeweils ein kleines, silbernes Brotkörbchen. »Ist Monsieur gegangen?«, wollte er lächelnd mit Blick auf Jays Platz wissen.

»Oh, nein. Monsieur wird gleich wieder da sein«, entgegnete Derek, obwohl ich bereits für die Antwort Luft geholt hatte. Dann sah er sich um, erspähte den gerade eintretenden Jay und verkündete: »Und da ist Monsieur auch schon wieder. Und … ach ja, bevor ich es vergesse – ist er im Bett so gut, wie er aussieht?«

Zornerfüllt presste ich meine Lippen aufeinander, um nichts zu sagen, für das ich mich nachher bei irgendwem hätte entschuldigen müssen.

Dass Jay sich jetzt wieder zu uns setzte, enthob nun wiederum mich einer Antwort.

Wir schwiegen, bis der Maître kam, um die Bestellung aufzunehmen, und schwiegen, bis das Essen kam. Anstelle von Worten flogen Blicke zwischen uns dreien hin und her und ich dachte, dass dies der schrecklichste Restaurantbesuch war, den ich je erlebt hatte. Auch Jay war die Situation sichtbar unangenehm, denn mittlerweile errötete er bis unter die

Haarspitzen. Seine Hände krampften sich um sein Besteck und ich ärgerte mich, dass ich ihn in diese Situation gebracht hatte. Warum hatte ich Derek nicht einfach zum Teufel gejagt? Inzwischen war ich so verkrampft, dass mir sogar die Serviette vom Schoß rutschte. Es blieb mir nichts weiter übrig – da die Herren sich nicht erbarmten – mich in ganz undamenhafter Manier unter die Tischplatte zu beugen.

Ich denke, es ist normales Verhalten, dass man auch als Erwachsener, sobald man in Gesellschaft unter dem Tisch zu verschwinden genötigt ist, einen kleinen Blick in die Runde wirft. Wie sehen die anderen wohl aus, nur als Unterleib? In diesem Moment, da ich also meinen Rundblick tat, erschrak ich so sehr, dass ich beinahe mit dem Kopf gegen die Tischplatte geknallt wäre, denn was sah ich in diesem Moment? Darum war Jay so errötet – nicht etwa, weil ihm die Situation so unangenehm war, zwischen die Fronten von Derek und mir geraten zu sein – sondern vielmehr aufgrund der Tatsache, dass Derek Jays Schritt intensiv streichelte, ja dessen Schwanz durch den Stoff geradezu knetete.

Ich machte mir bewusst, dass ich nicht mehr atmete und zwang mich, die Luft durch meine Lungen wieder aus- und einströmen zu lassen. Mein Unterleib fing im gleichen Moment, da ich die beiden ertappt hatte, zu pulsen an. Ebenso errötend wie Jay, hatte ich bemerkt, dass meine Säfte zu fließen begannen. Es kostete mich all meine Kraft, mich wieder aufzurichten und einigermaßen gesellschaftsfähig auszusehen, während ich die Bilder bekämpfte, die in meinem Gehirn die Runde machten.

Mit starrem Blick zerteilte ich mein Pangasiusfilet, schob ein paar Reiskörner obenauf und verlor sie wieder, bevor sie den Teller verlassen hatten. Derek aß unbekümmert, nur seine Linke benutzend, und Jays Kiefer mahlten beinahe in Zeitlupe.

Immer unruhiger rutschte ich auf meinem Stuhl hin und her und fragte mich, wie weit Derek es wohl treiben würde? Er konnte nicht allen Ernstes planen, dem wehrlosen Jay hier am Tisch, mitten in einem vollbesetzten Sterne-Lokal, einen runterzuholen!

Wollte er nur provozieren oder fand er Jay wirklich heiß? Letzteres war wohl kaum von der Hand zu weisen, denn an meinem Tisch saßen im Moment zwei der schärfsten Typen, die ich mir vorstellen konnte.

So ging das Essen mehr oder minder wortlos-gequält vorüber und wir waren alle auf die eine oder andere Art froh, als der Maître die Rechnung brachte.

Wir leerten unsere Gläser. Derek lehnte sich nach hinten, die Arme hinter dem Kopf verschränkt – eine Geste, die in ihrer Nonchalance vollkommen unpassend wirkte. »Und? Was machen wir mit dem angebrochenen Tag?«

Gerade holte ich Luft, um eine mehr oder minder einfallsreiche Lüge von mir zu geben, als ein diabolisch grinsender Derek seine eigene Frage beantwortete: »Ah, du wolltest dem guten Jay sicherlich deine Briefmarkensammlung zeigen, Emma-Darling.«

Jay sah mich verdutzt an. Ich beschloss, zu schweigen.

Jetzt beugte McLeod Junior sich vor, presste die Augen zu kleinen Schlitzen zusammen und fügte hinzu: »An der hätte ich übrigens auch ein lebhaftes Interesse.«

Warum ich in diesem Moment nicht einfach Jay unter den Arm geklemmt hatte und Derek erklärte »Sorry – geschlossene Gesellschaft«? Keine Ahnung … Doch! Gelogen. Klar habe ich eine Ahnung! Ich sah die beiden an und stellte fest, dass ich den Gedanken, es mit beiden zu treiben, einfach unwiderstehlich fand!

So ließ ich mir also von Derek in den Mantel helfen und von Jay ein Taxi herbeiwinken. Aneinandergedrückt, ich in der Mitte, saßen wir im Fond des Wagens und ich bemerkte erregt, dass Jay mein rechtes Knie zu streicheln begonnen hatte, während Derek sich an meinem linken Schenkel zu schaffen machte.

Es rieselte warm meinen Rücken herab und ich empfand ein wohliges Prickeln, das sich mit jeder Meile, die wir durch die Londoner Innenstadt zurücklegten, steigerte. Wir waren zu dritt und entgegen allen schamhaften Empfindungen von zuvor, hatten wir in den letzten Minuten offensichtlich eine gewisse unausgesprochene Übereinkunft erzielt. Die Berührungen, die die beiden Männer mir angedeihen ließen, hatten sich über die Fahrtdauer so intensiviert, dass wir kurz davor waren, uns heftig zu küssen, als der dunkle Wagen vor meinem Haus hielt. So schnell wie möglich stiegen Jay und ich aus, während Derek den Fahrer zahlte. Dann eilten wir drei hinein. Sämtliche Barrieren fielen.

Die Tür meines Apartments war noch nicht richtig im Schloss eingerastet, als Jay bereits seine Arme um meinen Hals schlang und mir einen äußerst intensiven Zungenkuss gab. Er schmeckte herrlich. Fast noch appetitlicher, als ich ihn in Erinnerung hatte. Seine Arme waren stark und muskulös, weniger drahtig als die von Derek. Die Frage, was dieser wohl tun würde, beantwortete sich im nächsten Moment von selbst, denn Derek hatte sich hinter mich gestellt und sein Gesicht über meine rechte Schulter gebeugt. Und während er mit einer Hand meinen Slip beiseiteschob, ließ er seine Zunge abwechselnd in meinen und in Jays Mund gleiten. Von Zeit zu Zeit umspielten sich unsere drei Zungen auch außerhalb unserer Münder und erregten uns bald so sehr, dass wir begannen, uns gegenseitig auszuziehen. Beide Männer waren bereits hart und ihre Läufe warteten nur darauf, endlich ihren Einsatzbefehl zu bekommen. Schnell schleuste ich die beiden in mein Schlafzimmer, wo sie sich sofort auf dem Bett kniend niederließen. Was für ein Anblick, wie sie sich umarmten, ihr Haar ineinanderfloss und ihre schimmernde Haut zu verschmelzen schien. Jays muskulöse Nacktheit, die sich mit diesem geschmeidigen Balletttänzerkörper Dereks eine Art erotischen Zweikampf zu liefern schien. Als wollten sie sich gegenseitig verschlingen, den jeweils anderen in sich hineinzwingen ...

Es war derart sexy, dass ich nicht anders konnte, als meine Finger hart über meine Spalte zu reiben. Jetzt wollte ich mich nicht mehr fernhalten. Also kniete ich mich hinter Jay, spreizte seine Schenkel und begann seine Eier sanft mit meiner Zunge zu liebkosen. Augenblicklich löste er seinen Mund von Dereks und stöhnte laut auf.

»Was tust du mit ihm? Das will ich auch!«, protestierte Derek, woraufhin ich um die beiden herumwanderte, ihre Lenden auseinanderschob und abwechselnd ihre Erektionen in meinem Mund verschwinden ließ. Welcher Genuss, zwei solche Riemen küssen und lecken zu können, mit mir selbst in einen Wettkampf eintretend, welchen von beiden ich tiefer in meine Kehle aufnehmen könnte. Meine Hände benutzte ich nur, um ihre Eier sanft zu massieren und so die Arbeit meiner Lippen zu unterstützen.

»Was ist eigentlich mit Emma? Wir sollten sie nicht so schuften lassen, ohne Lohn!«, stieß Jay leicht atemlos hervor.

Offensichtlich hatte er, erregt von Dereks heißer Umarmung, seine natürlichen Hemmungen fallen gelassen und gab sich nun unserem erotischen Spiel hin. So drückte er mich jetzt vorsichtig auf alle viere und spreizte meine Pobacken, bis meine Rosette schutzlos vor ihm stand.

»Ein wunderbares Loch«, stellte er fest.

Derek kniete sich neben ihn. »Ja. Es sieht wirklich aus wie eine Blume«, fügte er Jays Worten hinzu. »Wir sollten die Blume befeuchten, finde ich.«

Es war so überraschend, dass ich nach vorn kippte, als Dereks Zunge zunächst breit über meine Rosette hinwegglitt, um sich im nächsten Moment den Weg in ihr Inneres zu suchen. Es ging nicht anders – ich musste ihm mit meinem Hintern entgegenstoßen, wollte dieses Gefühl haben, in den Hintern gewichst zu werden.

»Das ist unserer Süßen zu wenig, mein Guter. Sie will zumindest einen Finger in sich spüren«, sagte Derek.

Schnell warf ich Jay eine Tube Gleitcreme zu, die er auf meinem Eingang verteilte. Dann drang er mit dem Finger in mich ein. Was für ein Gefühl! Ich ächzte und schrie, als er seinen Zeigefinger in meinem Hintern bewegte.

Aber auch Derek blieb nicht untätig. Er kauerte sich unter Jays Bauch und ließ dessen Erektion tief in seinen Mund gleiten. Welcher Anblick, zwischen meinen baumelnden Brüsten hindurch Derek zuzusehen, wie er Jays Schwanz bearbeitete!

»Steck ihn mir rein!«, keuchte ich Jay entgegen, der den Auftrag augenblicklich erfüllte.

»Beide … ich will euch beide drin haben!«

Mir wurde fast schwarz vor Augen aus Gier. Ich brauchte all meine Kraft, um nicht wild um mich zu treten und meinem Körper nicht zu gestatten, umzufallen, als Derek nun die schwierige Aufgabe übernahm, in meine Spalte einzudringen, während sich der kniende Jay in meinem Hintern austobte. Es war dieses Gefühl des Ausgefülltseins, das ich so sehr liebte und das all mein Empfinden, jeden Millimeter meines Körpers, in höchste Anspannung versetzte.

Ich fühlte mich wie die Sehne eines Bogens in dem Moment, bevor der Pfeil abgeschossen wird, und es kostete mich unendlich viel Kraft, diesen Abschuss hinauszuzögern, während die Männer dabei waren, den richtigen Rhythmus in meinen Öffnungen zu finden.

Es war Derek, der als erster auf einen Positionswechsel drängte.

»Hilf mir, in ihn einzudringen!«, stieß er hervor. Seine Stimme klang kehlig und rau. Mühsam arbeitete ich mich zwischen den Männern hervor und griff dann nach der Tube.

Jay wimmerte beinahe, als ich seine Rosette einrieb, drängte sich wieder und wieder nach hinten, ungeduldig darauf wartend, endlich genommen zu werden. Mit beiden Händen spreizte ich seine Hinterbacken und Derek dirigierte seine Männlichkeit an den Platz, den er so mochte. Mit einem Ruck drang er ein und Jay schrie gellend auf. Doch was ich im ersten Moment für einen Schmerzensschrei gehalten hatte, entpuppte sich beim Anblick seines leuchtenden Gesichts als ein Schrei der Lust. Derek hatte die Position eines halb knienden Bogenschützen eingenommen, bohrte seine Fingerspitzen tief in Jays Lenden und benutzte ihn mit vor Gier leuchtendem Gesicht. Mit tiefem Grunzen begleitete Jay genussvoll jeden Stoß seines Liebhabers und auch ich wollte nicht untätig sein. Also kauerte ich mich neben den heftig stoßenden Derek, der mich mittlerweile mit dem Lächeln eines siegreichen römischen Feldherrn ansah, umspannte mit Daumen und Zeigefinger seinen Schaft und intensivierte so die Empfindungen, die ihn heimsuchten. Doch ich selbst mochte auch nicht zu kurz kommen und begab mich unter Jays Bauch, sodass ich in der Lage war, seine Erektion tief in meine Kehle eintauchen zu lassen.

Ich genoss den warmen, feuchten Ständer in meinem Mund, der pulste und pochte, gierig und doch auch unsicher, wonach er sich im Moment mehr sehnen sollte: nach meiner Zunge oder einer der ihm angebotenen Körperöffnungen. So fest ich konnte, spannte ich meine Lippen an und ließ ihn ein paar Mal rein- und rausgleiten, bevor ich ihn wieder herunterbog. Diese Übung wiederholte ich so oft, bis Jay keuchte, dass ich aufhören solle, weil er sonst augenblicklich abschießen würde. Das war der Moment, da ich erkannte, dass Jay auch von mir kosten wollte.

Also setzte ich mich, mit dem Rücken gegen das Kopfteil des Bettes gelehnt, ihm gegenüber hin, stopfte mir ein Kissen unter den Po und bot seiner gierigen Zunge so meine geschwollenen, glühenden Schamlippen dar. Welches Gefühl, mit erhobenem Becken seine Zunge durch meine lüsternen Zonen zu dirigieren, während ich den konzentriert hinter ihm knienden Derek sah, der Jays Flanken gepackt hielt und so heftig in dessen Hintern stieß, dass es auch noch der Kraft meines Unterkörpers bedurfte, um Jay am Umfallen zu hindern.

Dieser leckte tief in mich hinein. Ich kann nicht behaupten, dass ich einen einzigen Orgasmus gehabt hätte, sondern bewegte mich vielmehr auf einer langgezogenen Welle eines Gefühls dahin, das so viel intensiver als ein schlichter Orgasmus war. Es erfasste meinen ganzen Körper und ließ jede Muskelfaser erzittern. Wenn ich es auch für unmöglich gehalten hatte, so wurde dieses Gefühl noch heftiger, noch alles umfassender, als Derek sich nun aus Jay zurückzog, sich neben diesen kniete und sie nun mit zwei Zungen über meine Möse herfielen. Mit verzweifelter Kraft schlug ich meine Nägel in das weich gepolsterte Kopfteil meines Bettes und versuchte, das von ihnen ausgelöste Gefühl einigermaßen unter Kontrolle zu halten, was mir nur schwer gelang. Es brachte mich beinahe um den Verstand, zu sehen, wie die beiden immer wieder von mir abließen, um ihre Zungen in heftigsten Küssen zu vereinen. Dann ersetzte ich ihre Berührungen durch meine Hand, die immer neue Feuchtigkeit aus meinem Innersten nach außen beförderte.

Jetzt war es an mir, die Initiative zu ergreifen. Schnell dirigierte ich Jay auf den Rücken und ging in der Hocke über seiner Erektion nieder, wobei ich ihm den Rücken zugewandt hatte, um so meine Spalte Derek darzubieten, der sie ausgiebig weiterlecken konnte und mein Loch mit den Fingern bearbeitete, während Jay mich in den Po nahm. Das Keuchen und Stöhnen aus unseren Kehlen wurde erst unterbrochen, als meine Kraft in den Beinen nachließ und ich von Jay heruntersteigen musste. Es war, als hätten wir alle gespürt, wie unsere Kräfte nachzulassen begannen und so nutzte Jay die Gelegenheit, Derek zu nehmen, was dieser mit einem lauten Aufschrei quittierte. »Oh, verdammt … Nei…«, weiter kam Derek nicht.

Jay rammte vollkommen ohne jedes Mitgefühl seinen Schwanz in Dereks Anus. Dieser kippte nach vorn und sein Schrei wurde zu einem Aufschrei. Als ihn Jays erster heftiger Hub traf, verzerrte sich sein Gesicht zu einer zornigen Maske. Wobei er sich förmlich in meine Augen zu verhaken schien, mich nicht mehr aus seinem Blick zu entlassen bereit war. Und dann beugte er sich einen Atemzug zu mir und berührte sanft meine Lippen mit seinem Mund. Er schloss seine Augen, legte den Kopf schräg und küsste mich mit einer Intensität, die ich nur ein einziges Mal bei ihm erlebt hatte. Wir ignorierten die Stöße, die uns beide in gleichmäßigem Rhythmus trafen und ich gab mich der Tiefe und Sehnsucht seiner Berührung hin, die mein ganzes Ich einzunehmen begann. Mein Herz pochte und ich bewegte mich langsam aus meinem eigenen Körper heraus. Es wurde still um mich herum. Totenstill. Kein Atmen, kein Seufzen hörte ich mehr. Entrückt blickte ich auf das Bett herunter, wo ich saß, mein Gesicht dicht an das Dereks gedrückt und betrachtete von oben Jays Rücken, der über Derek kauerte und heftig in diesen hineinstieß.

Und plötzlich hatte diese Szenerie nichts Erotisches mehr. Ich sah Derek, und mein Herz schien von Nebel umzogen zu werden. Die Dinge begannen sich zu wandeln. Und ich fand keine Worte für das, was ich sah, geschweige denn für das, was ich empfand …

Es gab nur eine Lösung: Ich musste zurückkehren. Meine Lippen von seinen lösen – und wäre es mit Gewalt. Es galt, den Pfeil abzuschießen, ihn ins Blaue zu zwingen, bevor er jemanden ins Herz traf und dadurch vernichtete.

»Oh … oh … jetzt …«, keuchte Jay.

»Nein!«, brüllte ich und stieß Derek von mir. Eilig, bevor Jay abspritzen konnte, dirigierte ich die beiden Männer über mich. So konnten sie ihre Läufe in Stellung bringen und ich konnte sie beide abwechselnd mit meinem Mund verwöhnen, so lange, bis sie nicht mehr an sich halten konnten. Ja, ich leckte und koste die beiden, während meine angespannten Lippen taub wurden und meine Zunge rau wurde, bis die Männer nicht mehr konnten und mit lautem Stöhnen ihre Salven abschossen. Mit bebenden Händen hielt ich ihrem Samen meine Brüste entgegen, fing die cremigen Tropfen mit meiner Zunge auf und leckte schlussendlich ihre erschlaffenden Riemen so sauber wie ich nur irgend konnte.

Erschöpft und zufrieden legte ich mich aufs Bett und streckte mich so wohlig aus wie eine Katze am Kamin. Derek drängte sich dicht an meine Seite, verschränkte die Arme hinter seinem Kopf und lächelte Jay an, der offensichtlich überlegte, wo er auf dem Bett Platz finden könnte.

»Ach … ich habe etwas vergessen«, erklärte Derek plötzlich und sprang vom Bett. Ich setzte mich überrascht auf, denn ich hatte keine Ahnung, was das sein mochte.

Jay nutzte derweil die Gelegenheit und ließ seine Zungenspitze über mein Schlüsselbein gleiten.

Da tauchte Derek in der Tür auf. Er hatte ein paar Kleidungsstücke dabei, die er aufs Bett warf und streckte dann seine Hand in Jays Richtung aus. »Da sind deine Klamotten und … deine Bezahlung.«

Augenblicklich saß ich senkrecht im Bett.

Jay starrte Derek fassungslos an.

»Bis du übergeschnappt?«, war alles, was ich mit Blick auf die Scheine in Dereks Hand sagen konnte.

»Wieso denn? Er hat gute Arbeit geleistet. Bei dir *und* bei mir. Da hat er sich auch eine gute Bezahlung verdient. Nicht wahr? Wir rufen dich gern an, wenn mal wieder Not am Mann ist …«, setzte er mit großzügigem Ton hinzu.

Jay aber war mit einem Satz aus dem Bett. Er hatte mich vergessen und alles um sich herum. Mit zusammengepressten Lidern und geballten Fäusten ging er augenblicklich auf Derek los und mir war im Bruchteil einer Sekunde klar, dass er diesem ohne zu zögern den Kiefer brechen würde und danach jeden Knochen im Leib zertrümmern könnte.

Jay packte Derek bei der Kehle und rammte ihn mit dem Rücken gegen die Wand, dass die Nachttischlampe klirrte. »Du gottverdammter Hurensohn!«, schrie er seinen würgenden Kontrahenten an.

Mir blieb nichts anderes übrig, als mich nach vorn zu werfen,

Jays Handgelenk zu packen und zu versuchen, ihn von seinem keuchenden Opfer wegzuziehen. »Jay! Nicht! Er ist ein Idiot. Er will dich doch nur provozieren!«, jammerte ich – unsicher, ob Jay mich in diesem Moment überhaupt hören konnte, geschweige denn, meinem Flehen Folge leisten würde. Doch ich gab nicht auf, sondern riss weiterhin an seinem Arm. So lange, bis jener Bann gebrochen schien, der die beiden Männer aneinanderkettete.

Jay verpasste Derek einen letzten, heftigen Stoß und wandte sich dann mir zu. »Ich bin mit der Ratte noch nicht fertig«, knurrte er und begann, sich anzuziehen.

Die offene Angst in Dereks Gesicht hatte mittlerweile wieder dem breiten Grinsen Platz gemacht, während Jay das Apartment verließ.

»So, und was machen wir beiden Hübschen jetzt?«, fragte Derek mit noch immer leicht gepresster Stimme, denn Jay hatte ihm offensichtlich heftig die Kehle zugedrückt. Seine Brust hob und senkte sich schneller als sonst. Die Szene schien nicht spurlos an ihm vorübergegangen zu sein, auch wenn er jetzt so tat, als sei nichts gewesen.

Schweigend sammelte ich die Geldscheine ein und ging dann aus dem Schlafzimmer. Im Vorraum fand ich Dereks Kleidung. Er war mir gefolgt und nun drehte ich mich um und reichte sie ihm. »Es ist besser, wenn du jetzt auch gehst«, sagte ich ruhiger, als ich es selbst für möglich gehalten hätte.

Dereks Gesicht war eine ausdruckslose Maske, allein sein starrer Blick und seine mahlenden Kiefer machten die innere Bewegung deutlich, die ihn erfasst hatte. Wortlos stieg er in seine Sachen und ging zur Tür.

Als er dort angekommen war, erinnerte ich mich an die Scheine, die ich noch in meiner Hand hielt. »Da … das gebührt dir.«

Seine Augen wanderten zu meiner Hand und dann zurück zu meinem Gesicht. Eine Weile blickte er mich an, als wollte er noch etwas sagen. Doch dann wandte er sich zur Tür und ging ohne ein Wort hinaus.

Cal

Nur einen Tag nach diesem wahrhaft aufregenden Dreier hatte George dann endlich wieder ein Date für mich organisiert. Es wurde ernsthaft Zeit, denn mein Geld wurde langsam knapp.

»Es ist möglicherweise etwas Neues für dich, meine Liebe. Der Klient sucht händeringend eine erfahrene Frau.«

»Eine erfahrene Frau?«, versetzte ich etwas begriffsstutzig.

»Nun … in den besseren Kreisen ist es seit jeher üblich, dass man die Mannwerdung in erotischer Hinsicht …«, George klang in diesem Moment ein bisschen wie John Cleese, »… gern erfahrenen Frauen überlässt. Und zwar solchen, bei denen man hinterher nicht mit Komplikationen rechnen muss.«

Augenblicklich war ich im Bilde. Schließlich hatte auch ich die entsprechenden Romane gelesen. »Und jetzt sucht ihr eine Nutte, die einem Hänfling zeigt, wo es langgeht.«

»Exakt.« Er nickte zufrieden und nahm noch einen Schluck.

»George … was mich angeht, so habe ich damit kein Problem. Aber ich gehe auf die Barrikaden, wenn ich mit dem Gesetz in Konflikt komme.«

George runzelte seine Stirn und seine randlose Brille rutschte über der fleischigen Nase nach oben. »Bitte? Nein. Nie im Leben. Er ist fast achtzehn. Sein Problem ist lediglich, wie sein Vater es nennt, dass er mit den Mädchen so seine Probleme hat und kein Date eingeht: Angst vor dem ersten Schuss.«

»Vielleicht sollte er den Jungen nicht so bedrängen, ihm mehr Zeit lassen?«, schlug ich pädagogisch geschickt vor, wenn ich auch davon ausging, dass der Knabe nur ein guter Schauspieler sein mochte. Denn ich wusste nur zu gut um die Wirkung scheinbar schüchterner Jungs auf die Damenwelt.

»Nein. St. John sagt nur: ›Wie will er im Geschäftsleben etwas werden, wenn er es noch nicht einmal schafft, eine Frau flachzulegen? Außerdem habe ich keine Lust, dass sich irgendein Schwuler meinen Sohn krallt, bevor der die Weiber entdeckt hat.‹«

Wer war ich, zu widersprechen?

Andererseits gab es mir doch zu denken, dass ein Kerl von achtzehn Jahren noch kein Mädel gehabt haben sollte … Und das in einer Zeit, in der Jungs bereits mit dreizehn durch die Betten zu hüpfen begannen …

Was war nur mit ihm los? Wenn es wirklich keine Masche war – was war es dann? Was war *er* dann? Spätentwickler? Oder so hässlich, dass ihn einfach keine ranließ?

George und ich vereinbarten, dass wir unsere Aktion mit einem gemeinsamen Essen beginnen wollten. Und zwar im Stadthaus der Familie St. John. Natürlich an einem Abend, an dem die Frau Gemahlin auswärts weilte.

***

Dieses Haus toppte alles, was ich bis jetzt an Designer-Einrichtung gesehen hatte. Betrat man die Eingangshalle, war man praktisch schneeblind.

Es gab keine Unterbrechung im Weiß. Keinen Punkt, an dem das Auge ausruhen konnte. Buchanans Haus war schon eine Herausforderung an den Sehnerv gewesen, aber das hier …

Keine Gemälde, nicht mal die winzigste Grafik. Weißer Marmor, weißes Holz, weiße Wände.

Als ich in das Speisezimmer geführt wurde, saugte ich mich förmlich an einer weißen Orchidee fest, die wenigstens einen roten Blütenstempel hatte.

Ich brauche nicht erwähnen, dass die Tischdecke und das Service weiß waren …

Mein Gastgeber erwartete mich bereits mit zwei anderen Gästen. Ich trug ein schwarzes Cocktailkleid aus Samt mit weitem Ausschnitt, der seitlich von einer Brosche zusammengehalten wurde.

Ungewollt bot ich so einen netten Kontrast zu meiner Umgebung. Der Ausschnitt meines Kleides war eher in die Breite als in die Tiefe angelegt und ließ so meine Schultern kräftiger wirken, als sie tatsächlich waren. Der Saum endete kurz über dem Knie und ich trug schwarze Lack-»Mary Janes« dazu.

Die schmal geschnittene Taille betonte meine weiblichen Hüften, die einfach am besten wirkten, wenn man einen schwingenden Schritt an den Tag legte.

Ich denke dabei gern an Marilyn Monroe in »Manche mögen's heiß«, wenn sie, von Tony Curtis und Jack Lemon beobachtet, über den Bahnsteig stöckelt.

Der Hausherr begrüßte mich mit Küsschen rechts – Küsschen links und stellte mich dann den anderen Gästen vor: Paul Michaels, Chef der Werbeagentur »Michaels & Friends«, und seiner Gattin Mathilda, einer rassige Amerikanerin mit mexikanischen Vorfahren. Ich kannte sie aus Hochglanzmagazinen, denn sie hatte sich als mittelmäßig erfolgreiches Model den ganz großen Hecht geangelt. Die Hochzeit hatte dicke Schlagzeilen gemacht, weil sogar der Premierminister gekommen war. Geheiratet hatten die beiden in der St. Paul's Kathedrale. Sie in einem Traum von Valentino mit einer sieben Meter langen Schleppe und einem Diadem aus Diamanten und Saphiren im wallenden Haar.

Nicht nur aus der Distanz, auch aus der Nähe sah sie umwerfend aus. Eine beinahe erhabene, dabei doch rassige Schönheit, die abgerundet wurde von einem Abgrund dunkelgrüner Augen, die alles in sich einzusaugen schienen und in einem anregenden Gegensatz zu ihrer offenbar feurigen, mexikanischen Natur stand.

Ich war etwas enttäuscht, dass sich mein Auftrag nicht auf sie bezog, denn ich hätte sie mit größtem Vergnügen in die Genüsse der lesbischen Liebe eingeführt. Wenn sie sich damit nicht schon längst auskannte … Vielleicht noch mit der Unterstützung ihres leicht debil aussehenden Gatten.

Sein Kinn war wesentlich zu lang und wurde nochmals beschwert durch eine Unterlippe, die aussah, als sei er das Opfer eines durchgedrehten Schönheitschirurgen geworden.

Er war offensichtlich nicht mehr der Jüngste, und um mit seiner appetitlichen Frau mithalten zu können, hatte er sich um die Augenpartie herum liften lassen. Was dazu führte, dass er einen beständig höchst überrascht ansah. Was auch geschah oder nicht geschah – seine Augen schienen permanent zu sagen: »Oh! Tatsächlich?«

Zurzeit konnte er seine Hände nicht von seiner Gemahlin lassen. Seine Finger grabbelten entweder über ihren Hintern oder ihren Rücken.

Und jetzt ahnte ich auch, wieso …

Sie gierte. Ganz offen. Und ihr Herr Gemahl hatte im wahrsten Sinne des Wortes alle Hände voll zu tun, sich bei ihr in Erinnerung zu halten. Die Dame starrte in Richtung der Tür und befeuchtete ohne Unterlass ihre vollen Lippen.

Ich folgte diesen tiefgrünen Scheinwerfern, ihrem Lichtkegel. Und dann sah ich, welches Reh sie fokussiert hatten!

Mir verschlug es den Atem.

In der Tür stand ein ätherisches Wesen.

Halb Mann – halb Engel.

Er war schmal. Unsagbar schmal. Seine Haut schimmerte in elfenbeinfarbenem Weiß und seine Finger waren so lang und feingliedrig, dass man fürchtete, ihm Gewalt anzutun, wenn man sie ergriff. Ich blickte in zwei braune Augen, die durch die Schlankheit ihres Besitzers noch größer in ihren Höhlen lagen. Umrankt waren sie von langen, schwarzen, nerzenen Wimpern, die jede Brille unmöglich gemacht hätten. Seine Nase und sein Kinn waren einen Hauch zu lang, doch bekanntlich soll ja nichts zu perfekt sein.

Sein Haar war glatt und dunkelbraun, fast schwarz. Er trug es kinnlang und leicht gerundet geschnitten. Ein Mittelscheitel öffnete den etwas zu langen Pony über den rehgleichen Augen wie einen Vorhang über einer Theaterbühne.

Man hätte eine gewisse Ähnlichkeit in der Art zwischen diesem Engel und Derek feststellen können, doch wo Derek eine gewisse Animalität aufwies, die aus jeder seiner Bewegungen sprach, da schien sich dieser hier nur nach Schutz umzusehen.

Sein Vater vollzog die Honneurs und ich war gespannt, ob man den Jüngling auf meine Aufgabe aufmerksam gemacht hatte. Doch seine Reaktion ließ keinerlei Rückschlüsse zu. Er begrüßte mich mit überraschend festem Händedruck. Zufrieden stellte ich dann fest, dass er die gierende Mexikanerin mit keinem Deut mehr Interesse begrüßte, als mich.

Oder war das vielleicht gar kein gutes Vorzeichen?

Er wurde mir als Tischpartner zugeteilt und die Dame war nicht entzückt.

Paul Michaels tat mir etwas leid, denn es war offensichtlich, dass seine Gattin den Sohn des Gastgebers am liebsten gleich auf dem Tisch vernascht hätte.

Das Essen wurde aufgetragen. Man begann die Konversation. Cal – so hieß mein Klient – schwieg. Er blickte auf seinen Teller. Trank Wein. Sah keinen an.

Die Mexikanerin hing an seinen Lippen, als säße Platon vor ihr. Um der Wahrheit die Ehre zu geben: Es war peinlich! Schlicht peinlich!

Ich finde, eine Frau kann einen Mann begehren, aber sie sollte ihm nicht auf den Schoß springen. Außerdem war die Sahneschnitte *mir* zugedacht! Ich kicherte innerlich, da die Schönheitskönigin keine Ahnung von dem wahren Grund meiner Anwesenheit hatte, doch ich war auch nicht dumm genug, unvorsichtig zu sein. Denn wenn sie sich anstrengte und bei ihm zum Zuge kam, wusste ich nicht, ob George mir die volle Summe zahlen würde.

Es galt also, keinen noch so kleinen Fehler zu machen, um dieses elfengleiche Exemplar nicht zu verschrecken.

Natürlich hatte ich ihn auch beobachtet, das versteht sich, aber ich tat es aus den Augenwinkeln.

Es war wichtig, herauszubekommen, ob man mich nicht reinlegte, denn ich hatte es auch schon erlebt, dass Jungs, von denen ihre Väter annahmen, dass sie noch Jungfrauen waren, in Wirklichkeit alles flachlegten, was nicht bei Drei auf dem Baum war.

Aber bei Cal war ich mir nach kürzester Zeit sicher, dass er das war, für was er sich ausgab. Er blickte nicht ein Mal in die Runde und aß schweigend. Höchstens nickte er, wenn er angesprochen wurde. Da ich sein Aussehen als Grund für seine Jungfräulichkeit nun eindeutig ausschließen konnte, musste es eine andere, mir nicht gleich ersichtliche Ursache geben.

***

Das Dinner war beendet und die Zigarren wurden ausgepackt.

Cal zündete sich eine Zigarette an und da die Mexikanerin sich bereits bei den Zigarren bedient hatte, hielt er mir seine Schachtel hin.

Tja, da ärgert sich die Dame aber über ihre Voreiligkeit!, dachte ich.

Ich hatte gerade nach einem Glimmstängel gegriffen, als Cals Vater sein Gespräch mit Paul Michaels unterbrach und in Richtung seines Sohnes sagte: »Würdet ihr zum Rauchen bitte hinausgehen?«

Ich stutzte und verstand. Also nickte ich Cal zu und wir verzogen uns.

***

»Sie brauchen sich keine Mühe zu geben. Ich weiß, wofür mein Vater Sie engagiert hat«, sagte Cal. Ruhig zog er an seiner Zigarette.

»Gut. Heißt das, ich soll gehen?«

Er kniff die Augen beim nächsten Zug zusammen und sah mich aus schmalen Schlitzen an. »Nein. Bleiben Sie ruhig. Ich will Sie nicht um einen netten Abend und die Bezahlung bringen.«

»Ich heiße übrigens Emma.«

Er wechselte die Zigarette in die linke Hand und schüttelte meine rechte lächelnd, als wären wir uns gerade erst vorgestellt worden.

»Cal … Hi.«

Verflucht. Ich sah in diese riesigen Rehaugen und hätte ihn auf der Stelle vergewaltigen können.

Wir betrieben ein wenig Smalltalk, doch ich erinnere mich nicht mehr an Inhalt. Ich wollte ihn nur haben.

Doch zunächst hieß es: abwarten! Sich zusammenreißen. Den aufgenommenen Faden festhalten und weiterspinnen.

***

Der Abend verlief, wie ich es schon so oft erlebt hatte, und ich fragte mich, wo ich Cal verführen sollte.

Mittlerweile hatte der Alkohol bei ihm zu wirken begonnen und wir unterhielten uns auch bei Tisch ausgezeichnet. Ich erfuhr, dass er Gitarre spielte und mit einer Band auftreten wollte.

Sein Vater hörte das und sah missbilligend zu uns herüber. »So weit kommt es noch. Tingeltangel! Cal wird eine Lehre bei einem meiner Landwirte machen und dann nach York auf die Landwirtschaftshochschule gehen.« Damit wandte er sich wieder Paul Michaels zu. Offensichtlich war die Idee einer künstlerischen Laufbahn nicht zum ersten Mal Thema zwischen Vater und Sohn.

Jetzt hatte ich lange genug gewartet. »Bitte … wenn Sie mich entschuldigen würden. Aber ich muss jetzt nach Hause.« Ich erhob mich und schickte mich an, nach draußen zu gehen.

Mein Gastgeber sprang auf. »Und wie kommen Sie nach Hause?« Sein Gesicht wirkte alarmiert. Er fragte sich ganz offensichtlich, welcher Teufel mich geritten hatte, jetzt bereits die Segel zu streichen.

»Ach, ich nehme ein Taxi.«

»Aber … aber … so weit kommt's noch. Cal fährt Sie nach Hause.« Er lächelte mich zwingend an und die Mexikanerin stand kurz vor einem Kollaps.

Gesagt, getan! Zehn Minuten später saß ich neben meinem präraphaelitischen Engel im Auto und fuhr durch das nächtliche London.

»Kommst du noch mit rein?«, fragte ich ihn mit harmloser Stimme. Reinbitten konnte ich ihn ja, wenn er eh wusste, um was es ging …

Er nickte schweigend und folgte mir in mein Reich. Damit hatte ich halb gewonnen. Seine wunderbaren großen Augen streiften über meine Inneneinrichtung und ich ertappte mich dabei, dass ich hoffte, es würde ihm gefallen.

Ohne ihn zu fragen, mixte ich einen Cocktail und reichte ihm das Glas. »Cheers.«

Er hob es kurz in die Luft und trank dann. Dabei wollte ich ihn nicht betrunken machen, sondern lediglich entspannen und das hatte Cal auch bitter nötig, denn er war so verkrampft, wie er da in meinem Apartment stand, dass ich dachte, er würde mir über kurz oder lang kollabieren.

»Setz dich!«, rief ich ihm aus der Küche zu, wo ich einen kleinen Imbiss zusammenstellte.

Er holte tief Luft und verbreitete den Eindruck, als koste ihn das große Überwindung.

Mich kostete es übrigens nicht viel weniger, denn ich war an einem Punkt, wo ich so scharf war, dass ich kaum noch gleichmäßig atmen konnte. Mein Unterleib hämmerte förmlich und meine Brust wurde von einem gewaltigen stählernen Ring umklammert. Ich sehnte mich danach, zu spüren, wie sich diese Lippen auf meinen anfühlten und seine Hände auf meinem nackten Körper.

Wäre er ein erfahrener Liebhaber gewesen, hätte ich mich nicht mehr länger aufhalten müssen und wäre ihm an die Wäsche gegangen, doch bei einem Anfänger …

Ich beobachtete ihn, wie er wieder aufstand, umherging und sich alles genau betrachtete. Aha – er war schon lockerer.

Von wegen Vorspiel … dieses Vorspiel hatte schon den ganzen Abend gedauert. Ich setzte mich neben ihn, doch mit Distanz, denn ich wollte ja nicht, dass der angehende Lover durch das Fenster flüchtete!

»Na? Wie fandest du Paul Michaels?«, schuf ich ein Gespräch.

Er sah mich mit diesem unglaublichen Blick von unten nach oben an. Es hatte beinahe Lady-Di-Qualität.

»Michaels … oder seine Frau?«, fragte er leise.

Ich grinste breit und er erwiderte das Lächeln. Seine Zähne waren von einer fast künstlichen Makellosigkeit, für die man in Hollywood einen Haufen Geld bezahlen muss.

Cal leerte plötzlich sein Glas und hielt es mir hin. »Kann ich noch einen haben?« Sein Blick hatte eine gewisse Glasigkeit angenommen und sein Pony glitt wieder und wieder in seine Augen.

»Sicher?«

Er nickte in der heftigen Art, die sich eigentlich nur Kinder und Betrunkene erlauben. Also folgte ich seinem Befehl.

Doch als ich ihm das Glas reichte und er danach griff, hielt ich es erstmal fest. Verwundert sah er zu mir auf.

»Besäufst du dich meinetwegen?«, flüsterte ich.

So dicht vor ihm, sah ich die winzigen Sprenkel, die seine Pupillen umgaben. Ein Hauch von Röte überzog sein bleiches Gesicht. »Nein. Nein, natürlich nicht. Aber ich weiß, was mein Vater von mir erwartet.«

Langsam ließ ich mich auf mein untergezogenes Knie nieder und beobachtete ihn, wie er an dem Drink nippte.

Hatte ich ihn ertappt? War ich ihm zu nah?

Ich strich mit meiner Linken über seinen Kopf. Zärtlich, aber nicht aufdringlich. »Du brauchst dir keine Gedanken machen. Es ist okay …«

Sein Blick wirkte fragend. Was passiert jetzt? Was soll ich tun? Er war wirklich ein verdammt scheues Reh, das ich auf gar keinen Fall verscheuchen wollte. Mit traurigen Augen blickte er in sein Glas.

»Du bist so … schön«, flüsterte er.

Ich musste lächeln. *Schön* … Aber wie er es sagte, schien es zu stimmen.

Er schnappte nach Luft und wirkte, als wollte er ein Wort formulieren, tat es dann aber doch nicht.

»Was?«

Ich ließ meine Hand wie beiläufig auf seinem Nacken ruhen.

»Es ist etwas … erniedrigend.« Er hauchte den Satz beinahe.

Mit diesem Wort traf mich ein schwacher Pfeil, der zwar nicht tief ins Fleisch drang, aber dennoch nicht weniger schmerzte.

»Wieso erniedrigend?«, fragte ich.

Sein Blick, direkt, unverblümt, traf mich mit Wucht. »Weil es nicht hilfreich ist, zu wissen, dass eine Frau nur deswegen mit einem schlafen will, weil sie dafür bezahlt wird. Noch dazu vom eigenen Vater.«

Jetzt kraulte ich seinen Nacken. Wie warm und weich er war …

»Und woher weißt du, dass ich es nicht tue, einfach, weil ich es mit dir tun *will?*«

»Das werde ich nie wissen, nicht wahr?«

»Doch …«, hauchte ich. »Doch, das wirst du …«

Ich legte meinen Kopf schräg und berührte seine Lippen mit meinen. Nicht mal ein richtiger Kuss. Nur eine sachte Berührung. Der Herr im Himmel allein weiß, was es mich gekostet hatte, nicht über ihn herzufallen.

Durch einen winzigen Spalt sah ich, dass er seine Augen geschlossen hatte. Mit jedem Atemzug nahm die Intensität seiner Berührung zu. Zwar benutzte er seine Zunge nicht, doch seine Lippen waren fantastisch. Er ließ nach oder intensivierte den Druck, sodass ich derart eingenommen war, dass neben mir eine Bombe hätte platzen können – ich hätte es nicht gemerkt.

Blind tastete er nach festem Grund, um sein Glas abzustellen. Es klirrte leise, als er fündig wurde. Doch auch dies ging unter in den immer leidenschaftlicher werdenden Küssen.

Um etwas größer als ich zu sein, rutschte er langsam auf der Couch hoch und kniete sich dann ebenfalls hin.

Dies alles passierte, ohne dass wir auch nur ein einziges Mal unsere Zärtlichkeiten unterbrachen.

Seine Lippen begannen sich auf Wanderschaft zu begeben. Und während er langsam an meinem Hals herabglitt und mich dabei auszusaugen drohte, schob ich seine Hand direkt auf meine Brust. Für den Bruchteil einer Sekunde hielt er fast erschrocken inne, dann schlossen sich seine Finger um meine weiche Halbkugel.

Hart atmete ich ein und meine Möse wurde überschwemmt. Ich sah seinem Haar zu, wie es sich hin- und herbewegte und spürte seinen Fingern nach, die an meinem Rücken den Reißverschluss suchten. Alles an Cal war jetzt in Bewegung. Seine Arme, seine Beine, sein Kopf, sein Bauch.

Ich tat allerdings einen Teufel, an seinen Schwanz zu greifen. Dass er einen Harten hatte, war mir sowieso klar. Und hätte ich jetzt nur den Ansatz gemacht, ihn zu masturbieren, er hätte mit Sicherheit sofort abgeschossen. Diese Niederlage galt es zu verhindern. Außerdem wollte ich seinen köstlichen Saft selbst probieren. Also unterstützte ich ihn lediglich, indem ich leicht seitlich rückte, sodass er mein Kleid öffnen und abstreifen konnte. Er beachtete meine sorgfältig ausgewählte puderrosa Wäsche überhaupt nicht, sondern sah nur zu, dass sie verschwand. Ich wollte mich revanchieren, indem ich ihn auszog, doch er ließ mich nicht, schob stattdessen hastig meine Hände zur Seite und begann, an seiner Jeans zu zerren. Cal hastete derart, dass er sie kaum aufbekam.

Jetzt konnte ich es endlich wagen, wenigstens nachzusehen, welcher Luststab meiner harrte. Sein Schamhaar war dunkelbraun wie sein Kopfhaar und aus diesem dunklen Nest erhob sich ein ebenso langer, wie schmaler Ständer. Er lief so spitz zu, dass man hätte meinen können, er habe gar keine Eichel.

Ob es deswegen mit den Mädchen nicht klappen wollte? Wahrscheinlich schämte er sich wegen der außergewöhnlichen Form seines Schwanzes.

Cal begann bereits mit jenen pumpenden Bewegungen, die man tunlichst erst dann beginnen sollte, wenn man bereits in die Frau eingedrungen war. Vor allem, wenn man zum Platzen aufgegeilt und unerfahren in der körperlichen Liebe war. Doch bei Cal gab es bereits jetzt kein Halten mehr. Um ihm also einen vorzeitigen Erguss zu ersparen, stieg ich vorsichtig, von seinen heißen Küssen begleitet, auf seinen Schoß.

Das ist eindeutig meine Lieblingsposition bei unerfahrenen Liebhabern. Es enthebt die Unerfahrenen der Verantwortung für den Akt, die sie noch gar nicht zu übernehmen bereit oder in der Lage sind.

Vorsichtig griff ich also nach seinem Ständer und schob ihn an seinen Platz. Cal hielt die Luft an.

So kniete ich über ihm, hob mein Becken leicht an und führte ihn dann tief ein. Es war das unglaubliche Gefühl, als würde man einen Stock in die Muschi gesteckt bekommen. Dabei war es keineswegs unangenehm, noch dazu, wenn man gleichzeitig in dieses konzentrierte Engelsgesicht blickte.

Ich musste mich einfach nach hinten lehnen und ihm meine Brüste darbieten, die nach seiner Berührung schrien. Und schon barg Cal augenblicklich sein Gesicht zwischen meinen beiden weichen Hügeln.

Ich wollte gesaugt werden, während ich mit meiner Möse

den Takt bestimmte, mit dem er sich in mir bewegte. Also hob ich eine Brust in die Höhe und legte sie an seine Lippen.

Er verstand sofort und begann auf das Heftigste zu Saugen, und zwar so intensiv, dass ich leise aufschrie. Doch alle Versuche halfen nichts – er ließ sich nicht abschütteln, mein kleiner geiler Blutegel.

Es war überdeutlich, wie sehr er es genoss, den harten Nippel zwischen den Zähnen zu spüren und fast brutal zu bearbeiten. Mit beiden nun freien Händen hielt er meine Pobacken und unterstützte so meine Auf- und Abbewegungen wie ein erfahrener Liebhaber. Doch gleichzeitig wusste ich, dass er sich nicht mehr lange beherrschen konnte. Cal kannte die Techniken noch nicht, um sein Sperma zu halten. Er konterkarierte meinen eigenen Rhythmus, indem er wild in mir herumzustoßen begann. So versuchte ich, auf seine Linie einzuschwenken, was aber auch wieder sinnlos war. Schlussendlich ließ ich ihn gewähren und gab mich ganz der Intensität hin, mit der er mich mit seinem langen Stab befriedigte.

Und dann plötzlich – mitten im wildesten Ritt – stöhnte er heftig auf, warf sich nach hinten und schoss in mich hinein. Die Hitze seines Samens breitete sich in mir aus und ich ließ mich vom lange zurückgedrängten Orgasmus durchpeitschen.

Erschöpft fielen wir zusammen, unser Haar vermischte sich und unsere Körper suchten Halt am jeweils anderen.

»War es okay?«, fragte er.

»Es war mehr als das!«, bestätigte ich ihm. Und das war die reine Wahrheit.

Er schenkte mir ein wunderbares Lächeln. Es war unglaublich! Ich musste ihn einfach küssen. Wieder und wieder. Wir kuschelten uns Arm in Arm auf die Couch und erkundeten unsere Körper mit den Fingern.

Cal war die ganze Nacht an meiner Seite und es blieb nicht bei der einen Nummer.

Überrascht stellte ich fest, dass sein Liebesstab in Wahrheit ein Zauberstab war, denn hatte er sich gerade noch in mir verströmt, kostete es mich nur ein paar Momente in der Wärme meiner Mundhöhle, bis er abermals steinhart wurde.

Schlussendlich, als ich sicher war, dass er nicht ungewollt früh käme, ließ ich ihn die Freuden der oralen Befriedigung kosten, legte ihn sanft zwischen meine vollen Brüste und leckte dann in kleinen Stößen seine Eichel. Cal stöhnte und ließ seine Lenden sich heben und senken, um so die wichsende Bewegung zwischen meinen Hügeln voll auskosten zu können. Unterdessen presste ich meine Titten immer fester zusammen. Cals Stöhnen machte mich wahnsinnig, meine Möse pochte und ich sehnte mich mit einem Mal nach einem richtig guten Arschfick mit diesem ungewöhnlich geformten Schwanz.

»Cal … Lass uns noch etwas anderes machen. Es ist nicht wild, und ich denke, es wird dir gefallen.«

Augenblicklich hielt er inne, und wo im Moment zuvor seine Augen noch fast fiebrig vor Gier geglänzt hatten, weiteten sie sich jetzt vor Schreck. Hatte er nicht gerade sicheren Boden unter den Füßen verspürt? Wieso musste ich ihn jetzt abermals in neues, unbekanntes Territorium lenken?

»Was hast du vor?«

Langsam drehte ich ihm meinen Rücken zu. »Ich hätte gern, dass du meinen Po nimmst.«

Sein Kopf schob sich ein Stück nach vorn und er sah mich verdattert an.

»Tu, was ich dir sage und es wird nichts Schlimmes passieren, okay?«

Cal holte tief Luft und weitete seine schmale Brust. Mit

äußerster Sanftheit benetzte ich seine Männlichkeit mit Gleitcreme, was er verwundert zur Kenntnis nahm, dann öffnete ich ihm meine Rosette. »Du musst nichts weiter tun, als ihn vorsichtig da hineinzuschieben.«

Dass Cal seinen Stab angesetzt hatte, merkte ich zuerst gar nicht. Erst, als er beinahe flehentlich sagte: »Ich krieg ihn nicht rein. Da ist zu.«, wusste ich, dass er ernsthaft Unterstützung brauchte. Also spreizte ich meinen Hintern mit beiden Händen und hielt mich selbst in Position.

»Du musst jetzt nichts machen. Halt ihn nur am Ort, okay? Alles andere mache ich.«

So bewegte ich meine geöffnete Rosette langsam rückwärts bis ich den Widerstand seiner Eichel spürte. Dann noch ein kleiner Ruck und er war in mir drinnen. Cal stöhnte auf und das Stöhnen ging über in ein Hecheln. »Oh, Gott – das ist guuut. Das ist sooo guuut. Es ist so eng. Es ist so eng …«, hörte ich hinter mir.

Eigentlich wollte ich ihm nur einen Gefallen tun, als ich meine Pomuskulatur anspannte, doch für ihn war es zu viel, und mit einem lauten Aufschrei und einem heftigen Stoß spritzte er ab.

Auch wenn sich seine Erektion aus meinem Hintern zurückzog, so hielt er doch noch immer meine Brüste umfangen, als seien sie ein Rettungsanker. Cal erwies sich als einer der ausdauerndsten Liebhaber, die ich je erlebt hatte. Wieder und wieder konnten wir seinen Zauberstab für alle möglichen Schweinereien nutzen, um nur Momente nach dem Abspritzen festzustellen, dass er schon wieder zu neuen Schandtaten bereit war.

»Du wirst jede Frau glücklich machen, mein Schatz«, lobte ich ihn, während ich seinen Samen von meinem Kinn wischte.

»Du hast da noch etwas«, gurrte er und leckte meine Mundwinkel sauber.

Die ersten Sonnenstrahlen drangen bereits durch meine Gardinen, als er endlich neben mir zur Ruhe kam. Meine Möse brannte und auch meine Rosette hatte sich eine Pause mehr als verdient.

Schmuck einer Zarin

Der Matsch durchdrang meine Hose. Er klebte an meinen Ärmeln. Und dadurch, dass ich den Schweiß von meiner Stirn wischte, benetzte er mittlerweile auch mein Gesicht.

Die Frühlingssonne beschien eine glückliche Gärtnerin, die im Dreck kniete und Pflanzen einsetzte.

Das erste frische Grün spross aus den scheinbar toten Ästen und Zweigen und ich hatte sogar schon eine weiß gestrichene Gartenbank aus dem Keller des Hauses hochgeschleppt, um gegen Abend vor dem kleinen Pavillon sitzend mein Tagwerk genießen zu können.

Zum Glück machte keiner der anderen Hausbewohner mir den Garten streitig. Im Gegenteil – alle schienen eher glücklich, dass sie sich nicht mit Unkrautjäten und Schädlingsbekämpfung befassen mussten.

Es war ein herrlicher Garten mit mächtigem alten Baumbestand, kleinen Hügeln, auf denen gewaltige Rhododendronbüsche und Hosta wuchsen und eben jenem besagten Pavillon, in dem man sogar eine kleine Teegesellschaft abhalten konnte, da er Platz für einen Tisch und vier Stühle bot.

»Miss Hunter?«

Ich sah verwundert auf.

»Miss Emma Hunter?«, rief ein junger Mann in einem dunkelblauen Overall vom Haus her in den Garten. Ich hatte ein neckisches Schild mit einem Cottage und bunten Blumen vor dem Haus aufgestellt, auf dem in Schreibschrift stand: »Ich bin im Garten!«

So schnell ich mit meinen eingeschlafenen Beinen konnte, erhob ich mich und überquerte den Rasen. Verblüfft spürte ich die Kraft, die die Sonne jetzt schon besaß und zog im Laufen die Handschuhe aus.

»Ja bitte?«

»Ein Paket für Sie, Miss Hunter.«

Als ich die kleine Schachtel quittiert hatte, ging er wieder und ließ mich fragend zurück.

Wer schickte mir denn so eine kleine Schachtel? Schnell öffnete ich sie. Ein Schmuckdöschen. Bezogen mit dunkelrotem Leder. Meine Hände zitterten noch von der Anstrengung des Grabens und Jätens, als ich es öffnete. Im gleichen Moment verschlug es mir die Sprache. Ein Diamantenarmband funkelte mir entgegen, dessen Steine in unzähligen filigranen Bögen und floralen Ornamenten gesetzt waren. Die Sonne brach sich in den zahllosen Prismen und wurde direkt in mein Herz geworfen. Es war das mit Abstand schönste Schmuckstück, das ich in meinem ganzen Leben gesehen hatte. Ein Schmuckstück, würdig …

»Ein Schmückstück, würdig einer Zarin.«

Erschrocken sah ich mich nach dem Mann um, der diesen Satz gesprochen hatte. Da stand er: Sergeij! Groß, fabelhaft aussehend und perfekt gekleidet in seinem hellen Trench. Das Haar exakt geschnitten. Die Hände in den Hosentaschen vergraben.

Der Schalk blitzte aus seinen Augen, als er mich so stehen sah. Verdreckt von oben bis unten und dabei dieses ungemein wertvolle Schmuckstück in Händen.

»Ist das echt?«, fragte ich tumb.

»Nein, um Himmels willen! Ich verschenke nie echten Schmuck. Der ist mir viel zu teuer!«, versetzte er mit empörtem Gesichtsausdruck.

Sergeij hatte dieses herablassende Grinsen, das ich an ihm so mochte und nun konnte ich nicht mehr anders – ich musste mich ihm einfach an den Hals werfen. Nicht wegen des sündhaft teuren Armbandes, sondern weil ich mich so maßlos freute, ihn zu sehen.

Augenblicklich beugte er sich zu mir herunter und bedachte mich mit einem langen und ebenso zärtlichen, wie sehnsuchtsvollen Kuss.

Ich genoss die massive physische Präsenz dieses Mannes, die Wucht seiner Umarmung und die Verheißung seiner Lenden, die bereits jetzt eine nicht zu ignorierende Härte gegen meinen weichen Bauch drängten.

»Oh … ich bin verrückt nach dir, meine Kleine. Ich habe dich so vermisst.«

Verblüfft lauschte ich seinen Worten, die absolut aufrichtig klangen. Mit Entschiedenheit schob ich ihn ein Stückchen von mir weg und grinste ihn an. »Mit wie vielen Frauen hast du diesen Schmerz denn abgetötet? Na?«

Gleich einem ertappten Pennäler schlug er da die Augen nieder und scharrte mit seiner glänzenden Schuhspitze im Kies.

»Aha!«

Da packte er mich plötzlich und drängte mich gegen die Hauswand. Hastig schnappte ich nach der Luft, die mir soeben mit Wucht aus den Lungen gepresst worden war. Doch Sergeij war nicht zu bändigen. Er schlug seine Lippen auf meine und küsste mich so schmerzhaft, dass ich jeden Moment damit rechnete, den Geschmack von Blut in meinem Mund zu schmecken.

Mit enormer Kraft drückte er meine Schultern gegen den kalten Stein und stieß mir schnaufend entgegen: »Es waren alles nur Huren.«

Mein Herz pochte laut und der Schmerz war ein glühender Pfeil, der in meine Brust schoss. »Sergeij … ich bin auch eine Hure.«

Seine eisblauen Augen oszillierten über mein Gesicht, schienen jede Pore förmlich abzuscannen. Seine Kiefer mahlten und man brauchte kein Hellseher zu sein, um zu wissen, dass er etwas für ihn ungeheuer Wichtiges sagen wollte. Er ließ die Arme sinken und richtete sich wieder auf. »Gehen wir rein? Ich könnte einen Drink vertragen.«

Es hatte uns beide eine gewisse Selbstbeherrschung gekostet, wie normale Leute nebeneinander am Haus entlangzugehen, bis wir die vier Stufen zur Tür ins Wohnzimmer genommen hatten und eingetreten waren.

»Wie lange bist du schon in London?«, wollte ich wissen.

Mit einem Ruck ließ er den Ärmel zurückrutschen und sah auf seinen Chronographen. »Seit einer halben Stunde«, konstatierte er knapp.

Für mich war es ein unfassbares Kompliment. »Das heißt, du bist zuerst hierher gekommen?«

Sergeij legte seine hohe Stirn in Falten, als müsse er heftig nachdenken. »Oh, ich fürchte – ja.«

»Aber deine Geschäftspartner, deine Termine …« Das Jubeln in meiner Stimme war kaum zu unterdrücken, denn ich hatte mich nur allzu sehr daran gewöhnt, hinter all den Verbindlichkeiten meiner Kunden stets hintenan zu stehen. Was mir bisher auch rein gar nichts ausgemacht hatte. Umso mehr wusste ich es zu schätzen, dass Sergeij mir den Vorzug gegeben hatte. Es machte ihn zu etwas Besonderem.

Er hob seine breiten Schultern und ließ sie gleich darauf wieder fallen. »Ich habe deinetwegen schon so vielen Leuten vor den Kopf gestoßen, dass es gerade keine Rolle mehr spielt. Man hält dich für meine neueste Narretei und akzeptiert mein Verhalten daher.«

Lächelnd schüttelte ich meinen Kopf. »Deine neueste Narretei also …«

SpecialDinner

Es war das erste Mal, dass ich Schwierigkeiten hatte, zu einem Date zu gehen.

Nicht körperlich, weil Sergeij mich sexmäßig so gefordert hatte, sondern weil ich eine gewisse Verbindung verspürte, die sich zwischen uns zu entwickeln schien. Entgegen dem, was man hätte bei einer Hure annehmen können – und das war ich ja schließlich – fehlte es mir eindeutig an Männer-Kenntnis. Wie sollte ich wissen, ob Sergeijs Gefühle für mich nur eine Fatamorgana waren oder der Beginn einer echten Beziehung? Zum ersten Mal empfand ich diesen Mangel sehr heftig und schmerzlich.

George … ja, George … der hatte mir ja von Anfang an klargemacht, dass es zwischen uns nie mehr als eine professionelle Verbindung geben könnte. Auch wenn ich mir zeitweise so viel mehr erhofft hatte. Derek – der betrachtete mich wahrscheinlich nur als anregendes Spielzeug, und Jay … ja, der war realistisch betrachtet nur physisch meine Kragenweite.

Aber Sergeij spielte in einer anderen Liga. Er war unendlich sexy, intelligent, weltgewandt, gut aussehend und ein bisschen geheimnisvoll.

Wenn ich an ihn dachte, begann mein Herz schneller zu schlagen und ich bildete mir ein, das zu spüren, was man gemeinhin als »Schmetterlinge im Bauch« bezeichnete.

Trotzdem konnte ich mir immer noch nicht sicher sein, denn er hatte nicht mit einem Wort verlangt, dass ich meinen Job sein lassen sollte. Auch Eifersucht hatte er keine gezeigt. War ich also doch nur ein Spielzeug für ihn, wie für Derek?

Als ich in diesem Moment die Summe vor meinem inneren Auge sah, die ich allein für diesen Abend kassieren würde, beschloss ich, letztere Frage mit Ja zu beantworten. Mein Job machte mir Spaß. Sehr viel Spaß sogar und ich verdiente verdammt gut damit. Zudem war ich mir noch nicht sicher, wie eng die Bande zwischen Sergeij und mir war. Geschweige denn, was ihre Qualität anging.

***

Es war ein herrlicher, überraschend warmer Frühlingsabend, als ich vor der edwardianischen Stadtvilla ankam, vor deren Empfangsportal bereits ein rauchender George auf mich wartete. Wir begrüßten uns mit Küsschen rechts und Küsschen links, wobei ich den wunderbar würzigen Duft seines Aftershaves tief in mich aufnahm.

»Wie geht es dir?«, fragte er charmant besorgt.

»Sehr gut. Danke.«

Einen Arm fürsorglich um meine Schulter gelegt, führte er mich ins Innere des Hauses. Welcher Anblick! Egal, wie viele dieser Villen ich auch sah, ich war jedes Mal wieder fasziniert von dem Luxus und der Schönheit, die hier herrschten.

Wir überquerten die im schwarz-weißen Schachbrettmuster verlegten Bodenfließen und traten durch eine Tür, die rechts von der Haupttreppe lag.

»Hier kannst du dich zurecht machen, Liebes. Einen Drink vorweg?«

Er hob eine glitzernde Karaffe aus geschnittenem Kristall in die Höhe, doch ich lehnte ab.

»Viele Gäste?«

George goss sich sein Glas reichlich voll. Wahrscheinlich beabsichtigte er, für mich mit zu trinken.

»Einige schon. So zwanzig. Ach … einen Moment … du sollst das hier tragen …« Er beugte sich über einen Haufen Juwelen.

»Bitte?«, war alles, was mir dazu einfiel.

»Buchanan war so begeistert von diesem Einfall Jays, dass er das ein bisschen weiterentwickelt hat.«

Mit seinem Herrschaftswissen ausgestattet, hob er das Geschmeide hoch und ich betrachtete verblüfft eine Art Kettenschurz. Er bestand aus einer Halskette, die hinten verschlossen wurde und von der zahllose funkelnde Diamanten – und Perlenstränge herabzufließen schienen.

»Zieh dich aus! Ich helfe dir beim Anlegen.«

Es war ein absolut unglaubliches Gefühl, das Metall, die Edelsteine und die Perlen auf meiner nackten Haut zu spüren. Die Ketten waren so lang, dass sie sogar noch meine Scham bedeckten, inklusive dem winzigen Haarstreifen, den ich gerade über dem sichtbaren Beginn meiner Spalte hatte stehen lassen.

»So … und diese Perlenschnur …«, George ergriff eine einzelne, lang herabhängende Perlenkette, »… wird hier …« Er schloss zwei lose herabhängende Ketten um meine Taille und murmelte weiter: »… durch den Schritt hindurch … befestigt.«

Als die kühlen Perlen meine Labien berührten, meine Klitoris drückten und langsam meine Körperwärme annahmen, wurde ich augenblicklich feucht. Mit jeder Bewegung rieben sie meine empfindliche Auster und ich musste mich sehr beherrschen, dass ich nicht sofort nach einem Schwanz rief.

»Du siehst absolut scharf aus. Jetzt noch die Schuhe und alles ist perfekt.«

Er kniete sich vor mich, schob die silbernen Highheels über meine Füße und schloss die seitlichen Verschlüsse.

»Geh mal ein paar Schritte!«

Sein Gesicht hatte eine leichte Röte angenommen und ich fragte mich, ob sie vom Bücken herrührte oder von meinem Anblick.

»Wie fühlt es sich an?«, fragte er mit gepresster Stimme.

»Geil. Supergeil!«

Es war ziemlich schwierig, mich nicht selbst anzufassen, bei der Reibung, die sofort eindeutige Botschaften an meinen Unterleib aussandte.

George bemerkte meine prekäre Lage, legte den Arm um meine Schultern und schob mich durch eine zweite Tür in ein anliegendes Zimmer. Wir durchquerten einen weiteren Raum, der mit schweren Teppichen ausgelegt war, in dem sich ein paar kleine Seitentischchen samt Blumenarrangements befanden, außerdem gewaltige Gemälde, aber kein Mobiliar. Vor der gegenüberliegenden Tür blieben wir stehen. Georges Hand rutschte zu meinen Hinterbacken, ein kleines Tätscheln und ein geflüstertes: »Viel Glück!«, dann öffnete er mir die Tür und die Show konnte beginnen.

Ich befand mich in einem großen Saal, an dessen Seiten riesige Büffets aufgebaut waren. Herren in dunklen Dinnerjackets und Damen in Cocktailkleidern standen in kleinen Grüppchen herum, unterhielten sich oder bedienten sich an den Büffets.

Die erste Absonderlichkeit, die mir auffiel, war die Tatsache, dass niemand an meinem Aufzug Anstoß zu nehmen schien. Man sah mich an, dann blickte man woanders hin. Fertig.

Die nächste Absonderlichkeit war das Büffet selbst. Hinter den Büffets standen zwar die obligatorischen Bediensteten, die dazu da waren, den Gästen dabei behilflich zu sein, die Speisen auf die Teller zu legen, aber die hier aufgestellten Männer und Frauen trugen nichts weiter als hohe Kochmützen, Häubchen und kleine Schürzen. Sie hatten allesamt exquisite Körper und auch ihre Gesichter glichen denen von Fotomodellen. Allerdings gingen ihre Blicke, solange ihre Hilfe nicht gefragt war, ins Leere.

»Misch dich einfach unter die Gäste!«, wisperte George und ich folgte seinen Worten.

Mich in aller Ruhe umschauend und die leise Tanzmusik genießend, welche von einer Kapelle kam, die auf einer Bühne am gegenüberliegenden Ende des Raumes platziert war, schlenderte ich umher, bis ich bei einer kleinen Gruppe, bestehend aus zwei Männern und einer Frau, stehen blieb. Wir nickten uns zu und einer der Männer bezog mich in die Unterhaltung mit ein. »Sie müssen mit George McLeod hergekommen sein.«

Ich bestätigte mit einem Kopfnicken, woraufhin die Frau mich anlächelte und mit perfekt geschminkten dunkelroten Lippen sagte: »Er schwärmt schon so lange von Ihnen, dass es Zeit war, Sie kennenzulernen.«

Damit beugte sie sich plötzlich eine Idee herab und griff zwischen meinen Diamanten hindurch nach meiner erigierten Brustwarze. Erschrocken zuckte ich zusammen, als sie diese unverschämt fest zusammendrückte.

»Was für herrliche Nippel sie hat«, stellte der zweite Mann fest, indem er meine ganze Brust zwischen den Ketten hervorhob und seine Lippen auf sie presste. Zugegebenermaßen schaffte man es nicht leicht, mich zu überraschen, doch dieser Gesellschaft war es bereits gelungen.

»Darf ich euch die entzückende Miss Hunter entführen?«,

fragte eine Dame, die ich auf ungefähr fünfzig Jahre schätzte, und die mich augenblicklich unterhakte. Verblüffenderweise schien mich jeder hier zu kennen.

Meine Nippel hatten sich mittlerweile ihren Weg zwischen den Diamanten und Perlen hindurchgebahnt und standen keck und dunkelrot empor. Und da die Dame mich mit zügigen Schritten durch den Raum führte, rieben auch die Perlen zwischen meinen Schamlippen entsprechend heftig, sodass ich langsam, aber sicher, schwer zu atmen begann.

Plötzlich glitt ihr Arm aus meinem und ihre Hand legte sich entschieden auf meinen Po. Dann, als wäre das noch nicht verwirrend genug gewesen, begann sie, an der Perlenschnur zu ziehen, sodass meine Erregung enorm anstieg.

»Hier bringe ich euch Miss Hunter. Ich habe sie gerade dem guten David entrissen.«

Ein distinguierter Herr mit silbernen Schläfen und kantigem Gesicht betrachtete mich wohlwollend. »Wie schön … Sie sind bereits erregt!«

Etwas bizarr war die Situation allerdings schon, wie ich fand, aber nicht weniger sexy. Er strich mit seinem Daumen fest über meine harten Spitzen und begutachtete die leichte Gänsehaut, die meine Brüste überrann.

»Sie sind eine extrem attraktive Frau, Miss Hunter, und ich muss gestehen, dass George und der alte Buchanan uns nicht zu viel versprochen haben.«

Leicht benommen lauschte ich den lobenden Worten meines Gegenübers, der genau so mit Sicherheit auch zu ihrer Majestät sprach, als urplötzlich mein Perlenstring zur Seite geschoben wurde und ein Finger in meine Rosette eintauchte. Ich piepste vor Schreck wie ein kleiner Vogel und forderte so das Gelächter meiner Gruppe heraus.

»Das war nur William, der kleine Gauner«, erläuterte mir einer der Männer.

So schnell ich mich auch umdrehte, ich sah nur noch einen glänzenden schwarzen Jackettrücken, der zwischen anderen schwarzen Jackettrücken verschwand.

»Seht euch nur Charlotte an … sie kann's wieder nicht abwarten!«, rief eine helle, amüsierte Stimme über die Köpfe der anderen hinweg. Ich folgte den Blicken der Umstehenden und erkannte eine Frau von vielleicht Mitte dreißig in einem fliederfarbenen Seidenkleid, die ihren Rock anhob und gleichzeitig suchend über eine silberne Platte hinwegblickte, auf der mindestens zwanzig unterschiedliche Dildos sternenförmig drapiert lagen. Entschlossen griff sie einen dunkelblauen, schaltete ihn an und hob das surrende Teil zwischen ihre Beine. Ein erleichtertes »Aaaah« ertönte, während ich sie mit halb geöffnetem Mund anstarrte und sie einfach ihren Unterleib genießerisch vor- und zurückbewegte.

»Jemand sollte die Arme ficken, damit sie nicht so leiden muss.«

»Du hast ganz recht, mein Lieber! Andrew, bitte kümmere dich doch um die arme Charlotte.«

Sie kam mir nicht arm vor, doch als nun ein strammer Gast hinter sie trat, ihren Rock über ihre Hüften schob und seine Erektion unumwunden in ihren Hintern schob, war ich schon etwas neidisch. Denn meine Spalte war mittlerweile mehr als reif, bedingt durch die scharfe Party und die Ketten, die meine Nacktheit umgaben.

Langsam löste ich mich von dieser Gruppe und wanderte weiter, die interessierten Blicke mehrerer Gäste auf meinem Körper genießend. Bei einer Gruppe sah ich einen Mann, der die Erektion eines anderen in der Hand hielt und diese heftig reibend bearbeitete. Dabei unterhielten sie sich so ruhig, als geschehe hier nichts, was nicht absolut normal wäre. Genauso normal wie die Tatsache, dass an der Wand rechts von einer Bühne ein nackter Mann stand, Arme und Beine x-förmig gegen die Wand gepresst, der von einem anderen, der allerdings voll bekleidet war, in den Hintern gepfählt wurde und dabei laut vor Geilheit schrie.

Der Anblick erregte mich so sehr, dass ich die Feuchtigkeit an meinen Schenkel herabfließen spürte. Dazu kam noch der mich beständig stärker erregende Perlenstrang.

Dennoch wusste ich nicht so recht, wie ich zum Zuge kommen sollte, denn niemand schien sich wirklich dafür zu interessieren, *mich* zu bumsen. Sie sahen mich an und der eine oder andere Gast hatte währenddessen seine Hand in der Hose, doch keiner machte Anstalten, mich zu füllen.

»Miss Hunter … erlauben Sie mir einen kleinen Hinweis: Sie können hier drinnen tun und lassen, was Sie wollen«, sagte ein netter junger Mann neben mir. Zwar hatte ich es mir schon gedacht, aber die offizielle Erlaubnis zu besitzen, war wie ein Startschuss für mich.

So beschloss ich sofort, die Dinge auszuprobieren, indem ich vor irgendeinem der schwarzen Jacketts auf die Knie ging, seine Männlichkeit aus der Hose zog und sie ihm zu lecken begann. Außer einem tiefen, beinahe gekeuchten »Aaaah«, kam keine weitere Regung. Für eine Nutte ist das ein höchst irritierender Vorgang. So erhob ich mich also wieder und suchte weiter nach einem Amüsement, das mehr nach meinem Geschmack war.

Da entdeckte ich Georges silberne Wellen, die sich in beinahe konzentrischen Kreisen um einen Wirbel auf seinem Kopf legten. *Endlich,* dachte ich und tippte ihm auf die Schulter.

»Nun? Gefällt es dir?«, fragte er mit freundlicher Stimme.

»Ganz okay.«

Ein Schatten wanderte über seine Züge.

Etwas gelangweilt betrachtete ich einen weiblichen Gast, deren nackte Titte von einer anderen Frau geleckt und massiert wurde.

So zog ich George von der Gruppe weg in eine ruhige Ecke. »George … es ist stinklangweilig hier. Immerhin habe ich mir einen guten Abend versprochen und alles was passiert, ist, dass jemand meine Nippel bearbeitet und irgendeiner seinen Finger in meinen Hintern schiebt. Das ist mir zu wenig. Und dafür werde ich auch nicht bezahlt.« Wütend fixierte ich die Kerbe in seinem Kinn. »Diese blasierten Langeweiler hier sind nichts für mich. Der einzige, der richtig gefickt wird, ist dieser Typ da drüben an der Wand. Ich denke, ich gehe jetzt.«

»Das wirst du nicht tun!« Er packte mich so unvermittelt hart am Arm, dass mein Kettenschmuck unter lautem Protest zu klimpern begann. Seine Augen funkelten und blitzten, dass ich beinahe erschrak. »Glaubst du, ich weiß nicht, warum du so schnell hier weg willst?«, zischte George mich an.

»Bitte?«, diesen Ton war ich nicht von ihm gewöhnt.

Er kam dicht an mein Gesicht heran. »Halt mich nicht für bescheuert. Ich weiß, warum du dir hier keinen Fick aussuchst! Weil du zu deinem Russen willst. Ich habe seinen Mitarbeiter getroffen und weiß seitdem, dass er sich nicht nur wieder in London aufhält, sondern auch, dass er sofort zu dir gerannt ist.«

Seine Faust schloss sich so schmerzhaft um mein Handgelenk, dass ich nur noch versuchte, mich ihm zu entwinden.

»Du tust mir weh!«, ächzte ich.

Aber George ließ nicht locker. »Täusch dich bloß nicht in ihm! Sergeij Tretjakow ist einer der gefährlichsten Männer Russlands!«

Mit einem Ruck riss er mein Handgelenk in die Höhe,

das von Sergeijs wundervollem Armband umflossen wurde. »Meinst du, ich weiß nicht, wem du dieses Ding hier zu verdanken hast?«

Wutentbrannt presste ich meine Lippen zusammen. Da sein Druck nachließ, schaffte ich es endlich, ihm meinen Arm zu entziehen. »Du bist doch nur eifersüchtig auf Sergeij! Nur weil er mehr Geld und mehr Einfluss hat, als du, und weil er besser im Bett ist …«

Georges Brust hob und senkte sich so schnell, dass ich tief in mir drinnen fürchtete, dass er jeden Moment kollabieren würde. »So redest du nicht mit mir, du … du …«, stieß er hervor.

»Sprich es ruhig aus: Nutte! Hure! Schwanzlutscherin!«

Im gleichen Moment hatte er mein Handgelenk wieder geschnappt und zerrte mich hinter sich her in ein Nebenzimmer. Ich rechnete fest damit, jetzt von ihm geschlagen zu werden und machte mich zur Gegenwehr bereit. Ohne wirklich darüber nachzudenken, spannte ich alle Muskeln an, Adrenalin pulste durch meine Adern und ich funkelte George so hasserfüllt an, wie ich nur irgend konnte, während er die Tür zuschlug.

»Du lügst mich an, wenn du sagst, du willst mit mir schlafen!«, brüllte er unvermittelt.

»Du bezahlst mich. Also – was willst du?«, spie ich zurück.

Bestürzung machte sich in seinem Gesicht breit. Doch mir selbst ging es ebenfalls keinen Deut besser. Mein Körper zitterte wie bei einem schweren Fieberanfall, so sehr hatte mich sein Wutausbruch überrascht.

Im gleichen Moment holte er aus und hielt dann plötzlich über meinem Gesicht inne. Er sah mich wie jemand an, der nicht fassen konnte, zu was ihn diese Frau brachte. So ließ er seine Hand kraftlos wieder sinken.

»Du hast gelogen …«, seine Stimme war kaum mehr als ein heiseres Flüstern.

Meine Unterlippe bebte unkontrolliert und ich kämpfte mit den Tränen.

»Was bedeutet dir dieser Russe?«, wollte er wissen.

Es brannte in meinen Augen. »Das ist privat und geht dich einen Scheiß an.« Jetzt hatte ich mich wieder gefasst. Der Boden kehrte unter meine Füße zurück.

»Was willst du? Schmuck? Geschenke? Mehr Geld? Du bekommst alles, aber schlag dir diesen Russen aus dem Kopf!« Ein wildes Funkeln seiner Augen begleitete seine Worte.

»Ich habe dich immer gern gefickt. Das war keine Lüge! Aber es ist ein Unterschied, ob man einem anderen lediglich seinen Körper gibt oder auch noch das Herz.« Was sollte ich ihm denn sonst sagen? Das, was ich wirklich immer von ihm gewollt hatte, das hatte er mir ja von Anfang an verweigert.

»Heißt das, du … liebst diesen Kerl?« Mr George McLeod, OBE, war fassungslos. Die Worte schienen ein Würgen in seiner Kehle auszulösen.

Doch ziemlich schnell hatte er sich wieder in der Gewalt und sagte ruhig: »Du redest wie eine vertrocknete Betschwester. Was ist mit deinem heißen Blut? Hm? Was mit deinem Sex-Drive? Meinst du, ein Mann wie Tretjakow wird auf Dauer zusehen, wie seine Geliebte die Beine für Gott und die Welt breitmacht? Meinst du, der ist dahin gekommen, wo er heute ist, weil er so tolerant ist und so mitfühlend?«

Er trat einen Schritt zurück und zündete sich eine Zigarette an. Dann hielt er mir die Schachtel entgegen. Ich nahm eine Zigarette und inhalierte tief in meine Lungen. Der ärgste Hass war verraucht.

»Okay«, sagte George, »das war ein Scheiß-Date heute. Das

sehe ich ein. Du bist enttäuscht und ich, ehrlich gesagt, auch. Aber jetzt lauf nicht davon. Der Russe ist nicht der, für den du ihn hältst. Bleib auf der sicheren Seite: hab deinen Spaß und genieße deinen Lohn. So wie die ganze Zeit. Es ist doch ein fabelhaftes Leben, das du führst. Es wäre Wahnsinn, das wegen eines Kerls zunichtezumachen, der sowieso ständig in der Gefahr lebt, mit einem Kopfschuss in der Gosse zu landen.« Jetzt klang er wieder, als führe er die Verhandlungen bei dem Versuch, eine Einigung bei einem Prozess zu erreichen. Dennoch war es eine der längsten Reden, derer er mich je für würdig befunden hatte. George anzusehen, fiel mir in diesem Moment viel zu schwer, so drehte ich mich um und ging zu einem der bodentiefen Fenster. Der letzte Satz hatte ein grauenhaftes Bild vor meinem inneren Auge erstehen lassen und George wusste, welcher Gefahr er seine Position damit aussetzte. Und das, wo ich im Moment wirklich noch nicht sicher war, welche Stellung ich Sergeij in meinem Leben einzuräumen bereit war.

Wenn ich bei ihm war, schien alles so klar und einfach. Mein Herz hüpfte, wenn ich ihn sah. War er bei mir, verzehrte ich mich vor Verlangen nach ihm, seinem Lachen, seiner Stimme ... Alles an ihm erschien mir wundervoll. Aber wenn er wegging, dann dachte ich nur an den nächsten Job. Sex-Drive hatte George es genannt. Aber warum drehte er hier so durch?

Nachdenklich betrachtete ich das Gleißen und Funkeln meiner Ketten im Glas, meine Kurven und meine Brüste, um die sich die Diamanten und Perlen schlängelten, als wären sie genauso lebendig wie das Fleisch, das sie erwärmte.

Von hier konnte ich das gegenüberliegende Haus gut sehen. Es lag kaum einen Steinwurf entfernt und auch dort drüben stand jemand am Fenster. Den Umrissen nach ein Mann. Er hielt ein Buch in Händen oder einen Ordner. Jetzt hatte er mich gesehen, denn er trat näher an das Fenster heran, legte eine Hand gegen die Scheibe. Meine Auster begann zu prickeln.

»Ist da drüben jemand?«, erklang Georges Stimme hinter mir. Er war so dicht hinter mich getreten, dass ich zusammenschrak.

»Ja«, gab ich lapidar von mir.

»Er hat dich gesehen, meine geile Schöne«, flüsterte George, als könne ein einziges lautes Wort unseren Betrachter verscheuchen.

Wir standen da und sahen uns an. Ohne nachzudenken, presste ich meine Brüste gegen das Glas und verharrte so.

Dann lenkte ich meine Hand zu meiner Scham. Nur mein Zeigefinger durfte in den kleinen Schlitz eintauchen, den man auch zwischen den Ketten sehen konnte.

George erkannte meine Absicht und legte seine Hand auf meine. Ein tiefes Stöhnen entrang sich meiner Brust, als sein Zeigefinger dem meinem Gesellschaft leistete auf dem Weg in die feuchte Hitze. Vorsichtig hob ich mein rechtes Bein und ließ meinen unbekannten Gegenüber keine Sekunde darüber im Unklaren, was hier geschah. Und während er beide Hände sehnsuchtsvoll gegen die Scheibe presste, ließ ich mich von George verwöhnen, indem er auf meinem Kitzler kreiste und gleichzeitig meine Brustwarzen mit den Ketten stimulierte. Unwillkürlich rieb ich meinen Hintern an seinen Lenden auf und ab, bis ich deutlich seine Erektion spürte, die aus der Hose drängte.

»Er soll sehen, wie du mir einen bläst«, keuchte George. Sein Atem ging ungleichmäßig und er drehte sich mit einer Seite zum Fenster. Mit geübten Griffen befreite ich seinen Schwanz und ging vor ihm in die Hocke, nicht, ohne mich zuvor noch versichert zu haben, dass mein Gegenüber alles mit ansah.

Meine Lippen spannten sich fest um Georges Schaft und dann schob ich, so schnell und tief ich konnte, seine Erektion in meine Kehle, sodass sie an meinen Rachen anstieß. Gleichzeitig knetete ich seinen haarigen Sack, zog sanft an der weichen Haut und brachte ihn auf Touren.

Jetzt war ich an der Reihe, befand ich, und stand wieder auf. Vorsichtig nahm ich den Perlenstrang zur Seite, spreizte meine Beine und stützte mich mit den Händen gegen die Scheibe. Mein Gegenüber aber packte zu meiner größten Freude nun ebenfalls seinen Luststab aus. So konnte er sich selbst befriedigen, während ich George meine Kehrseite darbot.

Er war noch nicht richtig in mich eingedrungen, als die Tür hinter uns aufsprang und eine schwarze Wolke aus Dinnerjacketts hereinzuwehen schien. Meine Brüste hingen in den glitzernden Ketten und schwangen mit leisem Klirren hin und her, als ich mich erschrocken umsah.

»Was macht ihr denn da?«, feixte es lautstark hinter uns.

»Na, das siehst du doch«, sagte ein anderer. »Der gute George holt sich seinen eigenen exklusiven Spaß.«

Meine Möse juckte und pochte. Sie brauchte unbedingt Entlastung, schon zu lange hatte sich ein ungeheurer Druck in meinem Unterleib aufgestaut.

Und jetzt auch noch diese unwillkommene Unterbrechung. Jemand schaltete das Licht ein, das uns in Helligkeit tauchte und so auch dem Fremden gegenüber jedes Detail offenbarte.

»Wie sieht's aus? Wenn er dich geritten hat, darf dann auch ein anderer in den Sattel steigen?«

Die Frage löste überraschtes Schweigen aus. Sie starrten mich an. Mindestens zehn Herren aus Englands edelsten Kreisen, die sich zusammenpulkten und dem harrten, was ich sagen würde.

»Von mir aus«, erklärte ich blasiert.

Ein Raunen lief durch die Gruppe der Männer.

»Ich auch?«, ertönte eine ziemlich beschwipste Stimme.

Er bekam ein diabolisches Grinsen von mir verabreicht. »Du auch … wenn du noch einen hochbringst!«

Leises Gelächter der Umstehenden kommentierte meine freche Antwort.

George hatte sich ein Stück von mir zurückgezogen und so konnte ich mir die Männer jetzt anschauen. Gesichter jeden Alters, vom Zwanzigjährigen bis zum Siebziger. Gerötet in Vorfreude und Erregung.

»Von mir aus könnt ihr alle mal ran!« Schnell dirigierte ich meine Liebhaber, wie sie einen kleinen Schreibtisch ans Fenster zu rücken hatten, denn meinen stummen Freund von gegenüber wollte ich mit einbeziehen. Dann sollten die Männer noch eine zusammengefaltete Tischdecke als Unterlage auf dem Tisch platzieren.

»Weg mit dem Ding!«, verkündete einer meiner neuen Freunde und riss den Perlenstrang, der sich durch meine Spalte zog, mit einem Ruck entzwei.

»Hat jemand Creme?«

»Hier!« Ein Arm, der eine Tube schwenkte, wurde über die Köpfe gereckt.

Jetzt war es an mir, weitere Anweisungen zu geben. »Du und du … ihr hebt meine Beine.« So machte ich es mir auf dem kleinen Tisch bequem, zog meine Beine an und rutschte mit dem Po so weit, wie nur irgend möglich, nach vorn.

»Wer reibt mich ein?« Ich blickte in die Runde und meine Laune stieg mit jedem Atemzug. Vor allem, als ich jetzt sah, wie sich die Männer, ganz brave Engländer, vor meiner weit gespreizten Möse in einer Reihe aufstellten. Jeder seinen Riemen im Anschlag, mehr oder minder heftig reibend, je nachdem, wie bald der Besitzer glaubte, an die Reihe zu kommen.

Ein rothaariger sommersprossiger Jüngling übernahm die Aufgabe, einen satten Klecks Creme auf meinen Schamlippen zu verstreichen. Er schien von seiner erotischen Aufgabe derart eingenommen zu sein, dass er gar nicht mehr zu cremen aufhörte. Er tat es derart gut, dass ich fürchtete, meinen ersten Orgasmus zu bekommen, noch bevor ich einen der Schwänze genossen hatte.

Meine anderen Helfer umfassten meine Oberschenkel und hielten mich bequem in Position, während sich der erste Ständer daran machte, in mich einzudringen.

Er war eher dick als lang gebaut und so kostete es seinen Besitzer einige Anstrengung, ihn, gleich einem Stöpsel, in mir zu platzieren. Enttäuscht stellte ich fest, dass ich lediglich eine Dehnung meines Möseneinganges spürte, aber keinerlei Reibung in meinem Innern. Wenigstens spannte er mich nicht allzu lange auf die Folter und ergab sich eilig.

Der nächste stützte sich auf meinem Bauch ab, während er seinen extrem langen Schwanz in mich hineinschob. Seine Zunge wanderte in äußerster Konzentration um seinen Mund, während er in maschinenhaftem Rhythmus in mich hinein- und dann wieder hinausfuhr.

»Darf ich auf deinen Bauch spritzen?«, fragte er und ich stimmte zu. Keinen Moment zu früh, denn er konnte seine ganze Länge gerade noch aus mir herausziehen, als schon die ersten Tropfen flogen und auf dem Boden landeten. Die restlichen überzogen die Ketten und machten so manches Glitzern stumpf.

Es war George, der mich alsbald auch von hinten stützte und gleichzeitig mit der freien Hand meine Klit stimulierte, während mich einer nach dem anderen nahm.

An diesem GangBang war weniger der einzelne Orgasmus spannend, sondern vielmehr, die so höchst unterschiedlichen Schwänze, die mich benutzten. Die Hände, die zärtlich meine Möse cremten und meine Brüste massierten, die Lippen, die sich über mich beugten und meine Zunge kosten, aber auch jene Schwänze, die sich bereits wieder erholt hatten und nun meiner Aufforderung Folge leisteten, meine Kehle zu ihrem Recht kommen zu lassen. Rechts und links standen sie und reichten mir ihre Erektionen oder wichsten sich, während ich mal rechts mal links blies, leckte, saugte und stöhnte, bis auch mein Gesicht und mein Dekolleté vom Samen troffen.

Noch nie zuvor hatte ich solchen Sex gehabt. Dieses konvulsivische Zusammentreffen von einer beinahe schon Maschinenhaftigkeit mit einer archaischen Lustbefriedigung, die selbst eine Frau wie ich nur sehr selten erlebte.

Erst als der letzte Schwanz schlaff herabhing und wieder in seine Hose gestopft war, ließen die Männer George und mich ebenso dankbar, wie erschöpft allein.

Er half mir vorsichtig zu einer Liege, wo ich mich ausruhen konnte, während er sich einen Sessel heranzog und mich nachdenklich anschaute. »Eine Frau wie dich habe ich in meinem Leben weiß Gott noch nicht getroffen. Du bist in jeder Beziehung unglaublich!«

George zündete eine Zigarette an, reichte sie mir und danach für sich selbst. Ich inhalierte dankbar.

»Wie fühlt sich deine Möse an?«

Jetzt musste ich grinsen. »Wie Watte.«

George nickte lachend. »Das kann ich mir vorstellen.«

»Und unser Freund vis-à-vis, was hat der gemacht?«, fragte ich.

George sah sich suchend um. »Du wirst lachen – auf den habe ich gar nicht mehr geachtet.«

»Meinst du, sie waren zufrieden?«, wollte ich wissen.

»Tja – ihre Schwänze waren es auf jeden Fall!« George prustete gegen seinen eigenen Rauch an und verschluckte sich dabei leicht.

»Wenn du duschen willst …«, bot er an.

Ich schüttelte den Kopf. »Vielleicht nachher. Jetzt möchte ich noch ein bisschen ausspannen.«

Seine Zunge fuhr über seine Lippen. »Darf *ich* dich duschen?«

Ich lächelte und stimmte dann nur allzu gern zu, denn ich erinnerte mich sehr gut, wie fabelhaft er das machte.

***

George führte mich durch diverse Nebengänge in ein großes Bad, wo ich sofort in die Wanne stieg. Mit seiner Hilfe legte ich auch mein Kettengewand ab, von denen einige den Abend nicht unbeschadet überstanden hatten.

Mit sanften Strichen seifte er meinen Körper ein, vergaß keine Spalte und keine Höhle. Genießerisch stellte ich ein Bein auf den Wannenrand, sodass er auch meine Auster auf das Angenehmste reinigen konnte.

Zum Schluss überzog er meinen erschöpften Körper mit dem prickelnden Nass aus der überdimensionalen Wellnessbrause.

Jetzt fühlte ich mich wieder wie mit neuer Energie angefüllt und als ich aus der Wanne gestiegen war und nach dem Badetuch griff, da stoppte George mich mitten in der Bewegung. Er stand nur da und sah mich an. »Du kannst es unmöglich einem einzigen Mann abverlangen, dich so zu befriedigen, wie du es brauchst.«

Oh, ja – ich wusste ganz genau, welchen »einzigen Mann« er damit meinte! Aber ich wusste nicht, welche Rückschlüsse dies auf den anderen »einzigen Mann« in meinem Leben zuließ.

Mit ruhiger Hand legte er das flauschig-weiche Badetuch

über meine Schultern und begann mich sanft damit abzureiben.

»George ...«, hob ich an.

»Hm?«

Er rieb langsamer.

»Warum hast du dich eigentlich vorhin wegen Sergeij so aufgeregt?«

Seine Hände verharrten und er schien nachzudenken. »Emma, du weißt, dass ich dich nie mit Klienten zusammengebracht habe, die eine, wie auch immer geartete Bedrohung für dich dargestellt hätten.«

Sergeij war also eine Bedrohung, eilten meine Gedanken seinen Worten voraus.

»Tretjakow ist eine Ausnahme. Er ist der größte Fisch, der je in die Kanzlei geschwommen kam, und nachdem ich ihn das erste Mal getroffen hatte, wusste ich, was er brauchte. Dich! Die Schuld liegt eindeutig bei mir. Ich wollte ihn im Boot haben, koste es, was es wolle. Ich habe mich abends entspannt mit ihm unterhalten und aus seinen Worten herausgehört, dass er eine Partnerin für ein paar gute Nummern suchte.«

»Und da kam ich dann ins Bild«, fügte ich an.

»Ja. Alles eigentlich wie immer. Ich dachte, er bumst sie ein, zwei Mal und dann war's das. Konnte ich ahnen, dass Tretjakow wie ein liebeskranker Pennäler bei der ersten Gelegenheit unsere Termine platzen lassen würde, nur, um in dein Bett zu kommen?«

Das Tuch glitt von meinen Schultern und sein leicht irritierter Blick auf meine Blöße erfreute mich auf eine reichlich boshafte Art und Weise.

»Wo ist das Problem? Die Termine kann man ...«

»Tretjakow *selbst* ist das Problem!«, unterbrach er mich barsch.

»Und warum?«

»Emma! Der Mann ist gefährlich! Hinter seinem Arsch sind ein Haufen Typen her, von denen ich es nicht mal mit einem einzigen zu tun kriegen wollte. Was meinst du, warum ihm auf Schritt und Tritt sechs bis acht Bodyguards folgen? Und das sind nur die, die man sieht!«

»George, das interessiert mich nicht. Mit Alexander war es doch damals nicht anders.«

Er stieß einen langen Seufzer aus. »Du hast leider keine Ahnung …«

Voyeure

Die Aufregung von jener exzentrischen Dinner-Party hatte sich zwischen George und mir gelegt. Wie es immer geschah, wenn ein interessanter Job lockte.

Bei diesem hier handelte es sich nun um eine jener raren Gelegenheiten, wo ich schriftlich benachrichtigt wurde, ohne ein Wort von George, und bei der sogar eine Kleiderordnung vorgegeben wurde.

Genießerisch benetzte ich meine frisch geduschte Haut mit Rosenöl, denn da war sie am aufnahmefähigsten und hielt den Duft am längsten.

Langsam zog ich einen schwarzen Lederslip an. Ich fand, dass eine langsame, entspannte Vorbereitung bereits Teil eines aufregenden Dates war. Stets wählte ich meine Kleidung mit Bedacht und mache mich entsprechend zurecht. So auch heute. Einen String nahm ich bewusst nicht, darauf hatte ich keine Lust. Ein Hipster, der wirklich das Beste aus meinem Po und meinen Schenkeln machte, musste es sein.

Dazu schwarze Strümpfe, die ich in Strapse einhängte. Hierbei kam ich allerdings ins Grübeln. Wäre ich bei dem Anlass nicht mit Overknees besser beraten? Ich verwarf die Idee. Stiefel waren zu plakativ.

Anstatt eines BHs bevorzugte ich bei dieser Aufmachung ein schwarzes Korsett. Es war allerdings so kurz, dass es oberhalb des Nabels endete. Die meisten Männer mögen das, dann können sie nämlich mit dem Nabel und der weichen Erhebung meines Bauches spielen. Ein Korsett, das bis zur Scham reicht, kommt dagegen vielen als zu dominahaft vor.

Ich schloss die Haken und nickte mir selbst im Spiegel zu. Ich war mit dem Ergebnis zufrieden. Der Druck auf meine Brüste brachte mich schon beim Anziehen auf Touren …

Jetzt noch das Darüber, was weitaus schwieriger war, denn die Vorteile, die das Korsett schuf, durfte ich durch das Kleid nicht zunichte machen.

Zwar war es gewagt, doch ich beschloss, das Kleid ganz sein zu lassen. Ein fast bodenlanger Ledermantel war meine Wahl. Er wurde vorn mit vier Knöpfen geschlossen und verlief sehr eng bis zur Taille. Ab da fiel er recht weit, fast glockig. Dieser Schwung wurde noch durch den langen Schlitz betont, der sich hinten fast bis zum Po zog. Dazu ein breiter Kragen, wie man ihn im Empire getragen hatte, der geschmeidig über die Schultern fiel.

Der maskuline Duft des Leders mischte sich nun mit dem des Rosenöls zu einer extrem verführerischen Gesamtheit, die so wahrscheinlich keinen Mann kalt ließ.

Normalerweise hätte ich diese Ausstattung nicht gewählt, wenn die Einladung nicht in ein Privathaus erfolgen sollte. Denn wenn man so ein Haus wie das »Ritz«, das »Carlton« oder das »Four Seasons« betreten wollte, würde einen der charmante Türsteher augenblicklich aufhalten. Was man ihm bei so einer Aufmachung auch nicht verdenken könnte …

Ich warf meine Tasche über die Schulter, kontrollierte, ob der Akku meines Handys noch ausreichend geladen war und ging dann zur Haustür.

Keinen Moment zu früh, denn da klingelte auch schon

Danny. Er lächelte mich breit an und sein Kennerblick wanderte an mir hinunter. »Sie sehen heute Abend wieder sehr appetitlich aus, Miss Hunter.«

»Ich danke dir, Danny.«

So galant wie immer hielt er mir den Schlag auf, während ich einstieg.

Entspannt lehnte ich mich in dem handschuhweichen Ledersitz zurück und sah aus dem Fenster ins abendliche London. Tja, ich konnte mich beinahe fühlen, als gehöre mir dieses wunderbare Luxusgefährt.

Viele Geschäfte hatten noch geöffnet, aber der Trubel verlegte sich um diese Zeit mehr in die Clubs und Restaurants.

Ich nahm einen Whiskey aus der Bord-Bar. Er wärmte mich von innen und ich fühlte mich angenehm gelöst.

In den Kreisen, in denen ich mich nunmehr mit solcher Leichtigkeit bewegte, behandelte mich keiner herablassend oder kalt. Von welcher Seite ich die Dinge auch betrachtete – es ging mir so gut wie noch nie in meinem Leben. Wenn ich etwas wollte, kaufte ich es mir. Sex bekam ich mehr als ausreichend und in der Beziehung zu George … Diesen Aspekt galt es, wie immer, auszusparen.

An diesem Abend war mir auch nicht nach »kompliziert«. Mir war nach Sex und Entspannung. Irgendwann würde dieses angenehme Leben enden, aber bis dahin würde ich es genießen.

Die Fahrt trug mich kreuz und quer durch die lebendig schwirrende Stadt und ich konnte mich nicht sattsehen an dem Leben außerhalb meiner getönten Fensterscheiben.

***

Als der Wagen endlich anhielt, war ich beinahe eingeschlummert. Genau so sollte es sein! Ich befand mich in einem Zustand erotischer Trägheit, die exakt zu meinem Outfit passte und das die Männer immer besonders scharf machte. Meine Klienten liebten im Allgemeinen diesen aufgedrehten Playboy-Bunny-Sexappeal überhaupt nicht. Sie wollten sehen, dass die Frau zwar prinzipiell zu haben war, aber sie wollten für sie auch ein paar Hürden nehmen müssen.

Und genau so bekamen sie mich an diesem Abend! Ich stand bis zu den Haarspitzen in Geilheit. Wenn ich nicht den Whiskey getrunken hätte, dann hätte ich es mir wahrscheinlich unter Dannys Obhut heftig besorgt, um mir fürs Erste selbst Entlastung zu verschaffen. So entstieg ich aber dem Rolls und klingelte an einer dunkelblau gestrichenen Tür, zu der vier Stufen hinaufführten.

Ein Mann im schwarzen Anzug öffnete und machte eine kleine Verbeugung. »Miss Hunter, nehme ich an …«

»Ja.«

»Sie werden erwartet.« Sein typischer Akzent des Nordengländers aus besserem Haus passte nicht zu seiner merkwürdig servilen Art, mit der er mir begegnete.

Ich wartete allerdings vergebens auf einen Kratzfuß. Seine Figur war schlank und offensichtlich gut trainiert. In seinem Anzug Marke »Savile Row« sah er exquisit aus. Befremdlich wirkten allerdings in diesem perfekten Äußeren die künstlich gezogenen Augenbrauen.

Die plötzliche extreme Helligkeit in der Vorhalle raubte mir zwar im ersten Moment die klare Sicht, doch dann erkannte ich ohne Zweifel, dass seine Brauen rasiert und viel zu dick und zu dunkel nachtätowiert worden waren. Dazu noch in einem ziemlich weiblichen Bogen, der überhaupt nicht zu ihm passte.

»Darf ich Ihren Mantel abnehmen?« Er verbeugte sich etwas und verharrte in dieser Haltung.

»Nein, danke«, erwiderte ich und er akzeptierte stumm.

Dann tauchte er wieder auf. »Ich darf Sie jetzt nach oben bringen?«

Ich schickte mich gerade an, ihm zu folgen, als er einen kleinen Bogen machte und hinter mich trat. Das überraschte mich. Und noch überraschter war ich, als er mit einer einzigen, blitzschnellen Handbewegung ein schwarzes Band über meine Augen legte.

Gerade wollte ich protestieren, hatte auch schon Luft geholt, als er leise »Schschsch…« machte.

Ich verstummte und rief mir meine Professionalität in Erinnerung. So hielt ich also still, während er das Band an meinem Hinterkopf zusammenknotete.

Himmel, ich bin ehrlich, ich liebe solche Nummern! Dieses Prickeln, wenn man nicht weiß, was passieren wird und die Gewissheit, dass sich der Gast etwas Besonderes für einen ausgedacht hat …

Es wurde stets ein ganz spezielles erotisches Erlebnis, wenn ich die Augen verbunden bekam. So konzentrierte ich mich also auf den Mann hinter mir. Dass er zum Personal gehörte, war mir klar und daher erwartete ich auch nicht, dass er mich penetrieren würde. Wobei ich es natürlich keineswegs ausschließen konnte. Er berührte mich sehr sanft und vorsichtig. Und genauso zog er jetzt auch meine Hände vor dem Bauch zusammen und fesselte sie. Dann gab er mir durch leichten Druck in den Rücken zu verstehen, dass ich mich in Bewegung setzen sollte.

So arbeiteten wir uns Schritt für Schritt zunächst die Treppe hoch. Dann über den Absatz und weitere Stufen nach oben. Himmel, diese Häuser taten etwas für die Fitness ihrer Bewohner …

Ich tastete so gut es ging in den hohen Schuhen die Kanten der Stufen ab, denn ich hatte wenig Lust, mit verbundenen

Augen die Treppe hinunterzufallen – oder auch hinauf – was zwar weniger weh tat, dafür aber doppelt peinlich war.

Wie auch immer, ich konnte selbst mit gefesselten Händen meinen langen Mantel raffen und mit der sanften Unterstützung meines Begleiters unfallfrei bis nach ganz oben gelangen.

»Wir sind da«, wisperte er in mein Ohr und ich zuckte etwas zusammen. Eine leichte Gänsehaut bildete sich dort, wo sein Atem auf meine Haut traf.

Am leichten Luftzug merkte ich, dass mir gegenüber eine Tür geöffnet wurde. Die Schritte waren auf dem dicken Teppich kaum wahrnehmbar …

Es kribbelte in meinem Unterleib. Die Wirkung des Whiskeys ließ nach und ich musste mich beherrschen, dass ich nicht nach Sex schrie.

»Komm!«, hörte ich auf einmal. So leise gesprochen, dass man kaum unterscheiden konnte, ob es ein Mann gesagt hatte oder eine Frau. Eine feste, warme Hand griff nach meiner Fessel und zog mich vorwärts.

Ein leichter Gegendruck meines »Dirigenten« und ich blieb stehen. Die Offenheit des Raumes berührte mich beinahe körperlich. Ein Finger wurde in die Senke unterhalb meines Halses gelegt.

Nach einem Moment des Verharrens wanderte er abwärts.

Ich wusste, dass er gleich bei der Falte zwischen meinen Brüsten ankommen würde. Selten spürte ich den Druck des Korsetts so deutlich, wie in diesem Moment, wo jede Faser meines Körpers auf diese Berührung konzentriert war. Atmen war zu hören. Dann packten zwei Hände meine Mantelfront und öffneten energisch die Knöpfe. Die Seiten wurden auseinandergeschlagen. Mein Gegenüber hielt offensichtlich inne und betrachtete mich.

Ein heißer Schauer überfloss mich. Konzentriert versuchte ich, seinen oder ihren Duft einzuordnen … Mann oder Frau? Parfum oder Rasierwasser?

Dann wanderten die Hände von meiner Taille seitwärts über meine Hüften und herab bis zu meinen Schenkeln. Ich wimmerte innerlich um eine Berührung der weichen, empfindsamen Stellen an der Innenseite der Oberschenkel. Als könnte mein Gegenüber Gedanken lesen, begann er oder sie diesen Körperteil zu kosen. Im gleichen Augenblick wurde ich feucht und spürte, wie ein Schwall meiner Säfte sich aus meiner Spalte ergoss und meinen Slip tränkte.

Und dann waren da mit einem Mal diese Lippen. Sie lagen oberhalb meiner Nippel. Berührten mich, ohne sich zu bewegen. Ich traute meinen Sinnen kaum: Meine Titte wurde aus dem Korsett gesaugt, und zwar so lange, bis der erigierte Nippel zwischen den Zähnen gehalten und die Titte sodann ganz aus ihrer Verpackung gehoben wurde. Ein kleiner, scharfer Schmerz durchfuhr mich. Wollte ich noch abwarten? Wirklich noch abwarten? Ja. Ich musste wissen, wie es weiterging.

»Öffne deine Schenkel!«, hauchte es. Ein Mann! Jetzt gab es keine Zweifel mehr.

Vorsichtig nahm ich die Füße ein Stück weit auseinander. Jetzt würde alles aus mir herauslaufen, schoss es mir durch den Kopf. Aber egal. Er konnte ruhig wissen, dass er mich aufgeilte.

Der Schmerz intensivierte sich, als er meine Brustwarze zwischen den Schneidezähnen hin- und herzurollen begann. Doch im selben Maß schwoll auch meine Spalte an. Wie, als wollte er die Verletzung wiedergutmachen, leckte er jetzt sanft über meinen noch immer brennenden Nippel. Meine Knospe zwischen den Schamlippen öffnete sich und wurde hart.

Wie lange würde ich noch abwarten können?

Geschickt hakte er nach und nach meine Korsage auf, bis sie mit einem Schlag zu Boden fiel.

Ich nahm ein Geräusch wahr, das wie das Ausatmen zahlloser Kehlen klang. Verwirrt verwarf ich meine Einordnung sofort wieder. Mein Liebhaber bewegte sich um mich herum. Hinter mir blieb er stehen. Da waren Knopfreihen, kleine Knöpfe, wie bei einem Hemd, die sich an meinen Rücken pressten. Und dann lagen seine Lippen hart und saugend auf dem Übergang zwischen Hals und Schulter.

Ich erschrak und zuckte bei der plötzlichen Berührung zusammen. Wie ein Vampir presste er seine Zähne in mein weiches Fleisch und ich seufzte auf. Das war die Mischung aus Härte und Zärtlichkeit, die ich so liebte. Er stand noch immer hinter mir. Doch nun wurde ich gekitzelt. Da waren Haare an meinem Hals, an meiner Schulter. Locken? War es doch eine Frau, die mich da verführte?

Nein, die Stimme passte nicht. Ganz und gar nicht. Oder waren es zwei? Ein Mann und eine Frau? Noch hatte ich keinen Penis gespürt. Es war ja immerhin möglich, dass der Mann nur sprach und zusah, während die Frau mich verführte …

Das Geheimnis steigerte meine Lust.

Dann waren die Hände wieder da … Sie schoben sich unter meinen Achseln durch und legten sich auf meine Brüste. Es war, als wolle er mich vor den gierigen Blicken Dritter bedecken.

Sekunden … Minuten vergingen … nichts geschah.

Ich wurde ungeduldig, wollte mich gerade beschweren, als eine Hand abwärts zu gleiten begann. Oh, ja. Gleich würde ich diese Finger in meiner Spalte fühlen …

Die Hand, die noch eben auf der einen Brust gelegen hatte, schob sich jetzt über beide Brüste. So wurde ich praktisch von hinten umarmt.

Noch während mich die lockenumwogten Lippen am Hals kosten, schlüpfte die freie Hand in mein Höschen. Bis zum Äußersten erregt, seufzte ich auf. Eine Berührung meiner geschwollenen Klitoris und ich würde kommen. Es machte mich rasend, nicht zu wissen, wer mich hier nahm.

Und wie ich es erhofft hatte, tauchten seine Finger in meinen tropfnassen Schlitz ein, streichelten meine harte Knospe und verschwanden dann in meiner glühenden Röhre. Kurze Nägel trieben sich in mein heißes Fleisch.

Der Orgasmus war derart heftig, dass ich beinahe in die Knie ging. Ich wollte kreischen, aufheulen, wimmern. Doch ich konnte nur seufzen.

Starke Arme umfassten mich und zogen mich wieder auf die Füße. Ich bebte am ganzen Körper. Das waren eindeutig Männerarme, wenn sie auch nur spärlich behaart waren.

So hielt er mich mit einem Arm umschlungen, während er mit der anderen Hand meine Spalte bearbeitete.

Sehnsüchtig wollte ich den Slip abstreifen, doch es misslang wieder und wieder, bis er endlich eingriff und ihn nach unten schob. Jetzt konnte ich meine Schenkel öffnen und schließen, seine Finger in meiner Spalte förmlich einklemmen und durch eine Bewegung meines Beckens genau dorthin befördern, wo ich ihn haben wollte.

Um den Druck noch zu intensivieren, legte ich mich leicht nach hinten, bis ich seine Brust berührte. Mit jeder Bewegung wurde mir klarer, dass es sich um einen Mann handelte, der mich hier verführte. Wenn auch um einen mit etwas längeren Haaren. Vielleicht Jay? Nein, so lang waren die Haare meines unbekannten Liebhabers nicht. Natürlich wollte ich weitergrübeln, doch die Finger in meiner Möse hielten mich davon ab.

»Zeig deine Pussy!«, drang es leise an mein Ohr und im

gleichen Moment wurde ein Schemel oder Stuhl neben mir abgestellt.

Der Diener mit den tätowierten Brauen? Jemand nahm meinen Fuß und stellte ihn auf dem Stuhl ab. Mein Liebhaber stand noch immer hinter mir. Knetete mit einer Hand meine Brüste und stimulierte mit der anderen meine Klit und meine Schamlippen.

Da stand ich also, gegen ihn gelehnt und ließ einen Höhepunkt nach dem anderen durch mich hindurchrauschen. Doch ich war nicht satt. Das würde ich erst sein, wenn ich seinen Schwanz in mir gehabt hätte.

Mit einem kleinen Hüpfer reagierte ich auf den Umstand, dass plötzlich meine beiden Oberschenkel gepackt wurden und ich hoch in die Luft gestemmt wurde. Kühle Luft umspielte meine Möse und brachte mir die so dringend benötigte Abkühlung. Und wieder war da dieses Geräusch wie vielkehliges Ausatmen, das ich nicht einordnen konnte.

So schwebte ich in der Luft. Jeder Oberschenkel gehalten von zwei muskulösen Armen, denen mein Gewicht keinerlei Probleme zu bereiten schien.

»Ich werde dich jetzt ficken!«, kündigte mir die leise Stimme an.

Automatisch spannte ich meine Spalte an. Wollte den Schwanz förmlich in mich hineinsaugen.

Und da war er auch schon. Hart – aber kühl! Meine nasse Möse bot keinerlei Widerstand, als der Vibrator – ja, tatsächlich, ich bekam einen Vibrator verpasst – in mich hineinglitt.

Der Unterarm meines Liebhabers berührte meine Hüfte und meinen Bauch. Er stand immer noch hinter mir und vögelte mich jetzt mit dem künstlichen Liebesstab. Es war mir egal. In diesem Moment hätte er auch eine Salatgurke nehmen können, so heiß war ich und so sehnsüchtig erwartete ich etwas, das mich voll und ganz ausfüllte. Er wichste mich wieder und wieder und knetete währenddessen unverdrossen meine glühenden Titten.

Die Männer, die mich hielten, bewegten mich langsam vorwärts und rückwärts, der Vibrator stieß von Mal zu Mal tiefer in mich hinein, bis ich endlich nicht mehr an mich halten konnte und laut schreiend explodierte.

Jetzt erst verschwand das Spielzeug. Die Männer aber machten mit mir, der erschöpft zwischen ihnen Hängenden, ein paar Schritte zur Seite. Eine Bewegung für die ich keinen Grund erkennen konnte.

Und dann drang er wirklich mit seiner harten, glühenden Erektion in mich ein. Sein Stab bohrte sich langsam in mich, in eine Tiefe, die ich so für absolut unmöglich gehalten hätte. Er spießte mich auf, pfählte mich. Die Reibung brachte mich fast um den Verstand. Keuchend und wimmernd hing ich zwischen den Männern, schwang vor und zurück und wurde in einer Intensität gefickt, die zuvor für mich undenkbar gewesen wäre.

So lange, bis er sich aus mir zurückzog und endlich die erlösende Samendusche auf mich niederging. Ich hoffte nun bloß noch, dass mich die beiden Hünen nicht fallen lassen würden …

Was sie nicht taten. Im Gegenteil, sie ließen mich sanft auf die Füße gleiten und hielten mich weiterhin fest, was auch absolut nötig war, denn ich hatte noch immer Pudding in den Knien und wäre ohne ihre Hilfe sicherlich gestürzt …

Jemand schob seine Finger unter das Band um meinen Kopf, öffnete es und nahm es mir ab.

Blinzelnd sah ich mich um. Da waren nur zwei Bodybuilder in knappen Badehöschen und der vollständig bekleidete Typ mit den tätowierten Brauen, der das Tuch hielt.

Wer aber hatte mich gevögelt?

Vorsichtig öffnete ich die Augen richtig und erstarrte!

Ich stand vor einem Publikum aus ungefähr zwanzig Männern, die zum Großteil ihre Hosen geöffnet hatten und ruhig und gleichmäßig vor sich hinwichsten. Sie hatten die ganze Zeit vor mir gesessen und zugesehen, wie ich mit verbundenen Augen rangenommen wurde. Wie ich geschrien hatte und wie es mir in einem Fort gekommen war.

Der Anblick dieser Männer machte mich so geil, dass ich es gerade noch bis zum Rolls schaffte, wo ich sofort den Slip herunterriss und mich mit diesem Bild vor Augen zu wichsen begann.

»Was war denn da drinnen los?«, wollte Danny wissen, denn so hatte er mich noch nie erlebt. Schnell ließ ich den Orgasmus in meinem Unterleib explodieren und erzählte ihm dann vom gerade Erlebten.

»Wow!«, machte er nur und sah mich mit einer Mischung aus amüsierter Verblüffung im Rückspiegel an.

Mir war klar, was es mit dem Geräusch, das während der Nummer immer wieder erklang, auf sich hatte, doch es blieb noch eine Frage: Wer hatte mich vor all diesen Männern genommen?

Und wenn ich Jay ausschließen konnte, dann blieb wohl nur einer übrig, der diese Frechheit besaß …

Lüge und unbändige Gier

»Danny! Zur Kanzlei!«, brüllte ich vollkommen außer mir. Hatte ich mich soeben noch genüsslich in den Nachwehen meiner herrlichen Nummer gesonnt, brach im gleichen Moment, nämlich dem Moment der Erkenntnis, heiliger Zorn in mir aus.

Wenn er das wirklich gewagt hatte, dann hatten wir jetzt eine Rechnung miteinander offen. Aber zuerst musste ich mich bei George rückversichern.

Mit langen Schritten erstürmte ich förmlich die ruhige Kanzlei, in der, wie immer, der einzige Duft jener war, den die Liliengestecke verströmten. Doch diesmal ignorierte ich ihn.

Das Licht war gedimmt und über allem lag ein dezenter Hauch von Luxus und Diskretion, den die Klienten mit Sicherheit zu schätzen wussten. Doch mir war er in diesem Moment völlig egal.

»Ist Mr McLeod zu sprechen?«, schossen die Worte aus mir heraus.

Sybil, Georges langjährige Assistentin, sprang von ihrem Schreibtisch hoch und kam auf mich zu. Rennen hätte ich es nicht genannt, aber sie ging mehr als zügig, alarmiert nicht nur von meinem aufgelösten Verhalten, sondern vielmehr von meiner – vorsichtig ausgedrückt – exzentrischen Aufmachung.

Furios blickte ich sie an, meinen Atem nur mühsam beherrschend.

»Es tut mir leid, Miss Hunter … aber Mr McLeod ist in einer wichtigen Besprechung.«

»Hier?« Mit lang ausgestrecktem Arm deutete ich auf eine der schweren Eichentüren.

Allein die Frage genügte, um Sybil außer Fassung geraten zu lassen. »Sie können da nicht rein!«, stieß sie mühsam hervor.

Zu spät! Mit eiserner Faust drückte ich die Klinke und stieß die Tür auf. Beinahe gleichzeitig stürzten Sybil und ich in den riesigen Besprechungsraum, in dessen Mitte ein langer, ovaler Tisch stand, um den herum sich im Moment ungefähr zehn Männer platziert hatten. Sybil und mir gegenüber saß George, der als einziger ruhig und gelassen zu dem weiblichen Tohuwabohu hinsah, das sich nun vor den erstaunten Augen seiner Klienten entwickelte.

»Ich habe ihr gesagt …«, versuchte Sybil ihren Stand zu wahren und griff gleichzeitig nach meinem Arm, den ich ihr aber heftig entriss. »Eine Bespre…«

»Scheiß auf die Besprechung …«, fauchte ich wenig damenhaft. Lüsterne Blicke auf meinen Brüsten, die sich mittlerweile ihren Weg aus dem engen Ledermantelausschnitt suchten.

»Ich komme in einer Minute …«, sagte George ruhig wie zuvor. Gerade so, als sei dies nicht der peinlichste Auftritt seiner Firmengeschichte. Doch ich war nicht willens, zu warten, bis Mister McLeod, OBE, sich dazu herabließ, zu seiner kleinen Nutte zu kommen.

»Ich will *jetzt* mit dir reden!«, kommandierte ich.

Wieder packte Sybil meinen Arm, doch ich stieß sie heftig von mir. »Schließlich ficke ich ihn. Also kann ich auch verlangen, dass er sich jetzt *sofort* kümmert. George!«

Ein kurzer Blick in die Runde und ich erkannte mindestens zwei Männer, deren Schwänze ich bereits ausführlich bedient hatte.

»Also gut … Meine Herrn, wenn Sie mich für einen Moment entschuldigen würden … Sie sehen – das ›Ewig Weibliche‹ ruft nach uns!«

Allgemeines Nicken und Lächeln. Wer von diesen Herrn in der Runde mich schon gehabt hatte, beneidete George in diesem Moment – und wer mich noch nicht gehabt hatte, beneidete George nicht weniger. Denn ganz offensichtlich gingen sie alle davon aus, dass wir uns jetzt streiten und danach heftig versöhnen würden.

Nach Letzterem stand mir der Sinn allerdings überhaupt nicht. Als Sybil mich trotz verschlossener Tür und gespannt lauschendem George schon wieder packte, da schrie ich sie an: »Wenn Sie mich nicht sofort loslassen, schlage ich Sie K.o.«

Dass man ein solches Komplott gegen mich geschmiedet hatte, brachte mich beinahe um den Verstand. Für mich war nur allzu klar, dass George und Derek sich abgesprochen haben mussten, denn Derek allein hätte so eine Sache nie durchgezogen. Ich schnaubte noch immer und sehnte mich nach einem richtig lauten Krach, damit ich all den Zorn ablassen konnte, der sich in mir aufgestaut hatte.

George aber nutzte die Gelegenheit und zündete sich eine Zigarette an. Er deutete knapp mit dem Kopf zu einer anderen Tür und dirigierte mich wortlos in ein leerstehendes Büro.

»Was ist los?«, fragte er ungerührt.

Noch einen Atemzug vorüber gehen lassen – dann antworten! »Ich hatte heute ein Date … Von dir organisiert?«

Nein, er brauchte nicht nachdenken. Er hatte alle meine Dates ständig im Kopf parat. »Nein.«

Kluger Anwalt! Nur kein Wort mehr sagen, als man in so einer Situation muss.

»Okay. Wo ist dein verkommener Sohn?«

»Falls du Derek meinst …«

»WEN DENN SONST ZUM TEUFEL?«, brüllte ich und merkte im gleichen Moment, wie ich heiser wurde.

»Er ist in seinem Apartment.« George zog ruhig an der Zigarette, blies den Rauch gegen die Zimmerdecke und fügte dann an: »Nehme ich zumindest an.«

»Und wo *ist* dieses verdammte Apartment?«

Sein Kopf kippte kurz in den Nacken und sein Kopf zuckte nach oben.

»Aha. Über uns also!« Vor lauter Zorn, der durch meine Adern rauschte, konnte ich nicht stillstehen.

»Willst du gar nicht wissen, was dein lieber Derek ausgefressen hat?«

George machte einen tiefen Zug, inhalierte und sprach dann gleichzeitig mit dem austretenden Qualm: »Wieso? Ich kriege am Schluss doch sowieso die Rechnung zum Bezahlen.«

In mir kochte und brodelte alles. Mein Kopf glühte und ich hatte das ungeheure Bedürfnis, jemanden zu schlagen. Und zwar sofort und heftig!

Bitteschön! Wenn dieser überhebliche alte Sack es nicht anders wollte … Was auch immer mich in diesem Moment geritten hatte – ich war bereit, ihm eine faustdicke Lüge aufzutischen. Ich war wild entschlossen, eine kleine, aber feine Bombe unter den bornierten Ärschen dieser beiden Herrn zu zünden, die sich meiner mit solcher Nonchalance bedienten. Die mich kühl und sachlich wie einen menschlichen Dildo behandelten.

»Rechnung … das ist das Stichwort. Du kannst ja den Unterhalt zahlen.«

Georges Gesicht wurde mit einem Mal aschfahl und allein das war die Lüge wert gewesen. Nur seine Blicke schossen auf mich zu, ohne dass er den Kopf bewegte. »Unterhalt?«

»Es ist ein kleiner McLeod unterwegs. Derek hat mich geschwängert.«

Okay, ich war vielleicht zu weit gegangen. Aber was sollte es? Ich war stinksauer und ich hasste Georges Ignoranz, seine Arroganz und seine beschissene Überheblichkeit!

»Er hat *was?*«

Ohne meine Antwort abzuwarten, stürmte er an mir vorbei. Die Tür schlug mit lautem Krach gegen die Wand und ich hatte alle Mühe, mit meinen Highheels hinter ihm herzukommen.

Mit wehenden Fahnen ging es die Treppen hoch in das obere Stockwerk. George klingelte und begann dann, ohne eine Reaktion abzuwarten, mit der Faust gegen die Tür zu hämmern.

In diesem Moment befand ich mich auf der Kippe. Natürlich gefiel es mir, dass ich George so aus der Reserve gelockt hatte. Andererseits hatte ich auch nicht mit einer solch heftigen Reaktion gerechnet – und ich hatte keine Idee, was er jetzt tun würde. Vor allem auch – was er tun würde, wenn die Wahrheit herauskam ...

Es blieb mir aber keine Zeit für weitere Grübeleien, denn nun ging die Tür auf, gleichzeitig holte George aus und schlug Derek mit der flachen Hand ins Gesicht.

Dereks Kopf wurde zur Seite geschleudert – damit hatte er wohl nicht gerechnet. Einen Atemzug verharrte er so mit zur Seite geneigtem Kopf. Dann drehte er langsam sein Gesicht und sah uns an. Zuerst mich, dann seinen Vater. Schuldbewusst? Aha!

»Du verdammter Hurensohn!«, brüllte George. »Wie kannst du es wagen, Emma anzufassen! Und dann noch so etwas! Das hat Konsequenzen!« Damit drehte George sich um und eilte die Treppen hinunter.

Was war jetzt mit mir?

Derek stand da und starrte mit geröteter Wange.

»Ach, ja …«, fiel mir ein. Dann holte ich ebenfalls aus und wollte ihm auch eine knallen, doch er fing meine Hand rasend schnell ab. Sofort fiel mir auf, dass er die Hand seines Vaters ebenfalls locker hätte aufhalten können. Warum aber hatte er sich dann von ihm schlagen lassen? An der Überrumpelung allein konnte es nicht gelegen haben, wie er soeben bewiesen hatte.

Er hielt meine Hand und wir starrten uns an.

Ich fand als Erste die Sprache wieder: »Du bist nichts weiter, als ein blöder Idiot, Derek McLeod!«

Er ließ meine Hand los. »Oh, Mann! Wieso musstest du ihm ausgerechnet *von unserer lustigen kleinen Voyeursnummer* erzählen?« Mit leicht zitternden Händen strich er seine Locken aus dem Gesicht. Er war wunderschön, auch wenn eine seiner Wangen in diesem Moment hellrot leuchtete. Wortlos drehte er sich weg und ging, die Tür offen lassend, in seine Wohnung hinein.

Das nahm ich als Einladung und folgte ihm.

Sein Gang war einzigartig. Sein Knackarsch schwenkte von einer Seite zur anderen und seine schlanken Beine durchmaßen den langgezogenen Flur bis zu einer Art Wohnhöhle. Dort warf Derek sich auf ein riesiges Bett, das über und über mit Kissen in allen Formen und Farben bedeckt war. Es hätte einem orientalischen Harem alle Ehre gemacht.

Seine Ohrfeige ignorierend – bekam er vielleicht öfter eine? – streckte er seine Beine aus und zündete sich eine Zigarette an.

»Ich hätte nie damit gerechnet, dass mein alter Herr so ausflippt, nur weil ich dich gevögelt habe«, erklärte er kopfschüttelnd.

Also hatte ich mit meiner Mutmaßung Recht gehabt. Es *war* Derek gewesen, der mich vor diesem Publikum benutzt hatte. Und er hielt es für eine Art harmlosen Scherz …

Mein Zorn prallte an seiner Ignoranz ab und versickerte.

»Ist er eifersüchtig?« Seine olivenfarbenen Augen musterten mich interessiert. »Was ich meine ist, dass er doch weiß, dass ich seine Weiber flachlege. Das ist doch nichts Neues.«

Plötzlich richtete er sich auf. »Oder hast du ihm irgendetwas anderes erzählt? Wegen der Sache heute Abend kann er ja wohl kaum so abdrehen.« Seine Augen fixierten mich.

Da ich nicht antwortete, trieben ihn Anspannung und Neugierde vor mir auf die Knie. So rutschte er über das Bett heran, bis er sich direkt vor mir befand. Selbst auf Knien überragte er mich noch.

»Also?«, forderte Derek.

»Nichts also … ich habe ihm gesagt, dass du mir ein Kind gemacht hast.«

Im gleichen Moment sackte Derek auf den Hintern. Er starrte mich an. Sein Adamsapfel hüpfte auf und ab als er hart schluckte.

Jetzt war sein Gesichtsausdruck eindeutig in den Bereich Panik gewechselt. »Ein Kind?« Seine schmale Brust hob und senkte sich so hektisch, dass mir meine Lüge beinahe leid tat. »Wir kriegen ein Kind?«

Es hätte nicht schlimmer sein können, wenn mir jemand einen Knüppel auf den Kopf geschlagen hätte. Mit diesem Satz war alles ausgelöscht, was mich noch vor kurzem so in Rage versetzt hatte. Wieso hatte ich nur so eine Lüge ersonnen? Wie hatte ich das tun können? Wir kriegen ein Kind … Wie er das sagte … Der Satz schmeckte gallenbitter nach Familie und Zusammengehören. Nach Spaziergängen mit Kinderwagen und Weihnachten unter dem Christbaum. Hätte ich die Uhr nur in diesem Moment zurückdrehen können …

»Nein. Nein, ich bin nicht schwanger. Ich war nur so sauer, weil du mich so übel reingelegt hast, und weil George so verdammt überheblich war.«

Derek stand so langsam von dem Bett auf, als geschehe es in Zeitlupe. Er setzte ein Bein auf den Boden, zog dann das andere nach. Als er sich hochgedrückt hatte und vor mir stand, musste ich zu ihm aufsehen. Und so bekam ich gerade noch mit, wie seine Hand niedersauste und mich auf der Wange traf. Sofort legte sich meine Hand darauf.

Gewiss hatte er bei weitem nicht so fest zugeschlagen, wie er eigentlich gekonnt hätte, aber dennoch brannte der Schlag wie Feuer in meinem Herzen. Ich fühlte mich mitschuldig.

Seine Unterlippe zitterte. Kämpfte er etwa mit Tränen?

Jetzt gewann ich wieder die Oberhand. »Du hast mich doch zuerst verarscht! Wer hat mich denn zu diesem Date bestellt, und vor all diesen Typen gefickt, während ich keine Ahnung hatte?!«

»Na und? Du bist eine Nutte. Stell dich nicht so an!«

Damit befanden wir uns mitten im Schlagabtausch. Gut! Dann also los!

»Okay, ich bin eine Nutte … und was bist du?«

Er warf sich herum, kramte nach seiner Jacke und schleuderte mir ein paar Scheine ins Gesicht. Ohne zu zucken, ließ ich sie zu Boden segeln.

»Was soll ich denn mit den paar Kröten, die dir dein Daddy zukommen lässt? Hier … das ist mein Preis!« Damit riss ich meinen Arm hoch und ließ Sergeijs Armband vor seinen Augen funkeln.

»Meinst du, du kannst mich beleidigen, indem du mich

eine Nutte nennst? Meinst du, ich weiß nicht, was ich bin? Aber das ist auch gar nicht die Frage!«

»So? Was ist dann die Frage?«, stichelte er.

»Die Frage ist, *wer*, oder besser, *was du* bist!«

Er packte meinen Mantelaufschlag und seine Augen funkelten in meine, während er mich ein Stück zu sich heranzog. »Sooo … Was bin ich denn?«, wisperte seine samtweiche Stimme bedrohlich.

Aber mir war jetzt alles egal. Er wollte Krieg und er konnte ihn haben! »Ein Parasit … Du bist nichts weiter als ein arroganter, kleiner Parasit, der sich an all dem labt, was vom Tisch George McLeods herunterfällt.« Hatte ich mit der erfundenen Anschuldigung sozusagen den Fuß gehoben, so hatte ich mit diesem Satz die Grenze überschritten.

In Dereks Gesicht mischten sich Wut und Abscheu. Ein Handgriff und er presste seine Brust gegen meine. »So, ich bin also ein Parasit, ja? Und du? Bist hinter meinem Vater her, wie der Satan hinter der armen Seele. Erzählst ihm einen Scheiß, wie sehr du ihn willst – und hinter seinem Rücken lässt du dich von diesem russischen Gangster aushalten.«

»Ich lasse mich nicht von Sergeij aushalten. Und außerdem ist er kein Gangster«, gab ich matt zurück.

»Ich weiß, dass ich nichts bin ohne meinen Vater. Aber *du*! Was bist *du* denn ohne *ihn*? Wir sitzen doch im gleichen Boot, du dumme Schlampe. Aber dir geht es nur ums Ficken. Dich interessiert nur Sex und Kohle. Viel Sex. Und viel Kohle.«

»Da bin ich aber froh, dass Derek Gandhi mich läutern will!«, höhnte ich. Herrgott, wann ließ er mich nur endlich wieder los? Sein Atem war zu heiß. Sein Duft zu intensiv. Sein Körper zu nah. Ich musste daran denken, wie er mich vor all diesen Voyeuren genommen hatte und mein Herz begann wild zu pochen. Innerlich begann ich zu beten, dass er nicht merke, was sich in mir abspielte.

Wie voll und erregend seine Lippen waren – dazu dieser unglaublich intensive Blick aus dem mit goldenen Sprenkeln versetzten Olivengrün seiner Augen. Sehnsüchtig hoffte ich, meinen Atem flacher halten zu können, denn wenn ich derart schnaufte, pressten sich meine Brüste wieder und wieder gegen seinen harten Brustkorb. Die obersten Knöpfe seines Hemds standen offen und ich sah die weiche Haut mit der Vertiefung unterhalb seines Halses, betrachtete die Bewegung seiner Kehle, das Heben und Senken seiner Muskeln.

Was geschah jetzt? Lockerte sich sein Griff am weichen Leder meines Mantels? Bewegte er sich von mir weg?

Ja. All das geschah. Doch nicht, um mich aus seinem zornigen Bann zu entlassen, sondern um seine Faust in mein Haar zu schlagen.

Brutal zerrte er so meinen Kopf nach hinten, was ich nur mit einem Japsen quittieren konnte, das meine Lippen weit öffnete.

»Du Hure!«, stieß er hervor. Dann riss er mit der freien Hand meinen Mantel auf. Keuchend saugten seine Lungen die Luft ein, die ihm nicht mehr zu reichen schien.

Meine Brüste hatten sich aus dem Korsett befreit und Derek starrte mich an, als wäre es nicht erst eine gute Stunde her, dass er mich genommen hatte.

Gerade hatte ich mich von meinem Schrecken einigermaßen erholt, da stieß er mich mit unglaublicher Wucht auf das Bett.

Mühsam versuchte ich, mich rückwärts von ihm wegzubewegen und schlüpfte dabei ungewollt aus meinem Mantel. Meine Brüste bewegten sich mit meinen Armen mit. Ich musste über keinen Röntgenblick verfügen, um zu sehen, dass Derek bereits hart war.

»Die Hure und der Parasit – was für ein tolles Paar wir zwei doch abgeben, nicht wahr?« Der höhnische Zynismus in seiner Stimme war kaum zu überbieten.

»Dann werde ich mir jetzt mal wieder einen Happen vom Tisch meines Meisters holen!« Langsam zog er das lose Ende seines Gürtels durch die Schnalle und öffnete dann seine Jeans. »Warum läufst du denn nicht weg, Nutte?«

Nur für einen Moment schloss ich meine Augen. Überwältigt vom Anblick seines herrlichen Körpers, der sich zwar noch hinter dem Stoff seiner Jeans und seines Hemds verbarg, aber dennoch all meine Fantasien tanzen ließ. Meine vor Erregung schier tauben Ohren lauschten angestrengt auf das Geräusch fallenden Stoffes und als ich wieder die Augen öffnete, stand er nackt vor mir. Seine Erektion klopfte hart gegen seinen Bauch und das wilde Glitzern in seinen Augen verhieß Himmel und Hölle in einem Atemzug.

Mit einer Art Hechtsprung warf er sich plötzlich über mich, hielt sich aber, die Fäuste neben meinen Schultern aufgestemmt, wie im Liegestütz über mir. Nur sein Kopf wurde mit jedem Atemzug tiefer, näher an mein Gesicht herangeschoben.

Das Atmen fiel mir in diesem Moment der höchsten Erregung und Vorfreude, unbeschreiblich schwer. Mein Korsett zwängte meine Lungen und mein Zwerchfell, doch ich hatte nur Augen für seine Augen und Lippen für seine Lippen und Hände für seinen Körper.

»Oh Gott, Derek … küss mich!«, seufzte ich und schloss die Augen, da ich seine Blicke nicht mehr ertragen konnte.

Ein Feuerwerk explodierte in meinem Körper, als sein Mund sich Zugang zu meinem verschaffte. Als seine Zunge meine Zahnreihen auseinander drängte, die doch nur aus reiner Etikette aufeinander gepresst ausharrten.

Und als so die ganze Schwere seines Körpers auf mich niederkam, den letzten Atem keuchend aus meiner Brust jagte, da schrie ich meinen Orgasmus mit aller mir zur Verfügung stehenden Kraft hinaus. Und gerade so, als wäre seine Erregung durch mein Schreien nochmals befeuert worden, zerriss er meinen Slip und stieß seine Männlichkeit in meine glühende Auster, die in diesem Moment nichts so sehr ersehnte, wie den Erguss seines Samens in meinen heißen Schoß.

Schreiend, ja beinahe wütend, stieß ich meinen Unterleib gegen seinen. Und es hatte mit Sicherheit mehr von einem Exorzismus, als von einem Liebesakt, wie Derek seine Lanze in mein williges Innerstes hineinrammte, während ich meine Schenkel um seine Lenden schlang, ängstlich fast, seinen hart stoßenden Unterleib zu verlieren.

Mit der Wildheit einer Raubkatze schlug ich meine langen Fingernägel in die zarte Haut auf seinem Rücken, bis er brüllend den Kopf in den Nacken warf, im halbherzigen Versuch, sich meiner Tortur zu entziehen. Doch diese Qual führte zu dem von mir einzig gewünschten Ergebnis: von Derek noch härter und noch schneller gefickt zu werden. Ihn in dem gleichen irrwitzigen Taumel untergehen zu sehen, der mich in diesem Moment mit Haut und Haar zu verschlingen drohte.

Da stieß ich ihn mit aller Gewalt von mir, packte seinen Schwanz und schlang ihn in meine Kehle. Meine Faust drohte seinen Sack zu zerquetschen während ich seinem Schaft mit meinen Zähnen und meinen hart angespannten Lippen Gewalt antat.

»Ja … Ja … Ja…«, schrie Derek und seine Stimme war wie Öl für den Motor meiner unbändigen Gier. Meine Augen fixierten seine erigierten Brustwarzen, die rauen Löckchen an der Basis seines Schafts. Ihn spüren … spüren, wie er meine

Kehle penetrierte. Wie sein Schwanz zuckte, sich aufbäumte, endlich abschießen wollte. Doch ich ließ ihn nicht. Noch nicht.

Derek aber war wild zur Gegenwehr entschlossen. In einem unbedachten Moment, als ich gerade seinen Ständer aus meinem Mund gleiten ließ, entzog er sich mir.

»Du verdammtes Miststück!«, keuchte er aus ersterbender Kehle. Seine Brust hob und senkte sich hektisch mit jedem offensichtlich schmerzenden Atemzug, während er meine Schulter packte und mich auf den Bauch schleuderte.

Wutentbrannt schrie ich auf, da er mir seine Erektion entzogen hatte, und versuchte von ihm fortzukriechen, um eine gute Position zu finden, in der ich seiner wieder habhaft werden konnte. Doch er war stärker, spannte meine Hüften in stählerne Klammern und riss dann mein Hinterteil auseinander. In Wirklichkeit hilflos und jetzt doch so verzweifelt kämpfend, warf ich meinen Oberkörper hoch und nach hinten, in dem sinnlosen Versuch, ihn mit meinem Kopf zu treffen. Stützte mich mit taub werdenden Armen auf dem Bett ab und bot Derek so doch nur den perfekt angespannten Anus. Eine ebenso enge wie harte Röhre, die seinem Schwanz eine Behandlung zuteil werden ließ, die er von einer Möse nie bekommen hätte.

Mit beinahe animalischen Schreien stieß er in meine Rosette und mir blieb nichts anderes übrig, als mich unter seinen Stößen zu winden, mit den Füßen zu strampeln und zu versuchen, all jene Orgasmen zu ignorieren, die er in meinem Hintern auslöste und die mir den Widerstand gegen seine fickenden Bewegung beinahe unmöglich machten.

Und so war es erst sein erlösender Schrei, als er seine Lava in meinem Arsch verströmte, der mich auch nur halbwegs wieder zur Besinnung kommen ließ.

Derek brach förmlich auf meinem entseelten Körper zusammen, winselnd und keuchend. Tränen rannen über meine Wangen, als ich mir seines Schwanzes bewusst wurde und des Gefühls, das er, noch immer in meinem Hintern ruhend, in meinem Anus auslöste.

Nein, ich würde ihn nie mehr aus mir heraus lassen. Auf Ewig würde er in mir bleiben müssen und mich immer dann ficken, wenn mein Körper es benötigte.

Sein – wie in anhaltenden Qualen – geöffneter Mund suchte nach der Seite meines Halses und saugte sich dort mit letzter Kraft fest, löste Wellen brennenden Schmerzes aus und doch hinderte ich ihn nicht. Nein, ich wollte seine Male erhalten. Sie an meiner Kehle tragen, für jeden sichtbares Zeichen dessen, was uns und unsere Körper verband.

»Du gottverdammter Hurensohn«, war alles, was ich sagen konnte. Dann erstarb meine Stimme in meiner Kehle.

NIEMANDSLAND

»Ich warte jetzt seit fast zwei Stunden hier auf dich, meine Kleine.« Sergeijs Stimme klang eher amüsiert, als verärgert. Er lehnte mit der Schulter gegen meine Eingangstür und rauchte. Kette, wie ich den zertretenen Stummeln am Boden zu seinen Füßen entnahm.

»Das tut mir leid.«

Zügig schloss ich die Tür auf und ließ ihn rein. Sergeijs Augen wanderten an meinem Körper auf und ab, dann fragte er, es sollte wohl nebensächlich klingen: »Kommst du gerade von einem Job?«

»Nein. Ich war mit einer Freundin bummeln.«

»Gut.«

Im nächsten Moment schlang er seine Arme um meinen Nacken und küsste mich leidenschaftlich. Es war herrlich, sich an seinen mächtigen Brustkorb zu schmiegen und die Kraft seiner Muskeln zu spüren. Man musste lange suchen, bis man jemanden fand, der einem das gleiche Gefühl von Schutz zu geben vermochte, wie er.

»Soll ich deinen Männern draußen eine Kanne Tee geben?«

Sergeij war gerade dabei, seinen Mantel auf den Sessel zu legen und drehte sich jetzt mit verwundert gerunzelter Stirn zu mir um. »Was?«

»Ob ich ihnen … ich meine, es muss öde sein, da draußen zu sitzen und auf dich aufzupassen.«

Ein breites Lächeln wanderte über sein Gesicht. »Ich hatte noch nie eine Frau, die an meine Jungs gedacht hat. Das ist bemerkenswert.«

Ich beschloss, nicht mehr auf seine Zustimmung zu warten und ging in die Küche, wo ich Wasser aufstellte. »George hat sich beschwert, weil du mich ihm vorziehst«, rief ich aus der Küche, während Sergeij in einer Zeitschrift blätterte, die auf einem Beistelltisch gelegen hatte.

»Du bist besser im Bett. Vielleicht liegt es daran«, antwortete er, ohne den Kopf von den Seiten zu heben.

»Wieso? Hast du schon mit George geschlafen?«

Jetzt schaute er doch hoch und zwar schockiert. »Mit einem Mann? Gott bewahre! Nein! Das ist doch krank!«

Die Bilder von Jay und Derek tauchten vor meinem inneren Auge auf und ich war nicht in der Lage, Sergeij auch nur ansatzweise zuzustimmen.

Er legte die Zeitschrift weg und zündete sich eine Zigarette an, während ich die Teeblätter überbrühte.

»Aber *du* schläfst mit McLeod.« Es war eine Mischung zwischen Frage und Feststellung.

»Ja«, antwortete ich schlicht.

»Wie ist er im Bett?«, setzte Sergeij nach.

So belanglos hingeworfen seine Sätze auch klingen mochten, ich wusste nur allzu gut, dass ich mich mit ihrer Beantwortung auf dünnes Eis begab. Wir befanden uns in einer Art Niemandsland, wo er nicht mehr wirklich Kunde, aber auch nicht wirklich Liebhaber war. Ehrlich gesagt, wusste ich in diesem Moment nicht mal, ob ich für Sex noch Geld von ihm erwarten konnte. Mit der nunmehr verschlossenen Thermoskanne und einem Stapel Becher in der Hand blieb ich in der Tür stehen.

»Sergeij … es ist ein guter, alter Brauch, mit keinem Mann

über die erotischen Fähigkeiten eines anderen zu sprechen. Wie viele von deinen Jungs sitzen da draußen?«

Er dachte kurz nach, allerdings bezweifelte ich, dass es wegen des Nachzählens geschah, sondern vielmehr, weil er sich überlegte, ob er mir alle nennen sollte. »Acht.«

Jetzt sah ich ihn mit gerunzelter Stirn an. »Acht?«, kam es ein bisschen tumb. Dann hatte ich zu wenig Becher und holte Nachschub. Außerdem Zucker und einen kleinen Beutel Milch.

»Kommst du mit?«, fragte ich.

Zu perplex, um zu protestieren, folgte Sergeij mir mit seinem hoch aufgerichteten, ziemlich steifen Gang nach draußen, bewaffnet mit Zucker und Sahne, die ich ihm in die Hände gedrückt hatte. Die Verblüffung in den Gesichtern seiner Bodyguards war kaum zu beschreiben, als wir beide der Reihe nach an ihre Fensterscheiben herantraten und sie mit dem heißen Tee versorgten. Sie dankten ihrem Chef – manche beinahe unterwürfig, andere verstockt.

»Du hast sie ganz schön aus der Fassung gebracht. Aber ich fürchte, das machst du mit allen so«, sagte Sergeij.

»Natürlich. Du doch auch.«

Sein Lächeln bewegte sogar seinen hohen Haaransatz und ich drückte meine Wange in seine Hand, die er zärtlich an meine Schläfe legte.

»Wenn ich nur wüsste …«, sagte er leise.

»Wenn du nur *was* wüsstest?«

Doch statt zu antworten, gab er mir einen langen Kuss. Dann riss er sich plötzlich los, hielt mich an ausgestreckten Armen von sich weg und öffnete seine Augen weit, als er verkündete:

»Und jetzt habe ich etwas mit dir vor.«

»Und was?«

»Ich habe Karten für die ›Albert Hall‹ am Dienstag.«

»Dienstag? Die Gala? Das glaube ich nicht! Die Karten sind doch seit einem Jahr ausverkauft.«

Er presste die Lippen zusammen, legte den Kopf schräg und sah mich wie ein geistig zurückgebliebenes Kind an. »Dazu sage ich jetzt nichts, meine Kleine.«

Er straffte seinen Rücken und wirkte mit einem Mal noch größer, als er eh schon war. »Gut. Frage: Hast du etwas Passendes anzuziehen?«

Für eine Gala, zu der die halbe Königliche Familie erwartet wurde, inklusive Premierminister und sämtlichen Regierungsmitgliedern? Hat man zu solch einem Anlass je etwas Passendes?

»Heißt das, du willst mit mir hingehen?«, fragte ich verunsichert in meine eigene freudige Erregung hinein.

»Nein, ich wollte mir etwas von dir ausleihen, das ich anziehen kann ... Natürlich will ich mit dir hingehen, meine Kleine. Also hast du etwas oder sollen wir einkaufen gehen?«

Ein Mann wie er wollte sich Zeit nehmen, um mit mir shoppen zu gehen …

»Wenn du nichts sagst, muss ich davon ausgehen, dass du nichts hast. Also – Einkaufen!«

***

Keine halbe Stunde später standen wir in einer der exklusivsten Boutiquen Londons. Nicht ganz so exklusiv wie jene, die George mit mir zu frequentieren bevorzugte, aber nicht weniger teuer.

Man hatte mir einen eigenen Ankleideraum zugewiesen, wo Sergeij sich gemütlich hinsetzen, Champagner trinken und mir zusehen konnte, wie ich von einem Traum in den anderen schlüpfte, dazu gab es für ihn Häppchen.

Es war beinahe das letzte Kleid, das ich anprobierte und mit dem ich aus dem Ankleideraum heraustrat, als Sergeij von seinem Sessel aufsprang. »Oh Gott ...«, stieß er hervor, »… bist du schön!«

Dabei achtete er nicht auf die Verkäuferin, die sich neben mir aufbaute, als sei ich eine Schlittschuhläuferin mit ihrer Trainerin, die beide auf die Punktewertung warteten.

Das Kleid war bodenlang mit einem äußerst gewagten Ausschnitt. Der Stoff floss weich an mir herab. Von oben bis unten war er bestickt mit kleinen amethistfarbenen Pailletten, die dem Ganzen ein bemerkenswertes Gewicht gaben und meine Kurven elegant-erotisch umspielten. Nach hinten lief das Kleid in eine kleine Schleppe aus, die mich dazu zwang, keine allzu großen Schritte zu machen.

»Danke!«, nickte Sergeij der Verkäuferin zu und sie – den Hinweis verstehend – verließ die Ankleide.

»Was ist unter diesem Kleid?«

»Nichts … Sieh nach!«, neckte ich ihn halblaut.

Im nächsten Moment glitten seine Hände mühelos in mein Dekolleté und legten meine Brüste frei. Schnell drehte ich mich um und raffte das Kleid über meinen Hüften hoch, während Sergeij seine bereits steife Erektion aus seiner Hose befreite.

Und genau in dem Moment, da er mir seine Männlichkeit von hinten in die Möse schob, öffnete sich die Tür und die Verkäuferin trat ein.

»Oh … Verzeihung«, stieß sie ebenso schockiert, wie erregt hervor. Mittlerweile kannte ich die verschiedenen Ausdrücke auf den Gesichtern derer, die ungewollt Zeugen wurden, wie ich gevögelt wurde.

Sie stand nur da und starrte uns an, wobei ich starke Zweifel hegte, dass wir das erste Pärchen waren, das die Abgeschiedenheit dieser Räumlichkeiten für eine schnelle Nummer nutzte. Sergeij aber schwieg, beziehungsweise, ächzte leise, während er mich ohne Unterlass gegen den Sessel stieß, auf dem ich kniete.

Meine weitere Kenntnis von zufälligen Augenzeugen machte mir klar, dass die Verkäuferin sicher allzu gern an unserem Vergnügen Anteil genommen hätte.

»Sergeij?«, störte ich ihn in seiner Konzentration.

»M-mh?«, brummte er zurück.

»Da ist jemand, der sich gern beteiligen würde …«

Er sah kurz zu ihr hin und nickte dann.

Augenblicklich war sie bei uns und entledigte sich ihres Slips.

»Zeig mir deine Muschi!«, bat ich und sie folgte meiner Aufforderung ohne Zögern. Wie appetitlich! Sie war total rasiert und trug nur halterlose Strümpfe zu Plateau-Peeptoes, die sehr sexy wirkten und ihr irre lange Beine bescherten.

Ohne weiter nachzufragen, streckte ich meine Zunge heraus und suchte mir meinen Weg zwischen ihren Schamlippen zu ihrem Kitzler.

»Aaaah …«, stöhnte sie verzückt und spreizte, um noch mehr von meinen Kosungen zu erhalten, mit beiden Händen ihre Labien, während sie ihren Rock mit ihren Unterarmen in Schach hielt.

Unsere Gespielin war eine äußerst attraktive – wie ich sie einschätzte – Mittdreißigerin, mit langen braunen Haaren und ebenso langen Gliedern. Sie zu lecken, während Sergeij in mich hineinstieß, war einigermaßen schwierig, wenn auch sehr sexy, da es den Druck meiner Zunge auf ihre Spalte intensivierte.

»Ich würde deinem Mann gern behilflich sein, wenn ich darf«, sagte sie mit einer seltsam hohen Kleinmädchen-Stimme.

»Mach nur«, keuchte ich.

Mit zwei Handgriffen hatte sie sich ihres dünnen Rockes samt Oberteil entledigt, ebenso wie ich mich meines Kleides, und stellte sich neben Sergeij. Dieser begann sie, sozusagen als

Begrüßung, intensiv zu küssen. Zugegebenermaßen irritierte es mich in diesem Moment, denn ich rechnete nicht damit, seine Zunge zu sehen, die aus seinem weit geöffneten Mund trat und mit der ihren heftig zu spielen begann.

Dann ging die Verkäuferin in die Hocke. Ein schneller Blick von mir nach hinten genügte, um unter wohligem Erschauern zu sehen, dass sie Sergeijs Schwanz aus meiner Muschi gezogen hatte und ihn nun ausgiebig leckte. Er aber stand da, hoch erhoben, hielt ihren Kopf zwischen seinen Händen wie in einem Schraubstock und ließ seinen Ständer tief in ihren Schlund gleiten. Wie unglaublich tief er in sie eindringen konnte, war mir klar, als ich seine gesamte Länge, die nicht unbeträchtlich war, in ihrem Mund verschwinden sah. Sie hielt die Augen geschlossen, während der Druck seiner Erektion tiefe Höhlen in ihre Backen zog, die ich sehr sexy fand, da ich wusste, wie Sergeij es genoss, so geblasen zu werden. Doch auch ich wollte nicht untätig sein und nutzte die Gelegenheit, ihren Unterleib so in Position zu bringen, dass ich sie weiter lecken konnte. Wie ich nämlich zwischenzeitlich festgestellt hatte, ragten ihre inneren Labien weit aus den äußeren hervor und lockten so meine Lust, die dicklichen, leicht runzeligen Häute mit meiner Zunge zu reizen und so unsere Gespielin auf Touren zu bringen.

Hatte ich nun gerade begonnen, die Klit meiner neuen Freundin auf diese Art und Weise zu stimulieren, musste ich mit leichter Enttäuschung Sergeij nachgeben, der ihr seinen Schwanz entzogen hatte und sie in den Hintern zu vögeln wünschte.

»In den Hintern?«, sagte sie unsicher und ich fragte mich, ob eine solche Frau ernsthaft behaupten wollte, noch nie anal genommen worden zu sein …

Sergeij sah mich verwundert an. Ich zuckte mit den Schultern.

»Ich zeig dir, wie ich Emma in den Arsch ficke und dann machen wir es, okay?«

So nahm ich denn wieder meine kniende Position auf dem Sessel ein und streckte erregt meinem Liebsten meine Kehrseite entgegen.

»Leck sie nass!«, sagte er, als gälte es, einen neuen Mitarbeiter in die Produktionsabläufe einzuführen.

»Debbie …«, erklärte sie. »Ich heiße Debbie.«

»Okay, Debbie – leck ihr Loch nass.«

Debbie zog meine Hälften auseinander, zögerte einen Moment und drang im nächsten so tief in meine Röhre ein, dass ich aufstöhnte. Damit hatte ich absolut nicht gerechnet.

»Hey … hey … hey …«, bremste Sergeij sie schmunzelnd, »du sollst sie nicht zungenficken! Nur feucht machen!«

Ein Seufzen entfuhr mir, als sie ihre Zunge herauszog und sich mit der ihr zugeteilten Aufgabe zufriedengab.

»Okay. Ich mache es sanft. So … Siehst du … ich stoße zuerst nur die Rosette an … und wenn ich merke, dass sie bereit ist, dann schiebe ich die Tür auf … etwa … sooo …«

Jetzt schrie ich wirklich, stöhnte, keuchte. Sein Schwanz war so dick, dass ich glaubte, er würde mich zerfetzen. Und doch genoss ich dieses Gefühl um so vieles mehr, als wenn man lediglich meine Möse penetrierte. Meine Augäpfel verdrehten sich vor Lust und ich hatte keine Gewalt mehr über mein Stöhnen und Keuchen. Vor allem, da Debbie begonnen hatte, meine baumelnden Brüste zu stimulieren.

»Ich weiß jetzt Bescheid … Das will ich auch … Jetzt … Bitte!«

Es hatte was, eine erwachsene Frau mit einem solch sündigen Körper wie ein Mädchen reden zu hören und ich war

Sergeij nicht böse, dass er kaum abwarten konnte, ihren Anus zu entjungfern.

Nun war es an mir, sie zu befeuchten, was ich auch mit größtem Behagen tat, denn zum einen verschaffte es meinem Hintern eine Pause von Sergeijs gewaltigem Riemen und zum anderen gab es mir die Gelegenheit, Debbies zuckende Rosette zu bearbeiten, die sich unablässig zusammenzog und dann wieder entspannte.

Sergeij ging leicht hinter ihr in die Knie und überließ es mir, seine Eichel zu dirigieren. Mit feuchten Fingern benetzte ich noch einmal seinen Schaft und bog ihn dann soweit hinunter, dass er direkt an Debbies Anus »anklopfen« konnte.

Sie keuchte laut auf und ich sah an ihren Pobacken, wie sie sich in diesem Moment verkrampfte. Sanft tätschelnd ermunterte ich sie, nach hinten zu sehen und Sergeij dabei zu beobachten, wie er in ihren Arsch eindrang.

Mit weit geöffnetem Mund und verblüfftem Gesichtsausdruck folgte sie meinem Vorschlag, wobei sie die Stirn runzelte, als fürchte sie den herannahenden Schmerz.

Ihre gut trainierten Hinterbacken knetend, gab ich nochmals Speichel auf ihre Rosette, in der seine Eichel nun Millimeter um Millimeter zu verschwinden begonnen hatte.

»Oh … mein … Gott …«, ächzte sie atemlos.

Sergeij musste nun den Druck erhöhen, um ihren Muskel zu überwinden.

»Er ist gleich drin. Nur noch einen Moment«, beruhigte ich sie, doch ich bezweifelte, dass sie mich überhaupt wahrnahm, so intensiv starrte sie Sergeijs Rammbock an.

Ein überraschter Aufschrei und er war am Ziel seiner Wünsche. Jetzt sah sie noch verblüffter aus. Sie stieß bei jedem Stoß kleine Ächzer aus, die klangen wie »Hoa … Hoa … Hoa …«, während seine Männlichkeit in sie hineinfuhr und sie dann wieder ein Stück weit verließ.

Jetzt ließ ich von ihrem Hintern ab und kümmerte mich um die hart vor- und zurückruckenden Titten, die unter ihr baumelten. Ich walkte sie mit den Fingern über meinen Handballen, benetzte dann meine freien Finger und stimulierte ihre Klit. Als habe ihr mit Reizen überfluteter Körper nur darauf gewartet, explodierte sie in diesem Moment in einem ungeheuren Orgasmus, mit dem sie sogar Sergeij fast aus sich herausschleuderte.

Er hob sein Gesicht und wir grinsten uns amüsiert an, dann stieß er wieder zu. Sie jammerte abermals und ich sah ein, dass sie eine Pause benötigte. Also zog ich Sergeijs Erektion aus ihrem Anus, säuberte ihn schnell und ließ ihn sodann in meinem Mund verschwinden, während Debbie sich über die Rückenlehne warf und nach Luft schnappte. Sergeij aber schloss die Augen und genoss, was mein Mund mit seinem besten Stück anstellte, während seine Lenden vor- und zurückgeschoben wurden.

»Ich glaube, wir lassen ihren kleinen Hintern jetzt erst einmal in Frieden«, konstatierte Sergeij mit einem Blick auf die Erschöpfte, woraufhin Debbie ihn verblüfft ansah.

»Aber meine Muschi benutzt du doch noch, oder?«, fragte sie erregt.

»Ja, wenn du magst … Emma?«

Ich signalisierte Zustimmung, denn ich kam auch so auf meine Kosten.

»Wir wollen aber die Position ändern. Es wäre gut, dich zu bumsen, während Emma dich anderweitig erfreut.«

Also setzte Sergeij sich auf den Sessel, während Debbie die Geschmeidigkeit ihres Körpers unter Beweis stellte, indem sie, die Beine rechts und links über die Armlehnen gehängt, ihre Muschi auf seiner Erektion niederließ. War diese Position auch nicht wirklich bequem, so brachte die gelenkige Debbie es doch fertig, ihren Körper hochzustemmen und wieder rhythmisch auf ihn herunterzulassen. Sergeij half ihr, indem er ihre Hüften stützte und ich, indem ich ihren Kitzler rieb und sie so zu immer neuen Orgasmen brachte. Sergeij strahlte, während er ihre hüpfenden Titten betrachtete. Wobei ich auch davon ausging, dass er sich darüber amüsierte, wie leicht sie zu befriedigen war und wie leicht sie sich in solcher Situation an ihn – und auch an mich - verlor.

Mit zahllosen quietschenden Schreien ritt sie seinen Ständer in einer Hemmungslosigkeit, die ich von ihr nie und nimmer erwartet hätte.

Als Sergeij mir signalisierte, dass er nicht mehr lange durchhalten würde, begann ich, an der Seite kauernd, nicht nur ihre Klit zu stimulieren, sondern auch seine Eier zu kneten. Keinen Moment zu spät, denn schon spürte ich, wie sie sich zusammenzogen, um ihre Ladung in den Unterleib der noch immer wild Reitenden abzuschießen. Sergeij verkrampfte sich, hielt die Luft an und stieß dann seinen Atem mit einem lauten Ächzen aus. Debbie stöhnte und nahm seinen Samen in sich auf. Ihr Atem kam nun nur noch stoßweise und ihre Brüste hüpften langsamer, bis Debbie sich wieder ganz unter Kontrolle hatte. Dann kletterte sie etwas unbeholfen und ermattet von seinem Glied. Mit ein paar Papiertaschentüchern wischte sie sich ab, um dann schnellstens ihre Sachen wieder überzuziehen.

»Bitte … Sie sagen meinem Chef nichts, ja?«

Sergeij sah kurz zu ihr hin und schloss dann nickend weiter sein Hemd, während ich sie mit einem breiten Lächeln bedachte.

»So etwas habe ich noch nie erlebt«, sagte Sergeij, »und wenn es mir jemand erzählen würde – ich würde es nicht glauben.« Kopfschüttelnd schlüpfte er in seinen Mantel und begleitete mich nach draußen.

»Nehmen Sie das Kleid?«, fragte Debbie professionell nett, als wir zur Kasse kamen.

»Ja. Natürlich!« Sergeij schob seine schwarze Kreditkarte über den Tisch des Hauses und sah mich dann glücklich an.

Den Arm um meine Schultern gelegt, schlenderten wir nach draußen.

»Du wirst Dienstag umwerfend aussehen, meine Kleine!«, stellte er zufrieden fest. Das Lächeln lag noch immer um meine Lippen, als ich zu ihm aufsah. Er lächelte nicht. Sein Gesicht wirkte ernst.

»Was ist?«, fragte ich vorsichtig. Doch er schüttelte nur stumm den Kopf.

»Ach, komm. Da ist doch irgendetwas … Los, sag schon!«

»Okay … Ich wollte dir den Tag nicht verderben, aber ich werde am Dienstag direkt nach dem Ball abreisen. Es stehen zu Hause ein paar dringende Sachen an.«

Sein Gesichtsausdruck ließ mich erschaudern und ich wagte nicht einmal mehr nachzufragen, um was für unaufschiebbare Dinge es sich handelte. Ich zog mich allein in meine traurige Seelenecke zurück und dachte betrübt, dass er dann wieder für wer-weiß-wie-lange weg sein würde. Was war nur mit mir los?

ReitWochenende

Mit der Zeit gewöhnte man sich in meinem Metier an gewisse Locations.

Wie das Brautkleider-Model sich an Schlossparks gewöhnt, so gewöhnte ich mich mit der Zeit an die ehrwürdigen Stadtvillen der Upperclass. Ja, man nimmt sogar eine gewisse Hochnäsigkeit an, gerade so, als gehöre man nun mal in diese Häuser.

Ohne Zweifel hatte ich so viel extravagante Nummern an herausragenden Orten mit bemerkenswerten Männern geschoben, dass ich geschmäcklerisch wurde. Allerdings war ein ganz schlichter Fick, irgendwo im Stehen, noch immer ein großes Vergnügen für mich. So habe ich manches Mal zuerst auf sehr verfeinerte Art und Weise mit dem Herrn verkehrt, um sofort danach meine Beine für den Diener breitzumachen.

Was diese Locations anging, so war einer der schönsten Orte ein Schloss in Sussex in nachempfundenem Tudor Stil.

Es war das Jagdschloss eines Cousins zweiten Grades von George, der auch gleichzeitig sein Klient war. *Das Haus*, wie es genannt wurde, war ein Meisterwerk mit Türmchen, Giebeln und Erkern und einem gewaltigen Balkon auf der,Parkseite. Von diesem Balkon aus hatte man einen grandiosen Blick über den Landschaftspark an dem die größten Gartenbaumeister des neunzehnten Jahrhunderts gearbeitet hatten. Es gab zahlreiche Eyecatcher in diesem Park. Angefangen von riesigen steinernen

Amphoren, über plötzlich zwischen Büschen auftauchenden Fontänen in der Form von Faunen, bis hin zu künstlich geschaffenen Ruinen.

Als George mir dieses *Reitwochenende*, wie er es nannte, angekündigt hatte, war ich noch am Zweifeln.

»Ich kann gar nicht reiten«, hatte ich ihm leicht entmutigt mitgeteilt, woraufhin er nur vielsagend gelächelt hatte. In Erwartung eines Wochenendes, das ich eher mit gemischten Gefühlen betrachtete, packte ich also meinen Koffer und begab mich aufs Land.

Ich hatte die falsche Zeit erwischt. Man teilte mir mit, ich könnte gern meine Räume beziehen – in diesen Kreisen bekam man nicht nur *ein* Zimmer – die Herrschaften seien aber gerade ausgeritten und würden erst zum Tee zurückerwartet.

Also nutzte ich die Zeit und packte mit Hilfe eines Dienstmädchens meine Sachen aus. Man holte mich rechtzeitig nach unten, um die Rückkehr der anderen Gäste zu beobachten. Die atemlosen Reiter kamen hereingeströmt und jeder ließ sich mit einer Tasse Tee, und auch Stärkerem, auf den herumstehenden Fauteuils nieder. Ein Stimmengewirr erfüllte augenblicklich die hohen Räume und Flure.

Ich sah mir die Männer und Frauen in Ruhe an und fragte mich, wie und mit wem ich es wohl treiben würde. Manchmal handelte es sich um eine ganz normale Einladung, bei der ich nur einem bestimmten Gast zugeteilt wurde, der ohne weibliche Begleitung war. Dann machten wir es miteinander, ohne dass die anderen Bescheid wussten.

An diesem Tag war ich allerdings sauer auf George, weil er mich nicht ausreichend instruiert hatte. Er glänzte mit Abwesenheit und so bot sich keine Möglichkeit, ihn zu fragen.

Die Gruppe unterhielt sich angeregt und ich war außen

vor, weil ich keinen kannte. Bis sich Georges Cousin meiner erbarmte. Er setzte sich neben mich und bot mir Kekse an.

Ich lehnte dankend ab.

»Nun gut. Die Frauen haben ja heutzutage diese schreckliche Marotte, dürr sein zu wollen. Wie entsetzlich!« Seine Blicke wanderten über meinen Körper, der in einem schlichten, geblümten Wickelkleid steckte, das allerdings durch den V-Ausschnitt meine Kurven sehr appetitlich präsentierte.

»Sie sind also Emma, Georges Freundin.«

Ich dachte darüber nach, wie das wohl gemeint sein konnte. Wie auch immer – ich würde es als Kompliment werten und lächelte vielsagend.

»Er hat mir viel von Ihnen erzählt.«

Verwundert stellte ich fest, dass mein Gegenüber die gleiche Haarfarbe, wie die sandfarbenen Wände hatte, die uns umgaben. Wobei er es offensichtlich färbte … So schien er praktisch mit seinem eigenen Schloss zu verschmelzen.

»Hoffentlich nur Gutes …«, fügte ich an.

War er über meine Profession informiert? War er vielleicht sogar der mir zugeteilte Herr?

»George hat nicht viel von Ihnen erzählt, also kann ich mich leider nicht revanchieren.« Er lächelte und entblößte eine Reihe künstlicher Zähne, die jedem Pferd in seinem Stall Ehre gemacht hätten. Schnell verglich ich die beiden Cousins und entdeckte keinerlei Ähnlichkeit.

»Oh, da bin ich fast beleidigt.«

»Cedric, Darling … könntest du einen Moment zu uns rüber kommen? Frank meint, die Regatta würde nächstes Jahr ohne David stattfinden. Kann das wirklich sein?«

Georges Cousin schüttelte den Kopf, entschuldigte sich und begab sich mit kurzen, beinahe abgehackten Schritten zu einem kleinen chinesischen Tisch, wo mehrere Gäste in eine heftige Debatte verstrickt waren. Entspannt lehnte ich mich zurück und schaute mir den Raum an. Wenn doch nur George endlich käme oder ich mir den Mann schon mal ansehen könnte, mit dem ich es treiben sollte …

»Sie haben einen herrlichen Ausritt verpasst, Miss Hunter«, erklang es plötzlich hinter mir. Überrascht drehte ich mich zu der angenehm sonoren Stimme um und blickte in ein derart sauber geschrubbtes, freches Jungengesicht, dass es mir fast den Atem verschlug. Der Mann war allerdings viel zu groß für einen Lausbuben und seine Schultern waren ungefähr eineinhalb Meter zu breit. Dazu trug er sein Haar derartig kurz geschoren, dass man kaum einen Unterschied zur Kopfhaut bemerken konnte. Zudem war er auch keine zwanzig mehr, denn einzelne graue Haare durchzogen bereits sein ansonsten braunes Haar.

»Ach, ich bin keine so gewandte Reiterin. Ich sitze lieber hier drinnen und wärme mich am Feuer, Mister ...« Es gab ein strahlendes Lächeln für mein Gegenüber.

»Jack ... Nennen Sie mich einfach Jack.« Er lächelte. »Sich am Feuer zu wärmen, ist immer eine gute Idee. Vor allem an einem recht frischen Herbststag.«

Sein Akzent wies ihn als Amerikaner aus.

»Woher kommen Sie?«, fragte ich.

»Tupelo, Mississippi.«

»Das sagt mir leider gar nichts.«

»Mir auch nicht mehr viel. Ich war schon lange nicht mehr da.«

Ungefragt setzte er sich neben mich. Nun ja. Amerikanisches Benehmen wahrscheinlich. Da er meinen Namen kannte, ging ich davon aus, dass er derjenige war, welcher … Und hatte er sich gerade eben noch gesetzt, so stand er jetzt wieder auf und verabschiedete sich formvollendet, ohne für mich erkennbaren Grund. Ich trank also meinen Tee und wartete leicht verwundert die weiteren Ereignisse ab.

Langsam löste sich die Gruppe auf. Ein paar Herren gingen ins Billard-Zimmer, die Damen in die Orangerie. Andere wieder zogen sich auf ihre Zimmer zurück. Ich wollte ebenfalls gerade gehen, als ein Diener mich ausbremste.

»General Jack Fowler bittet Sie, zu den Ställen zu kommen.«

General bist du also, dachte ich hochachtungsvoll.

Da ich sowieso nichts Besseres vorhatte, nahm ich meine Jacke und ging hinaus in den Frühherbst-Nachmittag. Die Sonne funkelte und tauchte die Landschaft in goldenes Licht. Blätter fielen um einen herum, wie in einem wunderbaren Traum. Anscheinend schickte die Natur noch einmal all ihr Können an die Front, ehe der graue Teil des Herbstes beginnen würde.

Eigentlich hätte ich sauer auf Jack sein wollen, dachte ich, als ich über das unebene Kopfsteinpflaster ging, das schon Generationen von Adligen und Pferden geglättet hatten. Denn einfach so schnell zu verschwinden, ist keine Art. Doch anscheinend hatte ich heute meinen gnädigen Tag.

Ich hörte Hufgetrappel und meine Nase nahm Heugeruch und frisch gewichstes Leder auf. Herrlich!

»Ah, meine liebe Freundin …« Mit ausgestreckten Händen kam der General mir entgegen. »Sie hätten sich nicht beeilen brauchen.«

Er legte seinen Arm vertraulich um meine Schultern und führte mich in den Stall. Der Schrecken fuhr mir in die Glieder, als ich unversehens vor einem glänzenden schwarzen Pferd stand, das mich mit wilden weißen Augen anstarrte.

»Das ist Bruce. Mein Lieblingstier. Ich habe ihn extra aus den USA nachkommen lassen.«

Augenblicklich wollte ich den Rückwärtsgang einlegen, denn Bruce war riesig und eindeutig zu muskulös für mich.

»Kommen Sie … Lassen Sie uns losreiten.«

Ich räusperte mich verlegen. »Aber Jack, ich sagte Ihnen doch …«

»Ich habe eine Idee.« Er löste die Zügel des Pferdes und führte es neben mich. Mit einem Lächeln meinte er: »Wenn Sie ihn nicht reiten mögen, gehen wir eben mit ihm spazieren.« So hakte er mich mit einem Arm unter und mit dem anderen führte er Bruce aus dem Stall in den Park.

***

Wir gingen etwa zehn Minuten, bis das Schloss hinter einem sanften Hügel verschwunden war.

Dann hielt Jack plötzlich inne. »Wir sind genug gelaufen. Jetzt wollen wir reiten.«

Mir klappte der Mund auf, als Jack seine Hose öffnete und sie auszog.

»Komm, sei mir behilflich …« Damit bedeutete er mir, mich vor ihn hinzuknien und mich um seinen strammen Jungen zu kümmern.

Das wiederum tat ich nur allzu gern …

Sofort nahm ich ihn in meinen Mund und ließ ihn meine Mundhöhle und meine Zahnreihen erkunden.

Jack stand hoch aufgerichtet mit vorgeschobenem Becken da, um mir so zu ermöglichen, ihn bis zum Anschlag in die Kehle zu schieben. Jack hatte einen dicken Schwanz, dabei nicht zu lang. Wobei ich noch nie der Meinung war, das die Größe ausschlaggebend wäre. Wichtig ist vor allem die Technik, die ein Mann beim Ficken beherrscht. Richtig benutzt, fand ich jeden Schwanz prima. Und das war bei dem Amerikaner der Fall. Er hatte eine wunderbar ruhige Art, seinen Penis bis in meinen Rachen zu schieben und mich so richtig in Fahrt zu bringen. Dazu redete er auch noch. Richtig dreckiges Zeug.

»Na, schmeckt dir mein Riemen? Du kriegst nicht genug, was? Aber jetzt wird es noch besser!«

Das leuchtende Laub umtanzte uns. Gespannt sah ich ihm zu, wie er sich mit einem energischen Durchdrücken des Beines auf den Rücken des Pferdes schwang.

Es war ein faszinierendes Bild: der durchtrainierte Offizier in seiner Reitjacke aus Tweed mit der eleganten Binde um den Hals, der keine Hose trug …

Sein Schwanz war immer noch deutlich aus seinen Schamhaaren zu erkennen, als der Offizier sich zu mir herabbeugte.

»Komm hoch, Sweety!«, sagte er mit seinem gedehnten Akzent und hielt mir die Hand hin. Sein kurzgeschorenes Haar funkelte in der Sonne. »Aber ohne Slip!«, grinste er.

Jetzt ahnte ich, was er vorhatte und ließ das winzige Stoffstück in meiner Jackentasche verschwinden. Der Schweiß der Erregung stand mir auf der Stirn. So hatte ich es noch nie getrieben.

Mein General hatte Kräfte wie ein Bär. Mit einem Ruck saß ich vor ihm auf dem Rücken des Pferdes. Das harte Leder des Sattels presste sich gegen mein feuchtes, geschwollenes Fleisch. Ich keuchte, so sehr machte mich der Gedanke an, dass wir beide halbnackt auf dem Rücken dieses Tieres saßen und unsere sensibelsten Stellen von ihm durchrütteln ließen.

Die Reibung war unglaublich. Jeder Millimeter meiner Möse wurde stimuliert und wir hatten uns noch nicht richtig in Bewegung gesetzt, da hatte ich auch schon den ersten Orgasmus.

Ich hielt es nicht mehr aus. Mit beiden Händen, ich konnte seltsamerweise ganz leicht das Gleichgewicht halten, riss ich meine Bluse über der Brust auf. Dann zerrte ich an den BH-Körbchen, bis meine Titten entblößt auf- und abhüpften.

Jack gab dem Tier leichten Druck in die Seiten, und mit einem Mal schossen wir davon. Meine Brüste sprangen im Takt der Hufe und meine Möse wurde auf das Herrlichste durchgewalkt. Es war besser, als ein Vibrator, denn mein Held hatte mittlerweile seine Hände unter meinen nackten Hintern geschoben und genoss offensichtlich, wie die Schwere meines Fleisches seine Finger massierte.

Plötzlich fuhr mir der Schrecken in die Knochen. Genau vor uns lag ein Baumstamm quer über dem Weg. Wir waren eindeutig zu schnell und ich bezweifelte, dass Jack das Pferd rechtzeitig abbremsen konnte.

Verzweifelt klammerte ich mich an den Rand des Sattels und sah zu, dass ich nicht abgeworfen wurde. Das Pferd hob die Vorderhufe, setzte zum Sprung an, ich biss die Zähne zusammen und dann flogen wir hoch in die Luft.

Im ersten Moment dachte ich, der Ruck, der durch meinen Unterleib ging, käme vom Sattel, der sich kräftig in meine Spalte rammte, doch ich wurde eines Besseren belehrt … Es war mein cleverer Lover, der mich mit beiden Händen angehoben, um eine Winzigkeit nach hinten gezogen und auf seinem Riemen wieder heruntergelassen hatte. Wir setzten hart auf der Erde auf, als es auch schon im Galopp weiterging. Seine Erektion bewegte sich nun mit jedem Schritt des Pferdes gewaltig in meinem Unterleib und brachte mich beinahe um den Verstand. Ab diesem Zeitpunkt sehnte ich mir jeden umgefallenen Baumstamm herbei. Denn immer, wenn Jack, beziehungsweise Bruce, ein Hindernis nahm, wurde Jacks Ständer so heftig in mich hineingestoßen, dass ich von einem Höhepunkt zum anderen trieb. Es war eine lange, geile Welle, auf der ich mich davontragen ließ. Meine Titten hüpften und meine Möse wurde wild gepfählt.

Plötzlich aber verlangsamte Jack das Pferd, allein durch den Druck seiner Schenkel. Und zwar soweit, bis es schnaubend stehenblieb.

Noch ganz außer mir von diesem geilen Ritt, versuchte ich, vernünftig Luft zu holen, meine Knochen zu sortieren und meiner Möse eine Pause zu verschaffen. Aber Jack war nicht fertig mit mir, denn noch hatte er sich nicht in mir verströmt … Also umschloss er von hinten meine Brüste und zwirbelte meine Nippel zwischen seinen Fingerspitzen. Dann zog er derart an ihnen, dass ich mich automatisch nach vorn schob und mich so auf den Hals des Pferdes legte. Jack selbst hob sich etwas an, beugte sich ebenfalls vor und schob mir dann seine Männlichkeit ohne großes Federlesens in den Hintern. Wäre mein Anus, bedingt durch die zahlreichen Arschficks, nicht so gedehnt gewesen, ich hätte in diesem Moment ziemlich gelitten. So stieß er meine Rosette, während ich stöhnend und wimmernd meine Finger in die langen, störrischen Haare des Tieres krallte. Immer schneller stieß er zu. Meine Titten rieben über das Fell und ich keuchte aus voller Lunge, bis er sich endlich in meinen Arsch verströmte.

Vollkommen fertig lag ich da, ausgelaugt und erschöpft und hatte keinen blassen Schimmer, wie ich nach dieser Nummer jemals von dem Pferd herunterkommen sollte. Meine Güte, er hatte es mir so richtig besorgt!

***

Als wir beim Dinner nebeneinander saßen, lächelte Jack vielsagend und machte immer wieder kleine, freche Bemerkungen über meine Reitkünste.

Auf einmal spürte ich seine Hand zwischen den Schenkeln. Mir fiel fast die Gabel aus der Hand und ich jappte vor Schreck, als sich sein Zeigefinger in meine Spalte schob und dann tiefer zu tauchen begann. Es gehörte schon einiges dazu, so unverfroren eine Frau unter dem Tisch zu wichsen, wie er es tat, und dabei die ganze Zeit mit seinem frechen Bubengrinsen dazusitzen, als könne er kein Wässerchen trüben.

Jack teilte geschickt meine Labien und strich dann energisch über meine harte Knospe. Sie schwoll augenblicklich an. Für einen Moment bekam ich keine Luft und ein Schwall Saft ergoss sich aus meiner Möse. Wenn er so weitermachte, würde ich hier am Tisch kommen. Und zwar gewaltig. Unablässig wollte ich ihm mit meiner Mimik zu verstehen geben, dass er sein geiles Treiben endlich einstellen sollte, doch es fiel ihm gar nicht ein. Verflucht, wie konnte ich halbwegs vernünftig vom Tisch aufstehen, um ihm so zu entkommen, ohne mir vor allen Anwesenden die Blöße zu geben? Wütend klemmte ich seine Hand zwischen meinen Schenkeln ein, um ihn irgendwie zu stoppen, doch das regte ihn nur noch mehr an.

Es war verblüffend, wie er mich auf das Heftigste wichsen konnte, ohne dass sein Oberkörper wild hin- und herruckte, was natürlich sofort aufgefallen wäre.

Plötzlich spürte ich die heiße Welle des Orgasmus näherkommen … Verdammt, was wäre, wenn ich mich in wenigen Augenblicken hier am Tisch verzückt kreischend wand? Jetzt galt es, die Kontrolle zu behalten und dem Gefühl auf keinen Fall nachgeben. Dass Jack zur Vernunft käme, war mittlerweile nicht mehr zu erwarten.

So konzentrierte ich mich also auf seine Ordensbänder, die auf seiner Brust glänzten und die Abzeichen auf seiner Schulter und seinem Kragen, auf seine Bartstoppeln und seine kurz geschorenen Haare. Doch es half alles nichts, ich musste ihm nachgeben, mit dem Hintern etwas nach vorn rutschen, mein Loch seinen Fingern anbieten, mich ihm öffnen, sodass er sein hinterlistiges Werk vollbringen konnte. Meine Selbstbeherrschung funktionierte zum Glück, denn als ich den Orgasmus auslebte, war dabei nach außen nur zu bemerken, dass ich plötzlich das Besteck ablegte und die Augen schloss. Jacks Zeigefinger hatte sich in meine Möse gebohrt und mich so wild benutzt, dass ich mich nicht länger widersetzte. Meine Sahne überspülte seine Hand und meinen Rock, von dem ich hoffte, dass er die größte Menge aufsaugen würde.

Welche Peinlichkeit, wenn man aufstand und ein nasser Fleck wäre auf dem Stuhl sichtbar.

***

Nach dem Essen machten wir alle eine Art Verdauungsspaziergang durch das Schloss. Mir aber kribbelte der Magen, denn ich fragte mich, ob mein geiler General sich noch etwas für mich ausgedacht hatte …

Das waren mir die liebsten Liebhaber. Typen, die so viel Einfallsreichtum besaßen, dass man ihre Frauen beneiden konnte. Ich war mir ziemlich sicher, dass die Frau General nicht so schnell fremdging, mit solch einem Kerl an ihrer Seite! Aber vielleicht zeigte er sich auch nur bei einer Nutte so …

»Na, wie fanden Sie das Essen?«

Georges Cousin Cedric hatte sich neben mich gestellt und sah ebenfalls hinaus in die abendliche Dunkelheit. Ich errötete leicht und hoffte, dass man es in dem gedämpften Licht der Ahnengalerie nicht sehen konnte. Seine strahlende Bissleiste entblätterte sich nur Millimeter von meinem Gesicht entfernt.

»Sehr anregend. Sehr lecker«, gestand ich.

»Ja, ich wusste es. Ich habe Sie beobachtet und mir war klar, dass es Ihnen zusagt.«

War das eine Anspielung? Grundgütiger, wenn er es gesehen hatte … wer noch?

»Genauso wie Ihrem Tischherrn.«

Jetzt galt es, sich dumm zu stellen. Wenn es auch die dusseligste Strategie der Welt war.

»Wen meinen Sie, bitte?«

»Nun, unsere Ordenshochburg. Den General.«

»Ah, ja. Nun. Sicher.«

»Immerhin hat er es Ihnen ja ordentlich besorgt, nicht wahr?«

Da erstarrte ich innerlich, doch äußerlich behielt ich die Contenance.

»Ich wollte, ich könnte einer Frau den gleichen Ausdruck auf ihr schönes Gesicht zaubern wie er …«

Klang da ein echter Wunsch durch oder war es nur plumpe Anmache? Wenn er mich haben wollte – kein Problem. George kümmerte sich um die Rechnung.

Himmel, ich mochte den Kerl nicht. Mit seinem Pferdelachen und seinen hochgeschobenen Ärmeln à la Richard Gere in »American Gigolo«. Dieser Cousin war eindeutig in den Achtzigern hängengeblieben. Für manche Leute war es schon ein Segen, dass es einen Dresscode gab. Hatte er in seinem Reitoutfit noch akzeptabel ausgesehen, war er aber verloren, wenn er seinem eigenen Geschmack frönen durfte. Hinzu kam noch, dass er offensichtlich sein Haar färbte. Nach meiner persönlichen Meinung war das indiskutabel für einen Mann.

»Ach, meine charmante Tischnachbarin …«

Der General stand in vollem Ornat vor uns und der mickrige Cedric stellte im nächsten Moment sein Pferdelachen ein.

»Es wird gerade zum Umtrunk auf der Terrasse gebeten. Ich versprach, Sie zu holen.«

Das Gesicht des Cousins wurde von einem neuerlichen Grinsen überzogen, das aber einen eindeutig säuerlichen Unterton angenommen hatte. *Hast wohl gedacht, du würdest mich gleich flachlegen dürfen, wie?*, schoss es mir durch den Kopf.

»Aber gern …«, flötete ich, nahm den mir dargebotenen Arm an und ging neben meinem sexy Offizier in Richtung Terrasse.

Den Cousin ließen wir einfach stehen.

Terrasse war ein weitläufiger Begriff und hier bot sich einem eine riesige Fläche. Wir gingen durch die weit geöffneten Flügeltüren und traten in die kühle Nacht. Zu meiner Überraschung war es allerdings nicht kalt, denn der Gastgeber hatte überall Heizstrahler aufstellen lassen, die beinahe mediterrane Temperaturen schufen. Ich war wie geblendet von den Fackeln, die die Szenerie erhellten und der wunderbar mit Blumen geschmückten Terrasse. Tja, hatte man genug Geld, konnte man sogar die Jahreszeiten bestimmen!

Es gab hier nicht nur eine Bar, sondern ein üppiges Büffet, an dem die Hausgäste standen, aßen, tranken und sich unterhielten. Mir war nicht nach Reden, also richtete ich meine Schritte auf die wuchtig-steinerne Balustrade. Schnell entzog ich Jack meinen Arm und lehnte mich gegen die Brüstung.

»Es ist traumhaft hier«, schwärmte ich.

»Ja. Unvergesslich, nicht wahr?«

Ich nickte.

Jack stand hinter mir und seine Hände lagen auf meinen Oberarmen. Angenehme Wärme durchflutete mich, auch wenn wir etwas abseits des äußersten Strahlers standen.

»Du bist so unglaublich attraktiv. Man sollte sich dich auf den Bauch binden und dauernd vögeln.« Er lachte leise in mein Haar, was mich sofort scharf machte.

»Hör auf! Wir sind nicht allein.«

»Uns hört keiner. Die sind alle damit beschäftigt, sich zu besaufen und den Fickpartner für die Nacht klarzumachen.«

»Glaubst du?«

»Natürlich. Was meinst du, was ich grade mache?«

»Ferkel!«

Er stand so dicht hinter mir, dass ich seinen Prügel an meinem Hintern spürte. Der dünne Stoff verbarg wirklich nichts.

Und plötzlich war da eine Bewegung an meinen Beinen. Er hatte seine Hände von meinen Armen genommen und hob meinen Rock. Ich erstarrte. Er konnte nicht wirklich tun, was er gerade vorhatte … Meine Kehle war wie zugeschnürt. Atemlos konzentrierte ich mich auf seine Hände, die jetzt meine Pobacken auseinanderschoben. Absolute Fassungslosigkeit!

Die Luft sirrte um mich herum und ich starrte auf die rot und golden gefärbten Lichtkegel unter den Bäumen im Park, die von den Fackeln angestrahlt wurden.

Tanzende Schatten und ein Mann, der mir seinen Schwanz in den Hintern schob, während um uns herum zwanzig oder dreißig Leute ihren Mitternachtsimbiss einnahmen. Als Jack den Schließmuskel überwunden hatte, jappte ich kurz und betete, dass niemand den Ruck bemerkt hatte, der durch mich hindurchgegangen war. Er presste sich gegen mich und ließ seinen Schwanz tief in meinen Anus eintauchen. Mein Atem ging stoßweise, presste sich durch meine Lungen und kam mit einem Beben aus mir heraus. Die Erregung, dass uns jeder beim Arschfick zusehen konnte, machte mich besinnungslos vor Geilheit. Ich wollte Schreien und die Selbstbeherrschung, die ich mir abnötigte, es nicht zu tun, führte zu einem gewaltigen Schub in meinem Innern, der bis in meinen Unterleib hineinzuwandern schien, wo er jede Faser kontrahierte. Ich schloss die Augen und wandte all mein Fühlen und Denken seinem Schwanz zu. Willenlos stützte ich mich gegen die Balustrade, während Jack seine Hände neben meine gelegt hatte. Bis zum Äußersten erregt, versuchte ich uns beide von außen zu sehen. Wenn uns jemand beobachtete – erkannte er, was wir hier taten?

Nein, entschied ich. Wir sahen einfach aus wie ein Liebespaar, bei dem sich der Mann von hinten gegen die Frau drängte und ihr süße Nichtigkeiten ins Ohr flüsterte.

»Nun, Jack? Emma? Ihr beiden Turteltauben … Ihr habt ja gar nichts zu trinken …«

Gott im Himmel, schaffe mir ein Loch, in das ich versinken kann!, schoss es mir durch den von Geilheit umnebelten Kopf. Der Achtziger-Cousin! Nicht nur, dass er uns sah – er hatte mir auch noch einen Orgasmus versaut! Gerade hatte ich dieses heftige Ziehen in meinem Hintern verspürt, das das Heranrollen des Höhepunktes ankündigte, als ich seine Stimme hörte. Jetzt würde Jack seinen Schwanz rausziehen und die geile Nummer beenden. Ich hätte vor Enttäuschung schreien können.

»Lieber Freund – Sie stören!«, sagte Jack ganz ruhig.

»Oh …«, machte Cedric. Kurz. Spitz. Beleidigt. »Ich wollte nur fragen, ob ich euch einen Drink bringen lassen soll …«

»Frag uns noch einmal, wenn ich mit ihr fertig bin.«

»Bitte?«

Er hatte noch immer nicht kapiert. Ich wurde knallrot.

»Himmel Herrgott … ich ficke sie gerade in den Arsch! Lass uns in Ruhe! Oder willst du sie danach auch noch haben?«

Unser Gastgeber erstarrte.

Er starrte Jack an. Er starrte mich an. Er starrte auf meinen Hintern. Zwar hing mein Rock darüber, doch wenn man es wusste, war alles klar. Dann passte eins zum anderen.

»Beim Zeus … wie schamlos!«, stammelte Cedric.

Doch er blieb – überraschenderweise – während Jack sein ruhiges, kaum merkliches Stoßen wieder aufnahm.

Sein Schwanz arbeitete in meinem Hintern und jetzt spürte ich, dass er gleich kommen würde. Er beugte sich vor, neben meinen Kopf, und flüsterte: »Ich werde dich von allen Kerlen hier ficken lassen. Einer nach dem anderen wird dir seinen Schwanz reinstecken und du musst es aushalten. Sie werden dir in den Mund wichsen. In die Möse. In den Arsch. Und du wirst literweise Samen schlucken. Du wirst in dem Zeug baden. Du wirst es genießen. Und wenn du nicht mehr kannst, dann halte ich deine Schenkel fest, damit sie wieder und wieder in dich eindringen können, bis du vor Lustschreien keine Stimme mehr hast … ich … werde … oh Gott … dich ihnen … zum Fraß … vorwerf… Aaaaah.«Und im diesem Moment füllte sein Sperma meinen Hintern.

Ich wollte schreien, denn wir kamen im gleichen Moment. So hart, wie ich nur irgend konnte, presste ich mich gegen den Stein, damit der Schmerz an meinem Bauch mich einigermaßen bei klarem Verstand hielt. Jack ächzte. Das konnte er nicht verhindern. Er zog sich aus meinem Hintern zurück und mein Rock rutschte an seinen Platz herab.

Als ich über meine Schulter sah, stand er schon wieder, wie aus dem Ei gepellt, da und grinste dieses unglaubliche Lausbubengrinsen.

»Willst du sie auch vögeln?«, bot er mich großzügig an.

Ich hatte tatsächlich nichts dagegen, war auch nicht beleidigt. Jack war so ein fantastischer Liebhaber, dass mich solche Worte nicht kränkten, sondern eher auf Touren brachten. Außerdem war ich eine Hure und ich liebte Sex. Interessiert sah ich jetzt zu Cedric hin, der bereits eine feuchte Hose hatte. Ich tat, als hätte ich es nicht bemerkt und griff nach seiner Männlichkeit. Ein scharfes Geräusch erklang, als er die Luft zwischen seinen großen Zähnen hindurch sog.

»Nimm sie … Ist doch okay, Emma, oder?«

Schnell nickte ich aufmunternd, denn ich hatte begonnen, meine Klit zu reiben, um mich wieder ein wenig auf Touren zu bringen.

»Da ich sie gerade in den Hintern gevögelt habe, solltest du jetzt vielleicht ihre Möse nehmen. Dann ist ein Ausgleich geschaffen«, teilte Jack diplomatisch mit.

Da unser Gastgeber nur tumb dastand und sich von mir massieren ließ, beschloss ich, in die Offensive zu gehen. »Jack, ich denke, Cedric würde gern den Ort wechseln. Nicht jeder besitzt so viel Mut – oder so viel Frechheit – wie du!«

Damit nahm ich den armen verschüchterten Cousin bei der Hand und zog ihn die Treppe hinunter in den Park. Jack folgte uns unaufgefordert. Unten angekommen, sah ich auch gleich eine steinerne Bank, die meinen Zielen äußerst dienlich war. Mit wenigen Handgriffen hatte ich mich meines feuchten Slips entledigt, meinen Rock über die Hüften geschoben und begonnen, meine geschwollene Kirsche zu reiben.

»Wir können nichts sehen, Sweety«, sagte Jack missmutig und spreizte meine Schenkel. Die kühle Nachtluft strich über meine erregten Labien und ich sehnte mich nach einem Schwanz, der mich zum nächsten Höhepunkt trieb.

»Cedric, lieber Freund … sieh nur ihre herrlichen Titten an. Knabbere sie! Sauge an ihnen!« Und zu mir gebeugt, wisperte Jack, während er meine Brüste freilegte: »Er ist vollkommen verspannt. Mach ihn erstmal locker!«

So packte ich eine Titte und knetete sie, dass es schmerzte, aber es war ein Schmerz, den ich genoss, zumal ich erkennen konnte, dass er die Wirkung auch bei Cedric nicht verfehlte. Seine großen Zähne leuchteten rötlich durch das sie anstrahlende Licht und ebenso leuchtete sein Schwanz, den er jetzt aus der Hose holte.

»Ich … ich will dich lecken!«, keuchte er und ich ließ mich nicht zwei Mal bitten. Also stieg ich auf die Bank und öffnete meine Schenkel, sodass Cedric ohne Probleme nur seinen Kopf etwas schräg legen musste und augenblicklich mein warmes Fleisch erreichte. Und nun erwies sich Cedric als unerwartet geschickt, als seine Zunge, hart und beweglich wie ein Finger, in mich eindrang und so schnell schleckte, als tobe sich eine lebende Schlange in meinen empfindsamsten Regionen aus. Auch Jack war nicht untätig. Er hatte sich Cedrics Ständer geschnappt und wichste ihn ebenso, wie sich selbst. Es war ein bemerkenswerter Anblick, der sich da jedem zufällig vorbeikommenden Passanten geboten hätte …

Und dank Jacks tätiger Mithilfe dauerte es nicht lange, bis sich zwei saftige Ströme heißer Sahne in meinen Mund ergossen. Cedric nahm wieder Haltung an, schloss seine Hose und erklärte, er müsse sich nun wieder seinen anderen Gästen widmen.

SINNESWANDEL

Hat man mit Gartenarbeit angefangen, ist es das Blödeste überhaupt, wenn jemand unerwartet vorbeischneit. Aber genau so erging es mir an jenem Samstagnachmittag, als ich – mitten in den blühenden Herbstastern kniend – das Klingeln meiner Haustür hörte. Die Gartentür hatte ich zwar extra zu dem Zweck offen gelassen, doch hatte ich nicht ernsthaft mit Besuch gerechnet.

Sergeij konnte es nicht sein, denn dem hatte ich am Vortag den Zweitschlüssel gegeben. Eine echte Premiere, die ihn ganz offensichtlich sehr freute.

Zudem war er an diesem Nachmittag in einer wichtigen Besprechung mit George und anderen in der Kanzlei. Eine Information, die ich gleich aus zwei Quellen bekommen hatte. Richtig – einmal von Sergeij selbst und einmal von George.

Da es also keiner von beiden sein konnte, fluchte ich von ganzem Herzen und wühlte mich aus meinem Dreck heraus, um nachzusehen, wer mich da mit seiner Anwesenheit beehrte. Das Apartment betrat ich durch die Flügeltür, die in den Garten führte, um so von innen öffnen zu können.

Man konnte mich noch überraschen! Denn auf den Stufen vor der Tür stand – mir den Rücken zugewandt – Jay!

Seine langen Locken glänzten feucht und in der Hand hielt er eine mächtige Sporttasche.

»Hallo! Wo kommst du denn her?«, begrüßte ich ihn.

Er flog wie ein Blitz zu mir herum und ich sah, wie Freude und Vorsicht in seinem perfekten Gesicht miteinander kämpften. Schnell enthob ich ihn seiner Furcht, mir ungelegen zu kommen, indem ich einen Kuss auf meine Zeigefingerspitze hauchte und diese dann in der Kerbe in seiner Kinnmitte drückte. Jetzt lächelte er ebenfalls.

»Ich war im Sportstudio und da dachte ich – ich schau mal, was du so machst.«

Der Herbstwind griff in seine Wellen und spielte mit ihnen, was ich dem Wind nicht verdenken konnte.

Der ganze Mann sah zum Anbeißen aus. Sein Gesicht war noch leicht gerötet und sein ganzer Körper hatte die durch das gerade beendete Training bedingte Straffheit, die so ungemein erotisch wirkte.

»Komm rein!«, forderte ich ihn gut gelaunt auf. »Mich darfst du allerdings nicht anschauen. Ich komme gerade aus dem Garten.«

»Warum, du siehst toll aus! Wie immer«, er zwinkerte mir zu.

»Wenn du willst, kannst du mir helfen. Ich könnte einen Mann gebrauchen.« *In mehr als nur einer Hinsicht*, schoss es mir durch den Kopf. Vor allem, wenn es so ein Leckerbissen wie Jay war, dem sicherlich der Sinn ebenfalls nach Sex stand.

Aber zuerst musste er anderweitig Leistung bringen.

»Es gibt eine kaputte Eiche im Garten. Ich muss sie fällen, sonst kracht sie noch jemandem auf den Kopf.«

Jay warf seine Sporttasche mit Verve in eine Ecke und folgte mir dann durch die Wohnung in den Garten. »Wow! Das sieht geil aus. Wie viele Blumen sind denn das hier? Sieht aus, als wolltest du eine Gartenschau veranstalten!«

Tja – er hatte das Ziel meiner Mühen vom Vorjahr mit einem Blick erfasst!

»Da hinten – das ist sie.«

»Der schwarze Stecken? Den huste ich dir ja um!«, lachte er begeistert. Offensichtlich erleichtert, dass ich ihn nicht mit einem mannsdicken Stück konfrontiert hatte, vor dem er hätte kapitulieren müssen. »Hast du eine Säge?«

Ich reichte sie ihm und Jay machte sich sofort an die Arbeit. Meine Aufgabe bestand unterdessen darin, hinter ihm zu stehen und seinen Muskeln dabei zuzusehen, wie sie der alten Eiche den Rest gaben.

Da sich die Arbeit schlussendlich doch als schwieriger herausstellte, als wir beide erwartet hatten, waren wir in Schweiß und Dreck getaucht, als der Baum endlich nachgab und fiel. Keuchend sahen wir auf die Überreste hinunter und ich wusste, dass wir gleich beide sicherlich verdursten würden.

»Komm, lass uns reingehen und was trinken«, schlug ich vor.

»Gern«, sagte Jay, noch immer atemlos, und folgte mir.

»So wie du aussiehst, könntest du eine Dusche gebrauchen«, bot ich ihm an, denn so konnte ich ihn weder in mein Bett noch auf die Straße lassen.

Als ich seine Erregung entdeckte, trat so dicht wie nur irgend möglich an ihn heran und flüsterte: »Zieh dich aus!«

Mit geschickten Händen tauchte ich in seine Hose ein und massierte seine Arschbacken, soweit ich sie vor lauter Muskeln zu fassen bekam. Er gurrte vor Lust und als ich meine Hand nach vorn wandern ließ, um seinen Stab zu ergreifen, begann Jay bereits zu keuchen.

»Soll ich dir in der Dusche Gesellschaft leisten?«, hauchte ich in sein Ohr.

»Oh … ja.«

Zu diesem Zeitpunkt war ich schon so verrückt nach ihm, dass ich beinahe auf dem Weg ins Bad rannte.

Nackt in der Duschkabine blieb uns gar nichts anderes übrig, als uns dicht aneinander zu drängen, während das warme Wasser über uns hinwegrauschte. Sein Haar saugte sich voll und hing in dicken Strähnen über seine Schultern. Wie wunderbar es durch die Nässe leuchtete! Unsere Arme wanden sich um den Körper des jeweils anderen wie Schlangen in einem bizarren Tanz. Beinahe verzückt genoss ich dieses Vorspiel, seine Lippen, die meine fressen wollten, seine Erektion, die sich fordernd an meinen Bauch drückte, seine Augen, die vor Sehnsucht und Zärtlichkeit sprühten ...

Es drängte mich, ihm ständig zu sagen, wie unendlich schön er war und, dass er etwas Besseres verdiente, als mich. Ein Mädchen, das ihm – und nur ihm – ihren Körper gab und ihr Herz gleich mit. Jay war der erste Mann, bei dem ich so empfand und seltsamerweise überraschte mich das gar nicht.

Plötzlich hielt er abrupt inne. »Hörst du das nicht?«, sagte er atemlos in das fließende Wasser.

»Was denn?«

Jay stellte die Brause ab und dann hörte ich es auch. Klingeln. Jemand klingelte Sturm. Bis es Klack machte und die Klingel versagte. Stille. Und dann heftiges Pochen: Jemand schlug mit seinen Fäusten gegen die Tür. Furcht beschlich mich. Mein Magen krampfte sich zusammen, denn dieser Lärm konnte nur bedeuten, dass etwas Furchtbares geschehen sein musste.

»Ich gehe nachsehen. Da muss etwas passiert sein«, stieß ich hervor, schon halb aus der Dusche.

»Ich komm mit!«, erklärte Jay ritterlich.

»Quatsch. Ich komme klar. Sieh du lieber zu, dass du ins Bett kommst!«

Ein schelmisches Grinsen, ein flüchtiger Kuss und ich war draußen. Meinen Bademantel band ich im Gehen zu. Das

Trommeln nahm kein Ende und langsam wurde ich zornig.

»Jaaa. Ist doch gut. Ich komme ja«, rief ich so laut ich konnte.

Schnell schaute ich durch den Spion, doch ich sah nur dunkle Locken. Verfluchte Scheiße!

Ich riss die Tür auf. »Du hast meine Klingel kaputtgemacht«, schnauzte ich Derek an.

Er stand vornübergebeugt, einen Arm am Türrahmen verschränkt und die Stirn dagegen gepresst. Da er in dieser Hand eine brennende Zigarette hielt, klopfte er blind mit der anderen Hand und erst, als ich ihn ansprach, ließ er diese sinken. Sein Kopf ruckte kurz, dann hob er ihn. Aus glasigen Augen starrte er mich an und holte tief Luft, wobei seine Lider sich wieder schlossen. »Okay … schick die Rechnung an die Kanzlei.«

»Was willst du? Du bist ja vollkommen betrunken!«, fauchte ich.

»Hast du ´nen Kunden?«, ignorierte er in seiner bewährten Art und Weise meine beleidigende Feststellung.

»Ich bin dir keine Rechenschaft schuldig.«

Seine Lider schlossen und öffneten sich träge. Er presste die Lippen aufeinander.

»Hast du letzte Nacht unter einer Brücke geschlafen?«, stichelte ich – kein Wunder, bei seinem Aufzug! Sein Haar war ungepflegt und das Gesicht leuchtete käsig. Er trug einen ehemals leicht schimmernden schwarzen Anzug, der aber jetzt voller Flecken war. Kurz, er machte den Eindruck eines Penners, den die Polizei weiterschicken würde, sobald er sich irgendwo auf eine Bank setzte.

»Lass mich rein!«

»Wie komme ich dazu?!«

»Ich bin ... ich muss mich dringend hinlegen.«

»Leg dich hin, wo du willst. Aber nicht hier!«

»Du *hast* also einen Kunden.«

Langsam kochte es in mir hoch. Jetzt galt es, massiver zu werden. »Nein. Ich hab nur keinen Bock, dass du mir alles vollkotzt.«

Er schloss die Augen und sah dabei irgendwie gelangweilt aus. »Ist der Russe da, den George so in sein Herz geschlossen hat? Dann können wir ja ′nen Dreier machen.«

Mit zusammengepressten Zähnen sah ich an ihm herunter. »Ich bezweifle, dass du auch nur einen Finger heben kannst, geschweige denn, deinen Schwanz!«

»Gibt es ein Problem?«, ertönte es halblaut hinter mir. Jay – der hatte mir jetzt gerade noch gefehlt …

Ich drehte mich zu ihm um. Er stand – nur ein Handtuch um die Hüften – im Empfangszimmer und sah zu mir herüber. Das Wasser schimmerte auf seinem perfekt trainierten Körper. Die Bauch- und Brustmuskeln erschienen wie gemeißelt und sein Haar trocknete langsam, wodurch es eine noch beeindruckendere Fülle erhielt. Über seinem Arm schlängelte sich der Drache, was ihm etwas Verwegenes verlieh. Im ersten Moment konnte ich nichts sagen, starrte ihn nur an. Wäre Derek jetzt nicht als fleischgewordenes Problem an der Tür, ich hätte Jay augenblicklich fotografiert. Festgehalten für die Ewigkeit.

»Nein. Nur ein ungebetener Besucher.«

Eine üble Whiskeywolke lenkte meine Aufmerksamkeit wieder zu Derek hin. »Also? Was ist jetzt? … Mir wird kalt und ich muss es nicht haben, dass mich jeder hier im Bademantel sieht«, zischte ich ihn an.

»Dann zieh ihn doch aus …«, schlug Derek mit bösartigem Grinsen vor, das selbst seinen betrunkenen Zustand noch überwand.

»Okay. Genug. Ich rufe George an, der soll jemanden schicken, der dich abholt.«

»George? George pfeift auf mich, seit du ihm diese Mist-Story aufgetischt hast. Der alte Sack hat sogar meine Konten gesperrt.«

»Und wie kannst du dich dann besaufen?«, wollte ich – praktisch veranlagt wie ich bin – wissen.

»Es gibt noch Pubs, in denen sie davon nichts wissen und meine Kreditkarte akzeptieren. So, jetzt habe ich genug gelabert. Lass mich rein.«

»Nein!«

Derek presste die Lippen ungeduldig aufeinander und wollte wohl gerade etwas sagen, als sein Blick über meine Schulter ins Innere des Hauses fiel. Ich sah die Luft in seiner Kehle anhalten. »Jay?«

Und ehe ich etwas tun konnte, hatte Derek sich an mir vorbeigeschoben. Es ging so schnell, dass ich gar nicht reagieren konnte.

Wenige Schritte vor seinem Kontrahenten hielt Derek inne. »Was machst du hier? ... Na ja, ist ja nicht zu übersehen. Hast du sie schon gefickt oder hab ich euer Vorspiel versaut?«, fragte er in seiner gewohnt diplomatischen Art.

Jay verkreuzte seine Arme demonstrativ vor der Brust und ließ so seine Muskeln noch einen Tick deutlicher hervortreten. Derek wirkte in diesem Moment direkt zierlich gegen den halbnackten Adonis.

»Emma hat dich sehr freundlich gebeten, zu gehen ...«, sagte Jay mit leicht verborgenem Zorn.

»Freundlich? – Na ja ...« Derek sah mich grinsend an. Seine Zigarette war bis zum Filter heruntergeraucht und was machte er? Stopfte ihn in einen meiner Blumentöpfe!

»Hm ... Ihr habt noch nicht gebumst. Sonst wäre sie jetzt nicht so aggressiv. Und du sicher auch nicht. Oder?« Derek drehte sich nun ganz zu mir um und lächelte mich diabolisch an, seine Zähne, die aussahen wie Perlen auf einer Seidenschnur, schimmerten. »Schmeiß den hübschen Jay raus und nimm mich! Ich kenne keine Tussi – na, sagen wir mal – fast keine, die so gut bläst, wie du. Und ich glaube, danach ist mir gerade.«

»Das reicht!« Jay machte ein paar lange Schritte auf Derek zu und schickte sich an, ihn am Arm zu nehmen.

Doch noch bevor er zupacken konnte, hatte Derek den Arm hochgerissen, was ihn selbst zum Taumeln brachte, wohingegen Jay dastand wie eine Eiche. Allerdings sah er etwas unschlüssig aus, denn wenn er Derek jetzt zu einer weiteren Bewegung provoziert hätte, wäre dieser gestürzt, und dann hätte er ihm womöglich auch noch auf die Füße helfen müssen.

Derek machte eine unsicher abwehrende Geste und torkelte einen Schritt rückwärts. »Gut … ich beuge mich der physischen Gewalt.« Es klang etwas absurd aus Dereks Mund, denn wenn Jay auch wesentlich muskulöser war als er, so überragte Derek ihn doch um einen guten halben Kopf.

»… Und wende … verbale … Gewalt an«, seine Stimme taumelte ebenso, wie seine Schritte. Wieder musste er tief Luft holen, wozu er seinen ganzen Oberkörper absenken und wieder aufrichten musste.

»Hey, Jay … mein … bisexueller Freund …«

Jay saugte scharf die Luft durch die Zähne.

»Mein bisexueller Freund mit … Erfahrung in … staatlicher Gastfreundschaft … wenn ich es so nennen darf … Du verdienst doch deine Kohle – neben der Tatsache, dass du Herren gegen Bezahlung in den Tube-Gängen beglückst …«

Jetzt wurde mir die Kehle zugeschnürt.

»… bei einer gewissen Lady De Winter … die – wie wir alle hier wissen – eine groooße Freundin meines verehrten Vaters ist.«

Eine so lange Rede forderte all Dereks Kraft und so musste er sich eine neue Zigarette anzünden. Er hielt sie mit abgewinkeltem Arm, dessen Ellenbogen er dandyhaft in die Taille gestützt hielt. »Nun … ich gebe dir also einen – äußerst wohlgemeinten – Rat …« Derek gab seiner Stimme einen beinahe abstoßend süßlichen Klang, bis er unvermittelt brüllte: »VERPISS DICH HIER! *Und lass deine verfluchten Finger von meiner Frau!*«

Mir verschlug dieser Satz die Sprache. Jay öffnete seinen Mund, um etwas zu erwidern, doch Derek war noch nicht fertig. »Wenn *ich* hier auftauche, du kleines Arschloch, dann ist es ganz allein *meine* Entscheidung, ob ich dir erlaube, zu bleiben oder nicht. Kapiert? Hast du das geschnallt?« Mit zwei Schritten war er brüllend auf Jay zumarschiert und wedelte nun mit der neuen Zigarette so heftig vor dessen Gesicht hin und her, dass die Glut durch die Luft stob.

»*Ich* sage, ob du bei einer Nummer mitmachen darfst, oder nicht. Und jetzt … sage ich NEIN! Also, pack dich und halt deinen Arsch irgendeinem Freier in Paddington Station hin!«

»*Raus*!«, entfuhr es Jay. Am Ende seiner Geduld, packte er Derek grob an der Schulter, wo er aber nur dessen Jackett erwischte. Ich erinnerte mich an seine Ankündigung, dass er mit »dieser Ratte« noch nicht fertig sei ...

»Jay, bitte, lass ihn. Er ist betrunken«, versuchte ich es, hin- und hergerissen von meinen Gefühlen.

»Eben.« Jay funkelte mich an.

Derek hingegen suchte ein Möbelstück, an dem er sich festhalten konnte und schlüpfte zu diesem Zweck aus seinem Jackett.

Mit wutverzerrter Miene sah Jay erst auf das in seiner Hand baumelnde Kleidungsstück und dann zu Derek, der sich mittlerweile auf einem Besuchersessel lang ausgestreckt hatte.

Seine Bemerkung über die Story, die ich George aufgetischt hatte, ließ mich nicht los. Mochte sie etwa der Grund dafür sein, dass er sich so hatte volllaufen lassen? Und wenn Daddy ihm deswegen tatsächlich alle Konten hatte sperren lassen, dann hatte mein Schatz jetzt wirklich einen Grund, sich zum Boden jeder Flasche vorzuarbeiten.

»Jay, lass gut sein«, sagte ich besänftigt.

»Du meinst …« Er brauchte den Satz nicht zu vollenden, nickend sah er mich an. »Schon okay. Wir verschieben unsere Pläne. Aber nur, wenn du mir sagst, dass ich dich wirklich mit ihm allein lassen kann. Ansonsten pfeife ich auf Lady De Winter.«

Ich war ihm sehr dankbar für sein Verständnis.

»Wenn er Ärger macht …«, sagte Jay vorsichtig, während wir zu dem dünnen, langen Derek hinsahen, der bereits halb in dem Sessel eingeschlafen war, die brennende Zigarette neben sich herabhängend, »… dann überleg nicht lange und ruf die Polizei!«

»Mach ich. Versprochen.«

Als Jay, um sich anzuziehen, verschwunden war, nahm ich Derek die Zigarette ab und löschte sie unter dem Wasserhahn der Spüle. Dann stand ich wieder unschlüssig neben ihm.

»Was mache ich nur mit dir?«, flüsterte ich.

Sein Kopf war zur Seite gerollt und er schnarchte leise.

Jay kam schneller als erwartet zurück, legte seinen Arm um meine Schulter und gab mir einen Kuss auf die Schläfe. »Er sieht wirklich nicht wie ein Problem aus«, lächelte er.

»Danke, dass du so verständnisvoll bist«, war alles, was mir einfiel.

Jetzt grinste er breit. »Bin ich gar nicht. Ich hätte ihm liebend gern eins in die Fresse gehauen. Er hat noch was offen bei mir.«

»Dass du es nicht getan hast, obwohl du es gekonnt hättest, ehrt dich.«

Jay drückte mich fest gegen sich. »Ich ruf dich an, ja?«

»Gern. Und dann lassen wir uns richtig viel Zeit«, versprach ich ihm. Noch ein intensiver Kuss, ein langer, forschender Blick zu Derek hin und Jay war verschwunden.

Es war eindeutig – ich hatte ein schlechtes Gewissen Derek gegenüber. Ja, ich schämte mich sogar dafür, dass ich George erzählt hatte, ich sei schwanger von ihm. Und noch mehr schämte ich mich, dass ich es noch immer nicht richtiggestellt hatte. Das war unterirdisch!

»Du hast mir gerade den Tag versaut«, sagte ich laut. Und wie ich so dastand und ihn ansah, gewann mein Zorn wieder Oberhand. Jetzt hatte er also erfolgreich jede Menge Porzellan zerschlagen und dann legte er sich hin und schlief ein, ohne, dass ich ihm so richtig die Meinung hatte geigen können. *Aber wart's nur ab, Derek, mein Freund! Du wachst auch wieder auf!*

***

Um meinem Zorn ein kleinwenig gerecht zu werden, ließ ich Derek in dieser verdrehten Position liegen, auch wenn ich wusste, dass es ihm nach dem Aufwachen noch schlechter gehen würde, als ohnehin schon durch den Kater.

Wie schlecht, wurde mir klar, als ich mich gerade gegen elf Uhr ins Bett gelegt hatte, um zu schlafen. Derek hatte ich fast vergessen, denn er hatte sich nur dann in mein Bewusstsein gebracht, wenn er mal laut aufschnarchte. Jetzt aber, da die Wohnung im Dunkel lag und ich gerade am Einschlummern war, riss mich das plötzliche Rumpeln und Poltern umso brutaler aus der Ruhe. Mein Herz pochte wild gegen meine Brust.

Gleich darauf ein Schmerzensschrei und danach ein paar deftige Flüche. Kein Zweifel – mein Gast war aufgewacht!

Hatte ich auch im ersten Moment noch überlegt, ihn in seiner Agonie allein zu lassen, da fuhr es in diesem Moment durch mich hindurch, dass Derek möglicherweise die Toilette suchte, weil er sich übergeben musste. So schnell ich konnte, sprang ich aus dem Bett und schaltete überall das Licht an.

»Aargh … mach den scheiß Flakschweinwerfer aus!«, grölte er und presste den Arm schützend auf seine Augen. Derek kauerte am Boden neben einem umgefallenen Stuhl und blinzelte hilflos in die Helligkeit. »Los, schalt es aus!«

Ich tat, was er wollte und machte nur eine kleine Wandlampe an.

Derek atmete erleichtert aus, um sofort zu jammern: »Oh, Mann … Mein Kopf!«

»Geschieht dir recht«, versetzte ich ungerührt.

»Wow. Du bist ja eine richtige Florence Nightingale.«

»Was suchst du denn?«

»Erstmal dein Klo und dann etwas gegen meine Kopfschmerzen.«

»Die Toilette ist da vorn und wenn du versprichst, danach zu verschwinden, bekommst du auch eine ganze Röhre Schmerztabletten.«

Derek zog sich mit schmerzverzerrtem Gesicht an dem Stuhl hoch und humpelte dann in Richtung der Gästetoilette. Mit Sicherheit würde ich ihn nicht in mein Bad lassen, wo vor ein paar Stunden noch ein wundervoller Abend seinen Anfang hatte nehmen wollen …

Mit schnellen Schritten floh ich vor den Geräuschen, die er in der Toilette machte, denn es war nicht zu überhören, dass der Kater seinen Tribut forderte.

***

»Und? Wo sind jetzt die Tabletten?«

Ich erschrak etwas, als Derek plötzlich hinter mir in der Küchentür stand. Schnell hielt ich ihm das Röhrchen und ein Glas Wasser hin.

Mit einem ruckartigen nach hinten Werfen des Kopfes schluckte er gleich eine ganze handvoll des Medikamentes. Das schockte mich, denn es ließ eindeutige Rückschlüsse auf Dereks Tablettennutzung zu.

»Auf Wiedersehen«, sagte ich.

»Wie?«, schaute er mich perplex an.

»Ich sagte Auf Wiedersehen. Du wolltest gehen, sobald du die Tabletten genommen hast. Du hast sie genommen – also: Auf Wiedersehen!«

»Ich kann nicht gehen. Ich hinke.«

»Ich rufe dir ein Taxi.«

»Ich habe keinen Penny mehr.«

»Ich lege dir das Geld aus.«

»Ich komme nicht in meine Wohnung.«

»Ich rufe George an, dass er dich rein lässt.«

Schwer ließ Derek sich auf den kleinen Stuhl nieder, der an der Wand stand, dann tastete er nach seinen Zigaretten. Als er sie gefunden hatte, zündete er eine an.

»*Er* hat mich rausgeschmissen.« Jetzt wirkte er ehrlich bedrückt.

»Dann werde endlich erwachsen und stell dich ihm«, riet ich wenig mitfühlend.

Derek schenkte mir einen Blick von unten herauf, der Stahl hätte schmelzen lassen. »Ich bin eben wie ich bin.«

Das war mir zu blöd. Also erklärte ich ihm: »Ich geh jetzt ins Bett. Mach, was du willst. Aber ich bin nicht dein Seelenklempner!« Damit wandte ich mich um und verschwand in meinem Schlafzimmer. Dort kuschelte ich mich in mein

Bett und zog die Decke bis zu meinem Kinn. Die Müdigkeit kroch in mir hoch und ich hatte keine Lust mehr, mich mit Derek zu befassen. Er war ein erwachsener Mann, der sich aufführte, wie ein verwöhntes Balg. Der Geruch seiner Zigaretten strömte in mein Schlafzimmer und ich war verwirrt, weil ich es nicht als störend empfand. Bildete ich es mir ein oder wurde der Geruch beständig intensiver? Ich wischte den Gedanken beiseite und dämmerte ein.

***

Es war eine Bewegung auf der anderen Seite meines Bettes, die mich aufschrecken ließ. Mein Herz hämmerte gegen meine Brust. Fast panisch riss ich meine Augen auf und versuchte, sie an das Zwielicht zu gewöhnen.

Allerdings schien es mir im Moment klüger, so zu tun, als schliefe ich und dabei zu beobachten, was geschah, um rechtzeitig fliehen zu können.

Es gibt keinen Begriff dafür, wie idiotisch ich mir vorkam, als ich den schmalen Schemen erkannte, der sich neben dem Bett zusammenkrümmte und … sich auszog! Vollkommen sprachlos und perplex starrte ich ihn an. Ich war fassungslos. Das gab's doch gar nicht!

Derek kroch in mein Bett und zog das mir gegenüberliegende Ende der Decke über seinen nackten Körper.

Das war eine solche unfassbare Frechheit … Starr vor Wut und Empörung lag ich da und stierte in die Dunkelheit. Hatte ich diesen Schmarotzer nicht gerade aus meiner Wohnung geworfen? Sollte er doch sehen, wo er seinen Rausch ausschlief!

Das Problem dabei war, dass – egal was ich auch gegen ihn unternehmen würde – es mich dazu zwänge, aus meinem warmen, kuscheligen Bett zu steigen. So lag ich also da und kämpfte mit meinem inneren Schweinehund. Und zwar so lange, bis ich neben dem ruhig schnarchenden Derek eingeschlafen war.

***

Die Hand glitt über meine Taille und legte sich auf meinen Bauch. Eine robbende Bewegung hinter meinem Rücken und ein Körper drückte sich gegen meinen. Knie schoben meine Beine in eine leicht angewinkelte Haltung und nach und nach befand ich mich in einer Löffelchen-Stellung mit diesem zweifellos männlichen Körper.

Hart schluckend erstarrte ich in dieser Haltung. Und hatte ich gerade noch etwas sagen wollen, erstarb nun mein Atem in meiner Kehle, denn ein Gesicht kuschelte sich gegen meinen Hals und meinen Kopf. Gleichmäßiger Atem strömte über mich hinweg. *Weg! Nur weg*, dachte ich und wollte mich so schlangenhaft als irgend möglich aus meinem Bett gleiten lassen, ohne ihn zu wecken. Doch es misslang, denn im gleichen Moment, da ich die erste zaghafte Bewegung machte, legte Derek sein linkes Bein über meine Oberschenkel und hielt mich so fest an sich gepresst. Zudem spürte ich jetzt seine Männlichkeit an meiner Rückseite. Dass ich so hektisch atmete, war mir peinlich. Noch peinlicher aber war mir, dass Derek sich so dicht an mich kuschelte – und mich dadurch derart maßlos erregte.

Natürlich war er nicht der erste Mann, der in diesem Bett übernachtete – und mit Sicherheit auch nicht der letzte. Aber bei ihm war es anders. Ich liebte ihn nicht. Ja, ich mochte ihn nicht mal. Im Gegenteil! Unendlich wütend war ich auf ihn. Jedes Mal, wenn er in meinem Leben auftauchte, benahm er sich unmöglich. Und dieser gestrige Nachmittag war mit Sicherheit der Höhepunkt all dessen gewesen, was er sich je geleistet hatte. Wie konnte er es wagen, mich als sein Eigentum zu betrachten? Sich zu benehmen, als sei er der Schah von Persien! Zorn kochte und brodelte in mir. Und zwar so heftig, dass ich im ersten Moment gar nicht spürte, wie seine Hand langsam höher glitt und sich dann ruhig auf meiner Brust niederließ. Als ich mir dessen aber bewusst wurde, befeuerte es meine Wut nur noch mehr. Mit weit aufgerissenen Augen lag ich da und grübelte, was ich tun solle.

Schmeiß den Drecksack raus!, brüllte eine kleine Stimme in mir. *Was gibt's da noch zu überlegen?*

Sein Zeigefinger stieß gegen meinen Nippel. Atemlosigkeit. Er schob die Spitze langsam zur Seite und fixierte sie dann mit Hilfe des Daumens.

Dieser Schweinepriester ist wach, schoss es durch meine Adern wie eine Überdosis Adrenalin bis hinauf in mein Gehirn. *Er ist wach und macht sich einen Jux daraus, mich zu befummeln.*

Warte nur, dachte ich. *Den Spaß werde ich dir versauen!* Damit warf ich mich zu ihm herum, sammelte alle Kraft in meinen Armen und stieß ihn so fest gegen die Brust, wie ich nur irgend konnte. Und ich hatte Erfolg – mit einem röchelnden Laut rutschte Derek rückwärts und glitt, befördert durch die glatte Seidenwäsche, vom Bett. Doch woran ich nicht mehr gedacht hatte, war die Tatsache, dass er sein Bein noch immer an meinen Schenkeln fixiert hatte. Und mit diesem Bein riss er mich jetzt mit sich. Zwar klammerte ich mich noch an mein Kissen, doch ehe ich mich versah, glitt ich ebenfalls über das Laken und direkt auf Dereks nackten Körper.

Schachmatt in zwei Zügen! Seine Brust pumpte bedingt durch meinen überraschenden Angriff hektisch gegen meine und ich sah im Halbdunkel seine Augen, wie sie glänzten. Mit aller Kraft galt es nun, mich von ihm hochzustemmen, was ihm aber nur einen besseren Blick auf meine rechte Titte bot, die sich aus meinem Nachthemd befreit hatte und frei, mit erigierter Spitze, über ihm hing und ihn förmlich dazu zu zwingen schien, sie mit seiner Zunge zu berühren.

»Denk nicht mal dran!«, war alles, was mir dazu einfiel, wo ich ja keine Hand freihatte, um mich gegen ihn zur Wehr zu setzen, während wir von seidener Wäsche umflossen am Boden lagen. Mein zweitgrößtes Problem regte sich nun an meiner Scham … Derek wurde hart! Was eigentlich kein wirkliches Wunder war, wenn man unsere Situation betrachtete.

Mühsam meinen Atem kontrollierend, zischte ich Derek zu:

»Ich werde jetzt aufstehen – und du wirst nicht wagen, mich anzufassen! Verstanden?«

Er nickte und sagte kein Wort. Was mich irritierte. Ob ihm von dem Sturz wieder übel geworden war? Langsam zog ich ein Bein an und rutschte dann mit dem Oberkörper nach, bis ich in einer über ihm knienden Position war. Schnell zog ich mein Nachthemd wieder über meinen entblößten Busen und sah dann auf ihn herab.

So kauerten wir stumm neben dem Bett, bis Derek anhob: »Was ist an mir eigentlich so abstoßend, dass du …« Er brach mitten im Satz ab und seine Augen oszillierten über mein Gesicht. Dann ging alles ganz schnell. Mit Armen, die wesentlich kräftiger waren, als ich gedacht hätte, schob er sich unter mir heraus, kletterte behände auf das Bett und stand an der gegenüberliegenden Seite auf. Dann kam er um das Fußende herum und blieb hoch aufgerichtet zu meinen Füßen stehen.

»Kannst du bitte aufstehen? Du liegst auf meinen Klamotten«, sagte er ruhig.

Perplex rappelte ich mich hoch und schob mich auf das Bett. So blieb ich sitzen und sah ihm zu, wie er sich anzog.

Als er fertig war, zündete er die obligatorische Zigarette

an und fixierte mich mit zornigem Blick. »Nur keine Angst. Ich werde dich nicht mehr belästigen. Du wirst nicht mehr mit dir selbst ringen müssen, nur damit du mich ja nicht anfasst. Was meinst du, wie viele Weiber sich darum reißen, dass ich sie ficke? Hm? Glaubst du ernsthaft, dass ich es da nötig habe, mich an eine kleine Nutte wie dich ranzumachen? Ach, ja – und noch etwas: Du und von mir schwanger? Ich hab keine Ahnung, wie George auch nur für eine Sekunde daran glauben konnte. Wie – um alles in der Welt – sollte denn eine Superschlampe wie du überhaupt je wissen, von wem das Balg ist, das sie ausbrütet!? Und das werde ich ihm auch sagen. Ich lass mir doch von einer kleinen Hure wie dir nicht mein ganzes Leben kaputt machen.«

Er warf seine brennende Zigarette zu Boden und trat sie auf dem Teppichboden aus. »Keine Angst, die Rechnung dafür kannst du an deinen Zuhälter schicken ... genauso, wie für deine blöde Klingel. Lass sie aber schnell reparieren, denn wenn du keine Klingel hast, kannst du deine Stecher nicht hören. Allen voran diesen Russen-Al Capone, der hoffentlich bald mit ′ner Kugel im Kopf abkratzt. Damit du mal überprüfen kannst, ob du überhaupt noch irgendwas fühlen kannst.«

Eine neue Zigarette. Stumm sah ich ihm zu und ahnte bereits, dass mein Teppich heute Nacht mehr als ein Loch erleiden würde.

In Derek arbeitete es. Seine Stirn lag in Falten und das matte Weiß seines Gesichts hatte ein seltsam phosphoreszierendes Leuchten. »Eines Tages – das schwöre ich dir – wirst du mich anbetteln, dass ich dich ficke.« Er streckte einen langen Zeigefinger in meine Richtung und sah mit einem Mal aus wie der zornige, junge Gott der Rache. »Wimmern wirst du, nur um ein einziges Mal meinen Schwanz in deinen Mund nehmen zu dürfen. Aber dann werde ich dich nicht mal mehr mit meinem Arsch ansehen!«

Nach diesen Worten ging er mit langen Schritten hinaus und schlug die Tür dabei krachend hinter sich ins Schloss. Ich aber saß mit weit aufgerissenen Augen auf meinem Bett. Fassungslos. So einen Abgang hatte noch kein Mann zustande gebracht, und ich wusste nicht, ob ich schockiert, verletzt oder amüsiert sein sollte.

UnErwartet

Wem das Gewissen schlägt, der tut gut daran, die Gelegenheit zu nutzen und Abbitte zu leisten.

Ich aber ignorierte Dereks Worte, denn ich hatte mich damit zur Vernunft gebracht, dass ich mich an das erinnerte, was er zu Jay gesagt hatte. Dazu kam seine ganze Art, mich zu erniedrigen und zu verletzen. Was Derek auch tat, was er auch sagte, hatte nur ein einziges Ziel: sich wie einen Gockel aufzuplustern und mich fertig zu machen. Vielleicht war das auch der tiefere Grund, warum ich keine Hemmungen gehabt hatte, eine so furchtbare Lüge, wie die von der Schwangerschaft, in die Welt zu setzen.

Dennoch, Mitleid hatte ich ganz und gar nicht mit ihm. Er war – zumindest dem Ausweis nach – ein erwachsener Mann, da wurde es nun langsam Zeit, dass er sich auch wie einer benahm. Ihm das allerdings beizubringen, war nicht meine Aufgabe.

Meine Aufgabe war es einzig und allein, wenigstens im Moment, mich auf den Ball in der Royal Albert Hall vorzubereiten.

Zu dem fantastischen Kleid hatte ich mir montags noch die passenden Schuhe gekauft: Highheels, aber ungeheuer bequem, in denen ich Sergeij ein bisschen mehr auf Augenhöhe begegnen konnte. Das ganze Outfit gab meinem ansonsten sehr weiblichen Körper etwas Schlangenhaftes, das mir sehr gut gefiel, als ich mich so vor meiner Spiegelwand hin- und herbewegte, um jedes Detail zu überprüfen. War ich auch früher nicht so auf mein Äußeres bedacht, hatte ich doch zwischenzeitlich gelernt, dass es den Männern, mit denen ich professionell zusammentraf, sehr wichtig war, wie die Frau aussah, mit der sie entspannte Stunden zu verbringen vorhatten. Und George bezahlte mir nicht solch horrende Summen, damit ich aussah, als käme ich gerade von der Gartenarbeit.

Gegen die abendliche Kühle wählte ich ein bodenlanges schwarz-lila Samtcape mit einer weiten Kapuze, die ich aber nicht aufsetzen wollte, sondern die lediglich als eine Art üppiger Kragenersatz diente und dem Gesicht einen dramatischen Rahmen verlieh.

Es fühlte sich merkwürdig an, denn ich wurde zum ersten Mal nicht von Danny, sondern von Sergeijs Wagen abgeholt. Er demonstrierte offen, dass er es sich leisten konnte, anders zu sein und fuhr einen Maybach. Wie ich mittlerweile wusste, nur eine von zahllosen Luxuskarossen, die überall für ihn bereitstanden.

Als er mich in der Haustür erblickte, lächelte er mich beinahe unschuldig verliebt an, sodass ich in Versuchung geriet, ihn abermals für einen großen Jungen zu halten. Er sprang persönlich aus dem Auto und hielt den Schlag auf, womit er seinem bestürzt dreinblickenden Chauffeur zuvorkam. Dieser räusperte sich und begab sich dann wieder hinter sein Lenkrad.

Sergeij küsste mich so zart auf die Lippen, als fürchte er, etwas zu zerbrechen. »Du siehst wundervoll aus heute Abend.«

»Nur für dich!«, flüsterte ich. Mitgerissen von der romantischen Atmosphäre, die uns augenblicklich umgab.

»Darf ich?«, sagte er und öffnete die Schleife meines Capes. »Was für ein herrlicher Hals. Aber … sag mir … warum trägst du keinen Schmuck?«

»Ohrringe – reicht das nicht?«

Seine Stimme hatte einen merkwürdigen Klang. Hatte ich ihn enttäuscht? Immerhin trug ich sein Armband, das bei den langen, hautengen Ärmeln wunderbar zur Geltung kam.

»Sergeij, ich habe nichts, was zu dem Kleid gepasst hätte. Es tut mir leid.«

Jetzt lächelte er. »Es ist nicht schlimm. Ganz im Gegenteil. Ich habe nämlich zufällig bei einem Spaziergang etwas gesehen, und ich dachte, ich muss es meiner Kleinen mitbringen.« Mit diesen Worten zog er eine rechteckige Box neben sich hervor und reichte sie mir. Schmuck – eindeutig! Mein Herz schlug schneller, denn ich war gespannt, wie er das Armband toppen wollte.

Mit einem entschiedenen Drücken auf den kleinen seitlich angebrachten Metallknopf sprang der Deckel auf und ich war geblendet.

Es verschlug mir den Atem, die Stimme … Meine Finger wurden klamm und wollten sich nicht mehr bewegen. Vor mir ruhte auf dunkelblauem Samt das herrlichste Collier, das ich je gesehen hatte. Ich bezweifelte, dass selbst die Königin von England ein solches Stück ihr Eigen nannte. Hunderte von glasklaren Diamanten funkelten in Kaskaden um die Wette. Umsprenkelten dunkelgrüne Smaragde, die – als Blätter geschliffen – wiederum den Rahmen abgaben für Blüten, die aus zahllosen fliederfarbenen Steinen bestanden.

»Sergeij – du bist wahnsinnig! Das … das kann ich wirklich nicht annehmen. Das ist zu viel. So etwas schenkt man einer Ehefrau – aber keiner …« Warum fiel es mir so unendlich schwer, in diesem Moment die Worte zu gebrauchen, die mir sonst doch auch so mühelos von den Lippen kamen? »Hure.« »Nutte«.

Beschämt senkte ich den Kopf, denn ich wollte dieses Geschmeide gern behalten. So unglaublich gern. Es war das Schönste, was ich je in meinem Leben gesehen hatte und ja – es stellte das Armband augenblicklich in den Schatten.

Entschlossen ließ ich den Deckel zuklappen und gab ihm die Box in die Hände. »Sergeij … ich danke dir von ganzem Herzen und ich hätte nichts lieber getan, als es zu behalten, aber … heb es auf für die Frau, die dich verdient. Okay?« Ich musste hart schlucken. »Wir fahren jetzt in die Albert Hall und haben eine tolle Nacht. Das ist alles, was ich von dir möchte. Das ist mehr, als mir irgendein anderer Mann geben könnte.«

Sergeij rutschte ein wenig auf die Seite seines Oberschenkels, sodass sein Oberkörper mir ganz zugewandt war. »Emma … Ich liebe dich! Du bist die erste Frau, der ich das sage, nachdem Swetlana mich verlassen hat. Damals dachte ich, ich würde es nie wieder empfinden können, nie wieder einer anderen sagen, aus lauter Angst, einmal mehr so verletzt zu werden. Aber dann kamst du … und alles war anders. Mit jeder Stunde erkannte ich klarer, was du für mich warst. Was du für mich bist und, dass ich nichts sehnlicher wünsche, als dich … zu meiner Frau zu machen.«

Oh Gott! Damit hatte ich nicht gerechnet. Und alles, was ich in diesem Augenblick empfand, der doch eigentlich höchstes Glück hätte bedeuten sollen, war – Panik! Eisige, grauenhafte Panik. Adrenalin überflutete meine Blutbahnen, Schweiß brach in meinem Nacken aus und meine Kopfhaut schien über meinem Schädel zu schrumpfen. Meine Lippen wurden taub und ließen sich nicht mehr bewegen, wohingegen meine Brust sich hektisch hob und senkte.

Sergeij nahm das Collier aus der Box und bedeutete mir, es um meinen Hals legen zu wollen.

Ich wich um Haaresbreite zurück. »Sergeij – bitte, lass mir etwas Bedenkzeit. Es ist keine Entscheidung, die ich leichtfertig treffen möchte, nur weil du dieses Collier …«

Er nickte und schaute dabei so sanftmütig wie ein Lamm. »Wenn du mir sagst, dass du über meinen Antrag wenigstens nachdenken wirst, so ist das wunderbar. Trage dieses Collier einfach als Geschenk von mir an die … wunderbarste Frau, die ich kenne. Und wenn du deine Entscheidung getroffen hast, lass es mich wissen, ja?«

Die Diamanten, Smaragde und Tansanite lagen schwer auf meiner Haut. Sie umgaben meinen Hals wie einen Kragen und ich konnte es kaum erwarten, mich in einem Spiegel zu betrachten. *Gerissener Sergeij,* dachte ich, *wie kann man auf Dauer zu dem Antrag eines Mannes Nein sagen, der einem, mir nichts, dir nichts, solch ein Juwel schenkt?*

»Lächeln, meine Kleine. Wir werden fotografiert!«

Im gleichen Moment erstarrte ich abermals. Vor der Hall hatten sich ganze Horden von Journalisten und Zuschauern versammelt. Langsam reihte sich der Maybach in die lange Kolonne derer ein, die ihre wertvolle Fracht vor dem Haupteingang ausladen wollten.

»Die sind ja wohl nicht unseretwegen hier, oder?«, fragte ich verunsichert.

»Unter anderem … sicherlich«, gab Sergeij – die Ruhe selbst – zurück, als habe er mit nichts anderem gerechnet. Jetzt galt es, einen klaren Kopf zu bewahren.

»Wir können es so machen, dass dein Fahrer zum Seiten- oder Hintereingang fährt und mich dort rauslässt. Dann kann er einfach wieder um die Hall herumfahren und dich hier aussteigen lassen. So muss dich niemand mit mir sehen.«

Sergeij schien mir nicht einmal zuzuhören, denn mittlerweile hatte der Maybach gehalten und der Chauffeur hielt ihm die Tür auf. Schnell rutschte ich in die äußerste Sitzecke, sodass ich es vermeiden konnte, von den aufgestellten Scheinwerfern getroffen zu werden. Dazu zog ich noch meine Kapuze hoch und beschirmte mein Gesicht seitlich mit dem dunklen Stoff.

Allerdings musste ich erkennen, dass Sergeij meine Vorschläge zu ignorieren gedachte, denn er beugte sich in den Wagen hinein und reichte mir die Hand. Es blieb mir nur, hektisch den Kopf zu schütteln, da hatte er auch schon meinen Unterarm geschnappt und zog mich zu sich hin.

Jetzt war ich erledigt, konnte nicht mehr flüchten. Den langen Rock und das Cape vorn raffend, stieg ich in den Blitzlichtorkan, der um mich herum zu toben begann. Ich hörte nur noch das Klicken von Fotoapparaten, das Durcheinanderschreien der Reporter und den Applaus der Umstehenden, der mit absoluter Sicherheit nicht mir galt. Mir, der Unbekannten. Der Hure, die davon lebte, unerkannt durch London zu wandeln. Panisch stellte ich fest, dass mit jedem Bild, das hier von mir gemacht wurde, meiner Existenz Schritt für Schritt die Grundlage geraubt wurde.

Hatten sie mich erst fotografiert, würden sie wissen wollen, wer ich war. Und wenn sie das in Erfahrung gebracht hatten, würde sich kein Klient Georges mehr mit mir in der Öffentlichkeit zeigen.

Sergeij blieb seelenruhig, hielt elegant meinen Unterarm und posierte alle paar Meter für einen Moment vor den Reportern. Das war nicht meine Welt. Und ich wollte nur weg. Blitzartig erkannte ich, dass ich mit der Annahme der Einladung einen schweren Fehler begangen hatte.

»Mr Tretjakow … wer ist Ihre Begleiterin?«

»Ist sie Ihre Freundin, Mr Tretjakow?«

»Haben Sie gemeinsame Pläne, Sir?«

»Werden Sie sie heiraten?«

»Nun ... ich habe Miss Hu...«, Sergeij vernuschelte meinen Nachnamen. Danke! »... einen Heiratsantrag gemacht und ich hoffe von ganzem Herzen, dass sie ihn annehmen wird.« Seine Stimme klang stolz und zufrieden. Und vor allem: selbstgewiss!

»Herzlichen Glückwunsch!«

In diesem Moment überschlugen sie sich fast. Doch ich schloss nur die Augen und starb. Aber indem ich starb, erwachte mein Zorn. Ohne Grund hatte Sergeij begonnen, meine berufliche Existenz zu zerstören. Führte mich hier vor, wie ein erlegtes Stück Wild. Dabei wusste er doch, dass ich mich noch gar nicht entschieden hatte. War ich etwa nicht deutlich genug gewesen? Das Collier begann irgendwie zu drücken und ich mochte ganz und gar nicht, was hier geschah.

Es wurde erst etwas ruhiger um uns herum, als wir den Haupteingang durchschritten hatten. Jetzt gab es nur noch die Gäste, die sich in den weiten Wandelhallen verliefen, in Grüppchen herumstanden oder sich an den diversen Büffets gütlich taten.

Sergeij nickte nach allen Seiten, wohingegen ich den Teufel tat, irgendjemanden zu grüßen, den ich erkannte. Darauf verließen die Herren und Damen sich schließlich.

Ein Diener in Livree kam heran und nahm Sergeij seinen unverwechselbaren Trench und mir mein Cape ab.

Sergeij stand vor mir und sah mich mit glänzenden Augen an. »Du bist so schön ...«, sagte er so leise, dass ich es kaum verstehen konnte.

Das nach vorn spitz zulaufende Collier wies direkt auf die im tiefen Ausschnitt des Kleides ruhenden Halbkugeln meiner Brüste und ließ so manchen Vorbeikommenden innehalten und mich mehr oder minder indiskret anstarren.

»Sir … Madam … darf ich Sie zu ihrer Loge begleiten?«, fragte eine junge Dame, die ein schlichtes schwarzes Kleid und ein kleines Namensschild trug, das sie als Servicedame auswies.

Sie führte uns in das etwas exzentrische Rund des Konzertsaales, das an diesem Tag in der Mitte den Platz für die Tanzfläche ließ, drum herum befanden sich Tischreihen und nach oben hin die Logen.

»Ich habe eine Loge gemietet. Das fand ich intimer, als einen Tisch hier unten. Wenn wir tanzen wollen, können wir jederzeit runtergehen. Das werde ich sowieso müssen, denn der heutige Abend ist für mich nicht nur reines Vergnügen.«

Wir betraten die üppige Loge, die uns einen herrlichen Blick über den Saal verschaffte. Es gab einen Tisch, der Platz für vier Personen bot. Überall an den Wänden waren einzelne Stühle für die Besucher verteilt, die in die Loge kamen und verweilen wollten.

»Wir bekommen Speisen und Getränke hierher gebracht«, erläuterte Sergeij, während seine Blicke suchend über das bunte Gewimmel unter uns hinglitten.

»Vier Personen?«, fragte ich.

»Ah, ja … Ich habe George McLeod und seine Gattin gebeten. Sie haben zwar eine eigene Loge, doch ich dachte, in Anbetracht unserer gemeinsamen Interessen, sei es keine schlechte Idee, zumindest gemeinsam zu speisen.«

Sorgsam legte ich meine kleine goldene Abendtasche auf den Tisch und verschränkte dann meine Arme vor der Brust. »Lieber Sergeij … Eine Frage: Wie viele Bomben hast du eigentlich noch auf Lager, die du heute Abend unter meinem Hintern hochgehen lassen willst?«

Er eiste sich von seiner Suche los und sah mich mit weit aufgerissenen Augen an. »Was meinst du denn?«

»Zuerst das Collier, dann dein Heiratsantrag, dann die Presse, und jetzt George und seine Frau ...«

Sergeij zündete sich eine Zigarette an, pustete den Rauch in die Luft und ließ sich Zeit mit einer Antwort. »Wo ist das Problem? Seit heute bist du keine gewöhnliche Nutte mehr. Du bist meine Braut. Meine zukünftige Frau. Das hat alles verändert. George, seine Frau und du – ihr verkehrt jetzt auf Augenhöhe. Ohne zu sagen, dass du nun sogar noch über ihnen stehst. Wieso sollte ich dich also wie ein Schandmal verstecken? Die Gesellschaft wird sich an dich gewöhnen müssen. Und je früher sie das tut, desto besser.«

Jetzt wurde ich wirklich kampflustig. »So weit, so gut. Aber deine Ausführungen haben einen entscheidenden Haken.«

»Und zwar?«

»Ich habe noch nicht Ja gesagt. Ich habe mir Bedenkzeit erbeten. Aber du tust gerade so, als habe ich zugestimmt.«

Sergeij schüttelte bedächtig den Kopf und sah zu Boden. »Was ändert es denn, ob sie herkommen oder nicht?«

Wütend warf ich den Kopf in den Nacken, musste mir Bewegung verschaffen und begann, hin- und herzulaufen. »Was es ändert? George ist, wenn du so willst, mein Zuhälter. Ich habe seine Frau noch nie getroffen und ich weiß, dass sie eine Übereinkunft haben, dass er sie nie mit einer seiner Frauen konfrontieren wird. Schon gar nicht in ihrem eigenen gesellschaftlichen Umfeld. Und was tust du? Zwingst sie, sich mit mir sogar an einen Tisch zu setzen.«

Er stützte seine Hand auf den Tisch und beugte sich zu mir vor. »Liebst du George?«

»Was für eine Frage ...«, wich ich aus.

»Ob du ihn liebst? Hast du wegen ihm um eine Bedenkzeit gebeten?«

»George besorgt mir die Kunden und ich schlafe von Zeit zu Zeit mit ihm. Fertig. Ich weiß noch nicht mal, wann er Geburtstag hat.«

Sergeij machte eine wegwischende Handbewegung. »Weißt du etwa, wann ich Geburtstag habe? Und ich will dich heiraten.«

Jetzt wurde ich unruhig. »So eine Entscheidung will ich einfach nicht ad hoc treffen. Das ist alles. Mit George hat das nichts zu tun. Oder eben nur insoweit, als dass ich möglicherweise nicht Ja sage und in meinem Job bleiben will. Das kann ich aber nicht, wenn du mich mit Gewalt in die Öffentlichkeit gezerrt hast. Diese Männer verlassen sich auf meine Diskretion.«

»Und ich scheiße auf ihre Diskretion. Ich bin Sergeij Maximowitsch Tretjakow und ich will dich zu meiner Frau machen. Ich gebe einen Scheiß auf deine Kunden, deine Vergangenheit, auf George McLeod und auf seine Frau. Hörst du?«

In diesem Moment wurde die Tür der Loge geöffnet und ein über das ganze Gesicht strahlender George McLeod trat ein. Die Diskrepanz zur vorherrschenden Stimmung hätte kaum größer sein können. Er streckte beide Arme nach vorn aus und marschierte mit langen Schritten auf Sergeij zu.

»Wenn man vom Satan spricht …«, flüsterte ich mehr zu mir selbst.

»Mein lieber Tretjakow … was hört man? Die ganze Hall – ach, was sage ich, ganz London surrt ja von den glänzenden Nachrichten. Man darf also gratulieren?«

Er packte Sergeijs Rechte und mit der freien Hand dessen Unterarm, damit schüttelte er meinen »Bräutigam«, als sei er aus Pudding. Die Szene hatte etwas Groteskes und ich war nicht abgeneigt, zu fliehen.

Sergeij errötete leicht und machte eine Kopfbewegung, die genau zwischen Nicken und Schütteln lag und auf diese Weise rein gar nichts aussagte. »Nun …«

»Sie werden ein wundervolles Paar abgeben. Und wo ist die Braut?« George sprühte nur so vor Begeisterung und sah sich mit leuchtendem Gesicht nach mir um. »Aaah … da ist sie. Nein, dieses Collier – ich rate! Das Verlobungsgeschenk?«

Sergeij machte wieder diese merkwürdige Kopfbewegung, offensichtlich darauf bedacht, mich zu keiner Klarstellung herauszufordern.

George schnappte mich und drückte mir rechts und links einen Kuss auf die Wangen. »Von ganzem Herzen: Meine allerbesten Wünsche für eure gemeinsame Zukunft. Ich wusste doch, dass ihr zusammenkommen würdet. Aber, dass es so schnell geht … Wunderbar. Ganz wunderbar.« Seine Augen wanderten freudestrahlend über mein Gesicht und ich starrte ihn nur schweigend an.

In diesem Moment erklang »God Save the Queen« und ein allgemeines Rauschen deutete an, dass das Publikum Haltung annahm, um Ihre Majestät zu grüßen, die nun die Königliche Loge betreten hatte.

Die Hymne war gerade verklungen und das Orchester hob zu Kaffeehausmusik an, da hatte Sergeij offenbar denjenigen gefunden, den er gesucht hatte, denn er entschuldigte sich eilig und verließ mit langen Schritten die Loge.

George aber ließ sich auf einem der Stühle an der Wand nieder und legte seine Beine auf einen anderen. Dann zündete er sich entspannt eine Zigarette an.

»So, so … dann segelst du jetzt also in den Hafen der Ehe«, stichelte er, denn, dass es als Sticheln geplant war, war mehr als offensichtlich.

Da ich noch nicht wusste, in welche Richtung das Gespräch gehen würde, zog ich es im Moment vor, ihn reden zu lassen.

»Da hast du dir ja den dicksten Karpfen im Teich gesichert. Ah ja … dein Brautkleid – hast du es schon ausgewählt? Der Bräutigam wird es sicher an nichts fehlen lassen bei der Feier. Immerhin ist er einer der reichsten Männer Russlands.«

Er zog an seiner Zigarette und blickte sinnierend zur Decke. »Lass mich mal nachdenken … ich glaube der Rekord bei den Hochzeitsfeiern unter den Oligarchen liegt im Moment bei zwanzig Millionen US-Dollar. Aber das wird der gute Sergeij sicher zu toppen wissen und ohne Zweifel dafür sorgen, dass du das Brautdiadem der letzten Zarin trägst. Ah nein, das wäre wahrscheinlich ein schlechtes Omen für euer junges Glück. Andererseits hast du einen Mann erwählt, dessen Lebenserwartung eine höchst übersichtliche ist.«

Noch immer schwieg ich. Auch wenn es mir noch so schwer fiel.

»Na ja. Was soll's? Dann wirst du halt eine der reichsten und jüngsten ... Witwen der Welt. Auch nicht schlecht. Warum erfahre ich das eigentlich durch das Geschwätz in den Wandelgängen?«

Seine Stimme war plötzlich komplett verändert und seine blauen Augen bohrten sich in mich hinein. »Hätte ich es nicht verdient gehabt, von dir persönlich informiert zu werden?«

»Ich hätte es dir schon noch gesagt«, erwiderte ich kleinlaut.

»So? WANN DENN?«, brüllte er unvermittelt und verlor die Beherrschung. Doch wir wurden gerettet, denn die Tür ging auf und herein kam Sergeij mit einer sehr eleganten Dame um die fünfzig am Arm. Sie trug einen langen cremefarbenen Rock und ein dazu passendes Jäckchen mit dreiviertellangen Ärmeln, die den Blick auf ihren herrlichen Armschmuck lenkten.

George sprang auf. »Margaret ... Mr Tretjakow – Sie haben es also geschafft, meine Frau hier hochzulotsen ...«

Vor Überraschung prallte ich gegen die Wand und musste mich an einer Stuhllehne festhalten.

So sah sie also aus. Mein Kopf wurde taub und meine Ohren hörten nur noch durch dicke Wattebäusche. Sie sah eindeutig Upperclass aus. Das Haar, ein beinahe schulterlanger Pagenschnitt, war dicht, aber mit Sicherheit blondiert. Allerdings perfekt gemacht. In keinem aufdringlichen Platin oder Peroxyd-Blond, sondern einer Farbe, die so sicherlich einmal ihre Naturhaarfarbe gewesen war. Dazu kam ihre schlanke Figur, die einen dazu brachte, an ihrem wahren Alter herumzurätseln. Sie war dezent geschminkt und trug Ohrhaken mit jeweils einer großen, tropfenförmigen Perle.

Da standen wir uns also gegenüber.

Was wusste sie von mir? Was würde sie zu mir sagen?

»Wie ich hörte, haben wir heute Abend ein Brautpaar unter uns?«, war das erste, was ich von ihr hörte. Ihre Stimme klang etwas rau, aber durchaus melodisch und angenehm. Wie konnte George eine solche Frau in diesem Ausmaß betrügen? Starr stand ich im Halbdunkel und mein Kopf schwirrte von Fragen. Gewiss hatten sie einen Modus Vivendi. Wahrscheinlich nahm sie sich junge Liebhaber. Toyboys wie Jay. Oder Derek. Möglicherweise ging sie mit seinen Freunden ins Bett oder mit deren Vätern. Oder mit beiden?

Jetzt musste ich mich setzen. Ich wollte nur noch weg. Das war eine Sackgasse, in die ich mit vollem Tempo hineingerannt war.

»Das Essen wird demnächst serviert«, verkündete Sergeij, doch meine Kehle war wie zugeschnürt. Ich konnte kaum etwas trinken, geschweige denn, essen.

»Ist Ihr Sohn heute Abend auch hier?«, wollte Sergeij wissen. »Dann lasse ich nämlich noch ein Gedeck auflegen.«

Mrs McLeod lachte und machte eine abwehrende Handbewegung. »Der schwirrt da draußen mit einer seiner zahllosen Flammen umher. Ich glaube kaum, dass wir den zu Gesicht bekommen werden.«

Danke. Mir hatte es sowieso gereicht. Auch noch mit Derek zusammenzutreffen, überstieg eindeutig meine Kräfte. George funkelte mich an, während wir uns setzten.

Dass er stinkwütend war, war kaum zu übersehen. Ich konnte nur hoffen, dass er es nicht für *meine* geniale Idee hielt, beide Paare an einen Tisch zu laden.

»Wann wird denn die Trauung sein?«, brachte Mrs McLeod die Unterhaltung in Gang.

»Ach … wir wissen es noch nicht«, sagte ich mit unsicherer Stimme.

»Aber ich will nicht mehr so furchtbar lange warten …«, versetzte Sergeij aufgeräumt. Mit jedem Satz von mir fühlte er sich dem Ziel, nämlich meinem Jawort, näher.

Die Vorspeise, Flusskrebse, wurden serviert und ich starrte die toten Tiere auf meinem Teller geschockt an. Noch größer wurde mein Schock allerdings, als ich etwas zwischen meinen Schenkeln spürte … Mit flammendem Gesicht sah ich George an, der vollkommen ruhig sein Essen zerteilte und kleine Happen zwischen seinen ausdrucksvollen Lippen verschwinden ließ, während er gleichzeitig unter dem Tisch mit dem Fuß zwischen meinen Beinen agierte.

»Schmeckt es dir nicht, meine Kleine?«, fragte Sergeij besorgt. »Ich kann dir etwas anderes bringen lassen …«

»Nein. Es ist nur … ich fürchte, ich bin etwas aufgeregt.«

»Das kann man ja verstehen. Nicht wahr, George?«, lächelte

Mrs McLeod mich an.

George hob den Kopf, fixierte mich und grinste breit. »Natürlich. Wer wäre in ihrer Situation nicht nervös?«

Und schon stupste mich sein Fuß derart an, dass ich vor Schreck die Schenkel öffnete. War es auch nur ein kleines Stück, so genügte es doch, dass er sich bis zu meinen Labien vorarbeiten konnte.

»Und das, wo der Höhepunkt noch gar nicht erreicht ist!«, fügte er süffisant an, wobei mir fast das Herz stehenblieb. »Tja, mein lieber Freund. Sie werden sich sehr anstrengen müssen, um ihre Frau zufriedenzustellen. Sie ist mit Sicherheit sehr anspruchsvoll.«

Am liebsten hätte ich George eine gescheuert, doch langsam stieg die Erregung in meinem Unterleib und die Situation, unter dem Tisch derart intim in aller Heimlichkeit berührt zu werden, brachte mich nach und nach auf Touren.

Die Vorspeise wurde abgetragen und der Suppengang wurde serviert. Wenigstens die Suppe bekam ich jetzt runter, wenn ich auch einmal den Löffel beinahe fallen ließ, da George meine Klit zu reiben begonnen hatte.

Abgesehen von vereinzelten Fragen zu unserer Trauung, wie dem Ort, wo wir wohnen würden, ob wir Kinder planten, wohin die Hochzeitsreise gehen sollte, wer das Brautkleid schneidern würde, ob wir in England heiraten würden, wie lange die Feier dauern würde und ob ich Orangenblüten in meinem Brautstrauß haben würde, blieb die Stimmung am Tisch gedämpft. Zumal Mrs McLeod und Sergeij die einzigen waren, die überhaupt etwas sagten. Ich beschränkte mich auf Nicken und Kopfschütteln.

Meine Furcht war einzig und allein, dass George, der dem Wein ausgiebig zusprach, beginnen könnte, bösartige Anspielungen zu machen, was er aber unterließ. Wahrscheinlich nicht zuletzt, weil er damit beschäftigt war, seine Fußspitze in meine Möse zu schieben, was einigermaßen schwierig war, auch wenn ich mich nicht verschloss.

Als wir das Essen endlich beendet hatten, fühlte ich mich am Ende meiner Kräfte. George wollte mir etwas beweisen und er war drauf und dran, es zu schaffen.

»Aah … der Tanz ist eröffnet«, verkündete Sergeij, noch immer bester Laune, mit einem Blick hinunter in den Saal.

»Mrs McLeod – wenn ich bitten dürfte? Mr McLeod – Sie erlauben doch?«

Sergeij hielt ihr elegant seine Hand hin und sie ergriff sie lächelnd wie eine Prinzessin. Damit verließen sie uns. Augenblicklich rutschte ich mit meinem Stuhl rückwärts.

»Du willst also auch tanzen?«, fragte George und stellte seinen Fuß wieder auf den Boden. Ohne meine Antwort abzuwarten, schnappte er meinen Arm und führte mich mit entschiedenem Griff nach unten, wo sich bereits die Paare drängten.

Schnell schob ich meine Hand in die kleine Schlaufe, die an meiner Schleppe angebracht war und konnte so, geschickt von George gelenkt, in langsamen Schritten zu tanzen beginnen. Der Rücken unter meiner Hand fühlte sich perfekt an. Glatt und fest. Und wie er mich an sich drückte … es raubte mir den Atem.

»Du bist meine beste Nutte, Emma«, sagte er ruhig in mein Ohr und ich erbebte vor Angst, dass irgendjemand ihn gehört haben könnte.

»Wenn ich nur an dich denke, bekomme ich einen Ständer. Was willst du mit dem Russen? Fickt er dich so gut, dass du auf all die anderen verzichten kannst?«

Mein Mund wurde trocken.

»Das Geld allein kann deine Begierden nicht befriedigen, meine Süße. Und dass du einen beträchtlichen Appetit hast, wusste ich, seit ich dich das erste Mal gesehen habe. Lös die Verlobung! Ansonsten wirst du diesen Mann verletzen. Und ob er das einfach so hinnimmt, wage ich zu bezweifeln.«

George wiegte mich mit in den Rücken gedrücktem Arm und machte dann eine kleine Drehung mit mir. So gut es eben zwischen all diesen Körpern ging.

»Er liebt mich. Und ich liebe ihn.«

George hielt kurz inne und sah mich verblüfft an, dann fasste er sich wieder und setzte den Tanz fort. »Liebe! Was für ein Unfug. Du hast doch in all der Zeit, da du für mich arbeitest, diesen Quatsch nie vermisst. Also …«

»Woher willst du das denn wissen? Du kümmerst dich doch nicht um die Gefühle deiner Mitmenschen.«

Er blickte an meinem Kopf vorbei über die anderen hinweg. Schien Schmuck und Frisuren zu begutachten.

»Emma … wenn ich in meinem Leben eines gelernt habe, dann, dass übermächtige Gefühle niemals guttun. Im Gegenteil. Und wenn ich dich jetzt so vor mir sehe, deine vollen Brüste, deine strammen Schenkel, deinen sinnlichen Mund und vor allem, deine gierige, kleine Muschi, dann kann ich dich nur warnen, dich einem einzigen Mann zu überlassen. Zudem – du wirst von diesem Tag an vollkommen von ihm abhängig sein. Du wirst wohnen, wo er es festlegt, wirst dein Geld von ihm bekommen und wenn er es für richtig hält, wird er dich schwängern. So oft er will und kann.«

Plötzlich hielt er abrupt inne. In seinen Augen stand Verwunderung. »Apropos … Weiß er überhaupt schon, dass er dich im Doppelpack bekommt? Und Derek? Was sagt er zu deinen Hochzeitsplänen mit seinem Kind unter dem Herzen, wie man so schön sagt?«

»Danke für deine Belehrungen. Ich habe sie nicht nötig, denn ich bin schon ein großes Mädchen. Das ist im Übrigen *mein* Leben. Ich liebe Sergeij, wie ich noch nie zuvor einen anderen Mann geliebt habe – und, da es dich ja ach so sehr interessiert: Ja, er befriedigt meinen Appetit auf das Allerbeste. Dann danke ich dir für den Tanz, ich möchte jetzt ein wenig an die Luft gehen, um den Nebel loszuwerden, der um mich herum verbreitet worden ist.«

Damit schob ich seine Hände weg und wandte mich dem Saalausgang zu. Wenn ich auch gerade eben sehr erwachsen und selbstsicher mit ihm gesprochen hatte, so waren meine Knie doch butterweich und meine Überzeugung keineswegs so gefestigt, wie ich vorgegeben hatte. Ganz im Gegenteil.

Brauchte es nur Georges Fußspitze, um mich in meinen Heiratsabsichten schwankend zu machen? Blieb also tatsächlich die Frage, ob Sergeij meinen Appetit wirklich stillen konnte oder ob ich eher früher als später mein Bett mit Leibwächtern, Chauffeuren, Kellnern, Köchen und Dienern füllen würde. Ganz zu schweigen von seinen Freunden und Geschäftspartnern.

Und wie würde ich mich dabei fühlen?

Gedankenverloren schlenderte ich an den anderen Gästen vorbei und konnte mich auf nichts mehr konzentrieren, als ich plötzlich am Arm gepackt wurde und ehe ich mich versah, mit einem kleinen Aufschrei in eine Nische gedrückt wurde.

Mein Atem raste und das Adrenalin pulste durch meine Adern.

Ein schlanker Männerkörper presste sich gegen mich und sorgte so dafür, dass ich nicht vor Schreck zu Boden sank.

»Du gottverdammtes Miststück!«, spie es mir entgegen. »Du kannst diesen widerlichen Gangster nicht heiraten!« Derek hatte mich derart eingeklemmt, dass meine Brüste aus meinem Ausschnitt gedrückt wurden. Seine glasigen Augen saugten sich an ihnen fest und sein Atem ging mittlerweile genauso stolpernd wie meiner.

Noch hatte ich mich von seinem Überraschungsangriff nicht erholt, da spürte ich vollkommen entgeistert, dass Derek meinen Rock hochschob. Mit unkontrolliertem Schlagen suchte ich ihn abzuwehren. Doch es misslang. Er packte meinen linken Oberschenkel und riss ihn hoch, während er mit der freien Hand seine Hose öffnete und seine Erektion mit einem gewaltigen Stoß in mich hineinrammte.

So etwas hatte ich noch nie erlebt. Die anderen Gäste gingen vielleicht einen halben Meter entfernt an uns vorbei … Mein Herz raste und ich wurde beinahe ohnmächtig, bei dem Gedanken, ertappt zu werden.

Meine Spalte prickelte bis hinauf in mein Gehirn, ließ die Nackenhaare aufstellen und meine Nippel so hart wie Steine werden.

In meinem Körper tobte ein Krieg. Zwischen dem gierigen, schier besinnungslosen Sehnen meines Unterleibs und dem wütend-abweisenden Zorn meines Verstandes, der sich mit aller Macht dagegen wehren wollte, derart hemmungslos ausgerechnet von einem Mann wie Derek überwältigt zu werden.

Da mein Unterleib mit dem Dereks aber in diesem Moment zu zweit war, hatte mein Verstand allein keine Chance mehr. So gab ich mich keuchend seinen Stößen hin, verlor mich in dem verzerrten Gesicht des Mannes, der mich wie kein anderer quälte. Ja. Des Mannes, der einzig und allein zu meiner Pein geschaffen schien. Seine Erektion füllte derart meinen Unterleib aus, dass mir der Schweiß ausbrach bei dem Versuch, meine Schreie zu unterdrücken und meine Bewegungen wenigstens halbwegs zu kontrollieren. Als Derek dann aber noch seinen Daumen in meinen Anus presste, war es geschehen. Ich wand mich von heftigsten Krämpfen geschüttelt in einem Orgasmus ungekannter Ausmaße, befeuert vom Wissen um die mögliche Entdeckung und der Gier, die aus Dereks Augen auf mich niederging wie Feuerregen.

Am Ende meiner Kräfte schloss ich meine Augen und spürte nur noch seine Stöße in meinen Unterleib.

»Du ... wirst ... diesen ... Kerl ... nicht ... heiraten!«, begleitete er jeden Hub mit einem Wort aus seinem Befehl. Und – Gott steh mir bei – ich war in diesem Moment sicher, dass ich genau das tun würde, was Derek wollte.

Als er endlich von mir abließ, zitterten wir beide. Standen uns mit bebenden Gliedern gegenüber und suchten krampfhaft dem Blick des jeweils anderen auszuweichen. Unsicher ordnete ich mein Kleid und Derek seinen Frack, der – entgegen der vorherrschenden Kleiderordnung – in seiner Exzentrik seinen Träger doch nicht minder kleidete.

„Vergiss nie, wo du hingehörst!“, sagte er leise und ich hatte keine Ahnung, ob es als Drohung oder Ratschlag gemeint war. Er legte seine Hand mit abgespreiztem Daumen gegen meinen Hals und diese Geste war ebenso doppelbödig, wie sein soeben gesprochener Satz. Er war mir so nah, zwischen uns herrschte eine Ruhe, die einem schwarzen Teich inmitten eines Waldes glich. Nur unsere Blicke trafen sich. Verloren sich ineinander. In meinem Innersten wusste ich, dass ich vor diesen Augen Schutz suchen musste, denn sie würden mich immer daran erinnern, dass Derek der Mann war, der er war: Der Sohn von George McLeod!

Und noch etwas wusste ich: Noch bevor dieser Abend zu Ende ging, musste ich Sergeij reinen Wein einschenken.

Die Stunde der Wahrheit

Wenn ich nicht bald mit jemandem sprechen konnte, der seinen Verstand noch beieinander hatte, würde ich hier, mitten in der Albert Hall, durchdrehen.

Was für eine Art Ehe sollte das denn sein, an der mein Bräutigam da bastelte, wenn die Braut sich von jedem x-beliebigen Kerl in eine dunkle Ecke ziehen ließ.

Meine Knie wackelten noch immer und ich war nicht sehr sicher auf meinen hohen Absätzen, als ich von Ferne Sergeij sah, der in einem anregenden Gespräch mit zwei anderen Männern vertieft war.

So schnell ich konnte, strebte ich auf die kleine Gruppe zu, denn ich sehnte mich jetzt nach seinen starken Armen, die mich halten konnten und mich der Tatsache versichern, dass ich bei ihm in einem sicheren Hafen geborgen war.

Aber ich hatte kein Glück. Sergeij stellte mich strahlend den beiden Männern vor, die sich als potentielle Geschäftspartner herausstellten und sah mich dann mit keinem Blick mehr an. Was wesentlich weniger war, als das, was ich von den beiden Geschäftsleuten bekam. Deren Blicke saugten sich nämlich abwechselnd an meinem Collier und meinen Brüsten fest, die ich zwar wieder an ihren Platz geschoben hatte, deren Spitzen aber noch immer erregt in die Höhe standen.

»Oh, ich sehe, Ihre Gläser sind leer – lassen Sie mich rasch nach einem Kellner Ausschau halten ...«, damit war mein Bräutigam abermals verschwunden. Nun gut – damit bekam ich einen Vorgeschmack auf unser gemeinsames Leben.

Unvermittelt richtete plötzlich der ältere der beiden Männer das Wort an mich. Schnell legte ich meinen Kopf leicht schräg, öffnete meine Augen weit und lauschte andächtig.

»Miss Emma Hunter?«, fragte er forschend. »Sind Sie nicht eine ... Mitarbeiterin von George? Ich meine, George McLeod.«

Aha. Da erwischte mich mein guter Ruf eiskalt.

»Ja, allerdings«, antwortete ich so nichtssagend wie nur irgend möglich, und noch bevor einer von uns etwas hinzufügen konnte, tauchte George, wie von Geisterhand erschaffen, aus der Wand schwarzen Stoffes neben uns auf.

»Wir haben gerade festgestellt, dass Miss Hunter ja eine deiner ...«, der Mann sah sich schnell um und sagte dann: »... Damen ist.«

»Meine Beste noch dazu«, strahlte er über das ganze Gesicht und prostete mir mit einem Whiskey zu, den er in der Hand hielt.

»Wie schade, dass sie dich nun zu verlassen droht.«

»Noch ist sie ja da, nicht wahr Emma-Liebes?«

Es brauchte kein weiteres Wort. Ich wusste verflucht gut, was George damit meinte.

»Lord Winterbottom ist nämlich einer meiner wichtigsten Kunden«, fügte er hinzu und ich nickte lächelnd.

»Wenn das so ist ...«, sagte ich süßlich.

Die beiden Männer sahen sich interessiert um, während George sich zu mir herüberbeugte. »Wenn du ihm heute einen bläst, soll sich das für dich mehr als lohnen.«

»Wenn ich ihm heute einen blase, mein Lieber, ist meine Verlobung Geschichte.«

George grinste. »Eben.«

»Das geht nicht!«

»Komm schon. Er ist so heiß, dass du keine zwei Minuten brauchst, bis er abspritzt.«

»Darum geht es nicht.«

»Er ist scharf auf dich und ich zahle gut. Vielleicht wollen sie auch einen schnellen Dreier ...«

Jetzt wurde ich sauer. »Was habt ihr McLeod-Männer eigentlich mit mir, dass ihr mich dauernd in die Ecke drängen müsst?!«

George hielt inne und nahm dann einen Schluck. Ganz, als habe es überhaupt keine Bedeutung, sagte er: »Wieso? Hat Derek auch mit dir gesprochen?«

»Ach, entschuldige mich bitte ...«, rief ich auf einmal und sah an George vorbei. »Aber ich habe da gerade einen alten Bekannten gesehen. Dem muss ich unbedingt Hallo sagen!« Damit hatte ich George so überrascht, dass er mich gar nicht mehr bremsen konnte. Und es war noch nicht mal gelogen. Denn ich hatte Jays Lockenmähne an der Bar entdeckt. Mein rettender Fels in der Brandung!

Eilig schob ich mich durch die Umstehenden, beinahe panisch, ihn nicht mehr zu erwischen. Mein Vorsatz, mit ihm zu sprechen, wurde allerdings abrupt ausgebremst, als ich sah, dass er offensichtlich nicht allein war. Neben ihm stand ein schwarzer Anzug, der eine elegant manikürte Männerhand auf Jays Knackarsch legte und diesen offensichtlich hingebungsvoll drückte.

Tja, sorry, dachte ich, *die Nummer muss ich leider abwürgen.*

»Jay! Was machst du denn hier?«

Schwupps, war die Hand verschwunden und die beiden Männer drehten sich nach mir um.

Sofort glitt ein Strahlen über Jays Gesicht. »Emma! Wie schön, dich zu sehen!«

Er drückte mich herzlich an seine wohlproportionierte Brust und ich flüsterte ihm ins Ohr: »Ich muss mit dir reden. Dringend!«

Wenige Augenblicke später standen wir in einer Nische, die von einer spanischen Wand verdeckt wurde.

»Jay ... Ich bin am Ende mit meinem Latein. Du musst mir helfen.«

»Um was geht's?«

Herr im Himmel – er war wohl der einzige Mensch, der die frohe Botschaft noch nicht vernommen hatte.

»Sergeij hat mir einen Heiratsantrag gemacht. Den ich allerdings noch nicht angenommen habe.«

»Aha.«

»Und jetzt setzten George und Derek mir zu. Ich will Sergeij treu sein, aber ich weiß nicht, ob ich es kann. Und auch nicht, ob ich es überhaupt will. Dazu in einem fremden Land ... ich kann kein Russisch. Bin nie aus England rausgekommen. Es ist doch alles schön so, wie es ist. Aber Sergeij ist wundervoll. Liebevoll. Zärtlich. Er betet mich an. Hat einen Haufen Kohle. Und ich liebe ihn.«

Jay senkte seinen Kopf und ich fand, er sah etwas traurig aus. »Kann ich verstehen.«

»Danke. Und ich weiß jetzt absolut nicht, was ich machen soll.«

Jay atmete tief durch und verkreuzte die Arme vor der Brust. Es sah aus, als drückten sich seine Armmuskeln sogar durch den Jackettärmel. Umwerfend. »Emma! Ich kenne dich ja noch nicht so lange, aber ich denke nicht, dass du meinen Rat noch brauchst. Du hast dich längst entschieden.«

»Du meinst ...«

»Sag ihm einfach, wie es ist und mach mit deinem alten Leben weiter.«

»Ich hatte so gehofft, dass George ...«, begann ich meinen Satz, den ich nicht beenden konnte.

»Dass er was ...? Dass er sich für dich entscheiden würde, um dich zu halten? Nicht im Ernst, oder? Dann würdest du George etwas abverlangen, das du gerade selbst nicht machst. Sei froh, dass er nicht so verlogen ist. Das ist heutzutage eine rare Qualität.«

»Derek hat mich gevögelt.«

»Wann?«

Plötzlich wurde Jay grau. Ich konnte es sogar hier im abgedunkelten Eck sehen.

»Vorhin. Keine halbe Stunde her.«

Er schüttelte verständnislos den Kopf. »Nimm dich vor ihm in Acht. Er ist nicht halb so dämlich, wie er die Leute immer glaubend macht mit seinen bescheuerten Sprüchen und seinem grenzdebilen Verhalten. Er verarscht alles und jeden. Er ist mit jeder Faser der Sohn seines Vaters.«

»Da bist du aber nicht der Erste, der das merkt.«

Jay lächelte mich an und schaute dann an meiner Schulter vorbei. »Shit. Ich muss gehen«, stieß er hervor.

»Wieso? Was ist denn?«

»Mein ... ähm ... er will gehen!« Noch einen schnellen Blick zu mir.

»Wir telefonieren, ja?« Damit war er verschwunden.

Ich hatte mich gerade einen Schritt von der Bar entfernt, da tauchte mein hartnäckiger Freund wieder neben mir auf. George! Offensichtlich nicht willens, an diesem Abend locker zu lassen.

»Er wartet drüben auf dich. In seiner Loge. Nummer vierzehn«, flüsterte er mir zu, gerade so, als wäre alles beim Alten und niemand bräuchte sich irgendwelche Gedanken zu machen. Vor allem aber, als gäbe es gar keinen Grund, mit einer Ablehnung meinerseits zu rechnen.

Und tatsächlich, ich raffte meine Schleppe, während ich mich ärgerte, dass ich bei so einem Gedrängel ein solches Kleid ausgewählt hatte, und eilte in Richtung der Tür, die mit einer römischen XIV gekennzeichnet war. Was war ich nur für ein Mensch, fragte ich mich.

Meine Fingerknöchel klopften entschieden gegen das verzierte Holz und ohne den Einlass abzuwarten, betrat ich die Loge, die in ihrer Aufmachung allen anderen bis aufs Haar glich.

»Miss Hunter … ich hatte ehrlich gesagt gar nicht mehr damit gerechnet, Sie doch noch zu sehen. Umso mehr freue ich mich darüber.«

Seine Schläfen schimmerten ebenso silbrig wie die von George, nur, dass bei George alle Haare in diesem Ton waren.

»Sir …«

»Nennen Sie mich Desmond. Das klingt doch viel angenehmer.«

»Dann nennen Sie mich Emma.«

Der gute Desmond nestelte noch während unserem Austausch von Nettigkeiten an seinem Hosenstall und beförderte dann ein ebenso langes, wie dünnes Glied hervor. »George hat ja so von deiner oralen Geschicklichkeit geschwärmt … da bin ich neugierig. Du doch auch, Dennis, oder?«

Ich erschrak leicht, als der weitaus jüngere Mann wie Graf Dracula aus dem Schatten trat. Sein Haar war so kurz geschoren, als sei er ein amerikanischer Marine. Seine ganze Statur war mehr bullig, als dick und er überragte mich um gut zwei

Köpfe. Mit einem Mal überrollte mich eine Woge aus Zufriedenheit. Genau so sollte es sein. So fühlte ich mich wohl. Wie ein Fisch im Wasser bewegte ich mich bei diesen Männern. Mit geschickten Fingern begann ich, Desmonds Männlichkeit zu massieren, wobei ich mit einer Hand seinen Schaft rieb, während ich mit der anderen seinem Sack Gutes tat.

»Oahh … das ist gut … ja … Oh, Dennis … du musst sie ausprobieren …«

Fragende Blicke in meine Richtung. Doch ich lächelte ihm aufmunternd zu. Langsam öffnete ich meine Lippen immer weiter und ließ Desmonds bestes Stück tiefer und tiefer in meinen Schlund gleiten. Er jauchzte dabei wie ein kleiner Junge. Meine Rechte griff nach Dennis' entblößtem Teil und zog ihn neben Desmond. So konnte ich ihnen beiden parallel gerecht werden, musste nur darauf achten, dass sie nicht gleichzeitig kamen, weil sonst mit ziemlicher Sicherheit mein Kleid versaut wäre.

Zügig umspeichelte ich ihre Schäfte, saugte an ihren Helmen und hatte große Lust, mich von beiden gleichzeitig reiten zu lassen. Was natürlich aufgrund von Ort und Zeit nicht ging.

»Ooooh, meine Liebe … ich fürchte, du musst acht geben. Ich werde jetzt gleich ejakulieren.«

Der Ausdruck amüsierte mich und als Belohnung würde ich den guten Desmond in meinem Mund kommen lassen. Was so schnell passierte, dass ich gar nicht mehr richtig darüber nachdenken konnte. Leider war Desmond nicht in der Lage, größere Mengen Sahne zu produzieren, und so hielt ich mich an Dennis prächtiges Stück, das er mir augenblicklich überließ.

Als er sich dann in meine Mundhöhle ergoss, waren es richtiggehende Fontänen, die meinen Mund überschwemmten, und die ich kaum in mich aufzunehmen vermochte.

Mit schmerzenden Gesichtsmuskeln erhob ich mich mit Hilfe der beiden Herren, die ihre Schwänze bereits wieder eingepackt hatten. Beide bekamen noch meine Visitenkarte und dann verließ ich die Loge.

»Was machst du hier?«, wollte Sergeij mit überraschter Stimme wissen und ich geriet einigermaßen in Verlegenheit.

»Deine Geschäftspartner haben mich auf ein Glas Champagner eingeladen«, log ich und fühlte mich schlecht. Aber nicht deshalb, weil ich ihnen gerade einen geblasen hatte und Sergeij belog, sondern weil ich mich längst entschieden hatte und die Wahrheit vor ihm verbarg. Und wie er mich nun so zweifelnd ansah, wollte ich nichts so sehr, wie ehrlich mit ihm sein.

»Sergeij … es ist … das mit uns …«

»Du sagst Nein«, erlöste er mich mit matter Stimme.

»Richtig. Weil ich …«

»Weil du mich nicht verdienst. Weil ich etwas Besseres haben sollte, als dich.«

»Ja. Sergeij … ich bin nicht ehrlich zu dir. Ich habe da drinnen keinen Champagner getrunken. Ich hatte da drinnen einen doppelten Blow Job. Und George wird mich dafür bezahlen. Ich könnte nie aufhören, mit all diesen Männern Sex zu haben. Und es wäre falsch, wenn ich dich das Gegenteil glaubend machen wollte.«

Vorsichtig nahm ich das Collier ab und ließ es in seine Jackettasche rieseln. »Wenn du in London bist, freue ich mich jederzeit, dich zu sehen. Es tut mir leid.«

Sergeij stand regungslos und sah mich nur an. Lange hielt ich seinen Blicken nicht stand, dann wandte ich mich ab und begab mich zu seiner Loge, um meine Tasche zu holen.

Es war ein kurzer Traum gewesen, aber es tat trotzdem nicht sehr weh, ihn zu beenden.

Nach diesem Gespräch wollte ich nur noch nach Hause. Unbemerkt von jedermann, holte ich mein Cape und bestieg ein Taxi nach Hause. Dort duschte ich und ging dann ins Bett. Ohne Schlaf zu finden, lag ich da und fragte ich mich, warum ich nicht weinte, hatte ich doch gerade den eindrucksvollsten Mann verloren, den man sich vorstellen konnte …

Über dieser Frage schlief ich ein.

***

Es war dunkel. Noch mitten in der Nacht. Aber es klopfte. Nein. Es klingelte!

Viel zu müde, um darüber nachzugrübeln, wer da wohl mitten in der Nacht läutete, ging ich zur Haustür und öffnete.

»Du hättest ruhig sagen können, dass du nach Hause gehst«, knurrte George und schob sich an mir vorbei ins Wohnzimmer.

»Oh … komm doch rein, mein Lieber«, zwitscherte ich, als er sich bereits einen Drink mixte. »Wieso machst du dich auf den weiten Weg nach Kensington?«

»Um dir dein Geld zu bringen.«

»Was für Geld?« Ich stand auf dem Schlauch.

»Du hast zwei Klienten einen geblasen heute Abend.«

Ah, ja. Das hatte ich fast vergessen. Er zog ein Kuvert aus der Innentasche seines Jacketts. Der Mantel lag bereits auf der Couch.

»Willst du nicht ablegen?«, flötete ich abermals, woraufhin George mich mit gerunzelter Stirn ansah.

»Das mit Margaret kam nicht aus meiner Ecke. Wollte ich dir nur sagen«, erklärte er überraschenderweise mir! Wo ich doch gedacht hatte, ich müsste mich *ihm* gegenüber reinwaschen.

»Irgendwann hätte ich sie eh kennengelernt. Weiß sie, dass du mein Zuhälter bist?«

Jetzt verzog sich sein Gesicht zu einer Grimasse, als habe

er auf eine Chili-Schote gebissen. »Warum diese Schärfe im Ausdruck?«, wollte er wissen.

»Vielleicht, weil es mitten in der Nacht ist und ich vor ein paar Stunden mein Verlöbnis mit einem der Top-Ten-Männer dieses Universums aufgelöst habe?«

»Du konntest ihn auch schlecht heiraten.«

»Aha.« Mehr wollte ich nicht sagen.

George trat hinter mich und umfasste meine Brüste. Oh Gott, wenn er das tat, war ich willenlos. Seine Lippen streiften an meinem Hals entlang.

»Ich habe eine solche Gier nach deiner Möse. Ich halte es kaum aus. Diesen ganzen verdammten Abend habe ich nur auf deinen Arsch und deine Titten gestarrt und musste abseits stehen. Sogar während du die beiden geblasen hast. Das kann einen Mann wahnsinnig machen«, knurrte er, während seine Hand unter mein Nachthemd und in meinen Slip glitt.

»Was macht eigentlich Derek gerade?«, wisperte ich charmant.

Ein Kübel Eiswasser hatte noch keinem geschadet. Augenblicklich verschwanden seine Hände aus den Gefahrenzonen.

»Verdammt – das habe ich ja ganz vergessen.« George schüttelte den Kopf. »Wie kann ich mit dir schlafen, wenn du sein Kind trägst!«

»Oh, George … tu doch nicht so. Du weißt doch schon längst, dass ich nicht von Derek schwanger bin.«

Jetzt grinste er diabolisch. »Gut, das hätte ich meinem Sohn im Übrigen auch gar nicht zugetraut … Zieh dich aus! Ich will jetzt ficken.«

Langsam zog ich mein Nachthemd über den Kopf und bot dann meine nackten Brüste seinen Blicken dar.

»Dreh dich um und zeig mir deinen Arsch!«

Ich schloss meine Augen, um die Erregung zu kontrollieren, die seine Worte in mir auslösten.

»Bück dich!«

Abermals tat ich, was ich wollte.

»Du bist nicht meine Hure. Du bist meine Mätresse.«

Durch meine Beine hindurch sah, ich, dass er in die Küche ging und sich am Kühlschrank zu schaffen machte. Gleich darauf war er wieder da und im nächsten Moment spürte ich etwas Kaltes an meiner Rosette. Erschrocken stieß ich einen kleinen Schrei aus.

»Sei still! Ich will doch nichts weiter, als deinem Hintern etwas Freude verschaffen!«

Jetzt richtete ich mich etwas auf und sah an mir vorbei.

»Herr im Himmel, George! Das ist eine Salatgurke!«

»Und?«

»Die passt nie im Leben in meinen Hintern!«

»Wart's ab!«

Und schon setzte der Druck ein, der mich kreischen ließ. Vor Angst und Vorfreude. Meine Pobacken bebten und meine Titten schwangen hin und her, als George die Gurke immer tiefer in mich einführte. Keuchend versuchte ich, den Druck zu veratmen, den er in meinem Unterleib auslöste.

»Ich hatte Sergeij gewarnt – man muss sich verdammt anstrengen, um dich sattzukriegen!«

Jeden Stoß der Gurke begleitete ich mit einem Ausruf des Wohlergehens. Und als George sich dann auch noch vor mir zusammenkauerte, um mit der Zunge meine Klit zu erreichen, während er gleichzeitig meinen Hintern bearbeitete, verlor ich beinahe den Verstand.

»Ich weiß doch, was du brauchst«, stieß er keuchend hervor, atemlos wie ich, denn ich hatte mittlerweile seine Hand gesehen, die heftig seinen Ständer wichste, während er es mir wieder und wieder bis zur absoluten Erschöpfung besorgte.

»George … verdammt … ich kann nicht mehr. Hör auf!«

Mein Anus war bereits derart geweitet, dass ich ihn kaum noch spürte, als er mit seiner Erektion in mich eindrang, und auch, wie er in mich hineinspritzte. Aber ich genoss es unendlich, ihn so stöhnen zu hören.

***

George hatte nach unserer heißen Nummer geduscht und lag nun, lang ausgestreckt, auf meinem Bett und rauchte.

»Bist du jetzt eigentlich zufrieden?«, wollte ich wissen.

»Natürlich. Vor allem aber befriedigt, meine kleine Schlampe.«

»Das meine ich nicht, George McLeod. Ich spreche von meiner aufgelösten Verlobung.«

»Ach, komm … was heißt schon zufrieden? Ich habe dich einfach nur vor einer Riesen-Dummheit bewahrt. Das ist alles.«

ArmySex

Nach der denkwürdigen Nacht in der Royal Albert Hall hatte ich mir eine Auszeit genommen. Abgeschottet von meinem sonstigen Leben widmete ich mich meinem Garten und kleineren Umgestaltungen in meinem Apartment.

Gut zwei Wochen hatte ich mich so von zurückliegenden Aufregungen erholt, als mich eine Einladung von George zu einer „Junggesellenabschieds-Party" erreichte. Sie wurde von einem lieben Freund gegeben, der seit Kurzem wieder in London war: Lord Richard Abershire.

Alle Gäste hatten sich zu diesem Zweck in einem gewaltigen Privathaus auf dem Land versammelt. Ich hatte auf Wunsch des Bräutigams für den Abend ein sehr sexy Latex-Kleid ausgewählt, dessen Besonderheit in seiner Rückenansicht lag: Es war nämlich so tief ausgeschnitten, dass es sogar noch einen Blick auf die Pofalte gewährte. Dann lief es schmal abwärts bis ungefähr zur Kniehöhe. Ab dort schwang es in Godetwellen nach außen und verlieh mir einen sehr sexy Gang. So zurecht gemacht bewegte ich mich mit den anderen Gästen zu einem großen Saal, in dem nur die Mitte von ein paar dienstbaren Geistern Platz freigehalten wurde. Aha – man wollte also eine kleine Szene bieten …

Als wären meine Überlegungen das Startzeichen, öffneten sich sämtliche Türen zu dem Raum, in dem wir uns befanden und fünfzig oder mehr Menschen strömten herein. Allesamt in Dessous oder sogar ganz nackt. Mein Herz hüpfte in die Höhe vor Freude, als ich so manchen Klienten erkannte und mich so auf eine fantastische Nacht freuen durfte.

Jeder suchte sich einen Platz, wo er sich niederließ, als handelten alle nach einem nur mir unbekannten Programm.

Und wirklich. Als alle saßen, hob aus versteckten Lautsprechern Musik an und eine Frau kam mit angedeuteten Tanzschritten herein. Sie hatte blonde Haare, die allerdings unter einem Militärkäppi versteckt waren. Dazu trug sie pumpig geschnittene Tarnhosen und ein Hemd aus Camouflage-Stoff. Mit den dazu gehörigen Armeestiefeln sah sie wirklich sehr martialisch aus, allein ihr ziemlich starkes Make-up passte nicht zu ihrer Aufmachung.

Sie stellte sich zackig breitbeinig vor uns auf und nahm mit hinter dem Rücken verschränkten Armen Haltung an.

Ich war gespannt.

Plötzlich ertönte aus den bereits genutzten Lautsprechern eine Männerstimme, die befahl: »Bringen Sie den Gefangenen herein!«

Aha, es ging los.

Die Frau salutierte und verschwand.

Nur Augenblicke später hielt ich die Luft an, denn ein junger Mann in Uniform wurde von ihr hereingeführt, der praktisch genauso gekleidet war wie sie. Entweder sollte es bedeuten, dass beide aus der gleichen Truppe waren und er ein Abtrünniger oder sie hatten sich einfach im gleichen Fundus mit Kostümen eingedeckt.

Aber was mich viel mehr in den Bann zog, war die Tatsache, dass der schöne Gefangene kein anderer als Jay war, womit ich einmal mehr feststellen durfte, dass unsere Welt eine sehr kleine ist, und man sich immer wieder begegnet.

Zugleich wurde mir warm ums Herz. Nicht nur, weil seine Anwesendheit so manchen erotischen Genuss versprach, sondern, weil ich …

»Er ist ein Geschenk an dich, meine Liebe«, flüsterte Richard mir zu, der sich unbemerkt neben mich gestellt hatte.

»Oh, wie reizend. Ich danke dir. Womit habe ich ein so exquisites Geschenk verdient?«

»Nun, schließlich hatten wir zwei schon viel Spaß zusammen und ich möchte dir einfach eine Freude machen«, lächelte Richard mich an.

»Danke, ich werde mein Geschenk genießen.«

»Er gehört ganz dir.« Damit zog er sich zurück und kümmerte sich um die Dame an seiner Seite.

Ungeduldig stieß die Uniformierte ihren Gefangenen nach vorn, eine Schrittlänge vor unsere Füße.

»Hände hinter den Kopf! Und jetzt: knie nieder!«, brüllte sie ihn an.

Jay gehorchte, indem er die Hände hinter dem Kopf verschränkte und sich dann geschickt, die Knie nach außen, zu Boden niederließ. Dadurch, dass er die Knie nach außen genommen hatte, kamen seine wohl trainierten Beinmuskeln wunderbar zur Geltung und entrangen so mancher Kehle im Raum einen anerkennenden Seufzer.

Abermals wurde die Tür geöffnet und jetzt trat ein Mann um die Vierzig in Offiziersuniform ein. »Aha … da haben wir ihn ja, den verdammten Dieb!«

Er trat neben Jay und schlug ihm die Mütze vom Kopf, wodurch seine wallende Mähne sich löste und seine Schultern zu umfließen begann. Es war sein Haar, das sein Gesicht besonders markant machte. Die Kerbe in seinem Kinn, die wundervollen Augen und die geschwungenen Lippen – all das fügte sich zu einem unwiderstehlichen Gesamteindruck zusammen, der eine unschlagbar erotische Mischung aus Männlichkeit und verwegener Jugend ergab.

»Hast du noch etwas versteckt, du Kameradenschwein?«, stieß der Offizier hervor.

Ob er Jay nehmen würde? Oder blieb das der leckeren Soldatin vorbehalten?

»Zieh deine Jacke aus! Ich will sehen, ob du noch was versteckt hast!«, insistierte der Offizier und wir alle stimmten ihm vollinhaltlich zu.

Jay rührte sich nicht. Er sah mit starrem Blick und verschränkten Armen in die unendliche Ferne und tat nichts.

Da versetzte die Soldatin ihm einen heftigen Tritt. »Hörst du nicht, was der Sergeant sagt?«, fauchte sie.

Nun löste Jay langsam die ineinander verschlungenen Hände und öffnete dann Knopf für Knopf. Mittlerweile waren wir wohl alle soweit, dass wir ihn nur noch antreiben wollten, sich zu beeilen, damit wir einen Blick auf seine nackte Brust erhaschen konnten.

Und *mir* würde er gehören! *So oder so,* triumphierte ich im Stillen.

Ein vielkehliges Einatmen begleitete den Umstand, dass Jay nun das Hemd geöffnet und zur Seite geworfen hatte. Sein Oberkörper war ein visueller Overkill, der einer Frau schlaflose Nächte bereiten konnte. Seine Haut war vollkommen glatt und schimmerte leicht gebräunt. Unter dieser wunderbaren Haut, deren Duft man beinahe zu sehen können glaubte, spielten die harten Muskeln und sandten kleine Botschaften über all das aus, was dieser Körper einem an unaussprechlicher Freude bereiten konnte. Denn die Ernsthaftigkeit in Jays Ausstrahlung ließ keinen Zweifel daran aufkommen, dass er kein Mann von der Sorte war, die als Sonne stets in ihrem eigenen Mittelpunkt stehen und sich selbst der untergebendste Hofstaat sind. Im Gegenteil. Er verbreitete die Aura eines Mannes, der seinen Körper nur zum Genuss anderer so pflegte und dem die eigene Perfektion absolut nebensächlich ist.

Die Soldatin hob die Jacke auf und knetete sie. »Nichts drin, Sir.«

»Dann bleibt nur noch die Hose. Zieh sie aus!«

Jay reagierte zum ersten Mal und sah den Offizier ablehnend an. »Wieso? Ich habe nichts gestohlen.«

»Zieh sie aus! Los!«, keuchte die Soldatin und stieß den Griff ihres Schlagstocks in Jays Nacken, sodass dieser mit einem unterdrückten Aufstöhnen nach vorn kippte. Er fing sich mit den Händen ab und in mir stieg die Sehnsucht nach diesen starken Armen.

Um Fassung ringend, erhob Jay sich wieder und begann, immer noch wie ein Samurai beim Sepukku kniend, seinen Gürtel und den Knopf seiner Hose zu öffnen. Mit einem Ruck erhob er sich und stieg aus dem grünen Stoff. Nackt wie Gott ihn geschaffen hatte, stand er vor uns. Die Durchsuchung seiner Hose wiederholte sich, nur, dass die Soldatin am Schluss den Stoff gegen ihr Gesicht presste und seinen Duft tief einsog. »Auch nichts, Sir.«

»Wo hast du es versteckt, du Schwein?«, knurrte der Offizier und ging um Jay herum, an dessen Körper sich keiner von uns Zuschauern sattsehen konnte.

Wie sich sein Bauch hektisch hob und senkte, seine Brustmuskeln arbeiteten … In meinem Unterleib pochte und kribbelte es, als seien tausende von Ameisen dabei, durch meine Öffnungen auszubrechen.

In diesem Moment presste der Offizier seinen Arm gegen

Jays Bauch, umklammerte ihn und drehte ihn gleichzeitig so um, dass wir die beiden nun im Profil sahen, wobei er die Finger seiner freien Hand in Jays Anus schob. Woraufhin dieser aufstöhnend den Kopf in den Nacken warf. Meine Selbstbeherrschung bröckelte spürbar.

»Sag bloß, du magst es, wenn ich dich hier durchsuche?«

Jays Männlichkeit füllte sich mit Blut und stieg langsam an seinem Bauch aufwärts.

»Du stehst drauf, wenn man deinen Hintern benutzt, wie?« Der Offizier drehte sich zu der Soldatin um. »Holen Sie zwei Stühle!«

Ohne, dass die Soldatin sich rühren musste, wurden von den Zuschauern die Stühle nebeneinander zu den Akteuren gestellt.

»Hose runter!«, spie der Offizier der Soldatin entgegen. »Ich werde euch beide bestrafen. Dich, weil du Kameraden beklaut hast. Und dich, weil du nichts bei ihm gefunden hast!«

Die Soldatin öffnete die Knöpfe ihrer Bluse und verknotete die losen Enden unterhalb der Brüste, dann stieg sie ebenfalls aus ihrer Hose. Sie hatte lange, schlanke Beine, an deren Vorderseite sich sie Muskeln sanft durch das Fleisch drückten. Sie besaß eindeutig den Körper einer regelmäßigen Joggerin.

»Ihr stützt euch beide an den Lehnen ab! Und streckt gefälligst eure Ärsche raus!«, brüllte er. Seine Befehle wurden augenblicklich befolgt. Ich wollte nur noch mitmachen. Wann hatte ich zum letzten Mal zwei so perfekte Körper nebeneinander gesehen, bereit, vernascht zu werden …

Der Offizier trat hinter Jay, aber so, dass man ihn allseits gut beobachten konnte. All jene, die an den falschen Seiten gestanden oder gesessen hatten, begaben sich nun zu uns, um einen besseren Blick auf die drei zu bekommen.

Der Sergeant legte eine Hand flach auf Jays Rücken und schob die Finger der anderen in dessen Hintern. Jay stöhnte auf, während sich der Offizier genüsslich in seinem Inneren zu schaffen machte. Seine Erektion stand jetzt prall und hart vor seinem Bauch und ich wusste, welche Überwindung es kostete, sich in diesem Moment nicht zu masturbieren.

Der Offizier ging nun zu der halbnackten Soldatin weiter, deren aufgepolsterte Brüste üppig aus ihrem zusammengeknoteten Hemd wogten.

»Nicht in den Po, Sir. Bitte!«, wimmerte sie.

»Wieso sollte ich mich mit deinem Hintern begnügen, wenn ich beide Löcher haben kann?«, knurrte ihr Vorgesetzter und penetrierte ihre Möse. Die Soldatin schrie mit verzerrtem Gesicht auf und begann doch im gleichen Moment, sich geil vorwärts- und rückwärtszubewegen.

»Halt still, du gierige Schlampe!«, wurde ihr entgegengeschleudert und sie erstarrte.

Der Offizier stieg nun ebenfalls aus seiner Hose und hatte schon eine sehr ansehnliche Latte, die er auch gleich der Soldatin zu kosten gab.

Mit gurgelnden Lauten nahm sie ihn saugend und lutschend tief in ihre Kehle. Eine Hand hielt seine Uniformjacke im Rücken hoch, während er seinen entblößten Unterleib in langsamem Rhythmus vor- und zurückschob, wobei er den Mund seiner Untergebenen stets fest im Blick hatte.

Neben mir wurde bereits heftig ein Schaft bearbeitet und ich half meinem Nebenmann, indem ich mich von Zeit zu Zeit hinüberbeugte und ihm Gutes tat.

»Okay. Jetzt bist du dran!« Der Offizier stellte sich vor Jay, doch dieser presste die Lippen fest aufeinander.

»Mach deinen Mund auf und blas mich!«, wurde er rüde angefahren. Doch Jay war stur und schüttelte den Kopf, dass die goldene Mähne flog.

»Du verdammter Saukerl! Mach deinen Mund auf, dass ich dich ficken kann! Sonst stecke ich dir meine Faust in den Hintern!«

Jay schloss die Augen und ergab sich in sein Schicksal. Dabei wusste ich nur allzu gut, wie sehr er es genoss, einen anderen Schwanz zu blasen.

»Jaaa … so ist gut … nimm die Zunge dazu … jaaa … leck mich!«

Jedes Mal wenn der Offizier seine Männlichkeit zurückzog, gab es eine Delle in Jays Wange, die wieder gefüllt wurde, sobald er den Riemen wieder in sich aufnahm. Ein Anblick, der mich so scharf machte, dass ich die Beine mühsam aufstellte und meine Perle zu bearbeiten begann.

In diesem Moment wanderten Jays Blicke zur Seite und blieben an mir haften. Ich griff nach einer Brust und begann, sie fest zu walken. Mit intensivem Blick sah ich ihn an und leckte dann über meine Lippen. Jay schloss kurz seine Augen, dann konzentrierte er sich wieder auf seinen Auftritt.

»Gut. Du kannst aufhören.« Der Offizier marschierte hinter den beiden auf und ab. »Was mache ich nur mit euch beiden? Was mache ich nur? Ich denke, ich werde euch in den Arsch ficken als Strafe!«

»Nein!«, schrie die Soldatin auf und ließ ihre Titten hüpfen. »Nein! Mein Popo ist noch nie benutzt worden.«

Das klang so dämlich, dass ich beinahe gekichert hätte. Die Gute war eine ausgewiesene Professionelle!

»Dann wird's Zeit«, knurrte der Offizier und brachte seine Rakete hinter Jay in Stellung. »Komm her und sieh zu, wie's geht!«

Er setzte seinen Helm an Jays Rosette an und hielt inne. »Jetzt leck sein Loch feucht!«, erhielt sie den Befehl, den sie auch sogleich willig ausführte. Jay atmete schneller, was ich nicht nur auf die Show zurückführte.

Es war nicht zu übersehen, dass sie seinen Anus höchst gekonnt verwöhnte und dass es Jay wenig gefiel, wenn sie immer wieder von seiner Rosette abließ, um den Schaft des Offiziers zu schlecken, bis dieser andeutete, dass er jetzt loszulegen gedachte. Gerade ein Mal hatte ich kurz geblinzelt, da bekam ich nur noch den Ruck mit, der durch Jays Körper ging, als der Offizier ihn penetrierte. Dieser musste sich an Jays Hüften festhalten, so eng war er gebaut, und jeden Stoß mit Wucht ausführen, was beide wieder und wieder zu einem Aufstöhnen veranlasste, das beinahe ein Aufschreien war.

Es erregte mich maßlos, die beiden so zu sehen.

»Arrr …«, machte der Offizier. »Jetzt ist sie wieder dran.«

»Nein! Bitte! Nur weil ich nichts gefunden habe, können Sie mich doch nicht so bestrafen!«

Sie spielten jetzt mit umgekehrten Rollen und es war diesmal an Jay, sich um ihre Rosette zu kümmern. Sie schrie wie am Spieß, als der Offizier seine glühende Spitze an ihrem Po ansetzte, und endete erst, als er sie ruhig und gemächlich fickte.

Dabei spreizte sie ihre Pobacken, blickte mit verzerrtem Gesicht hinter sich und ächzte vor Gier. Dass sie seinen Schwanz nicht mehr aus sich herauslassen wollte, wurde unübersehbar, als er sich wieder Jays Hinterteil zuwandte und sie darüber wütend fauchte.

»Oh .. ihr habt beide so geile Ärsche … ich will gleich in euch beide abspritzen«, schnaubte der Offizier, mittlerweile ziemlich am Ende seiner Selbstbeherrschung angelangt.

Er dirigierte die Köpfe seiner Untergebenen zueinander, rieb seinen Schaft und ejakulierte sodann in beide Münder, die ihm wie die Schnäbel hungriger Vögel entgegengereckt wurden.

Sie bedankten sich für den aufkommenden Applaus und zogen sich dann nach nebenan zurück.

Ich brauchte mich nicht umsehen, denn in diesem Moment wollte ich keinen der Anwesenden so sehr, wie ich Jay wollte. So schnell als möglich folgte ich den drei Darstellern, stets befürchtend, dass Jay die Soldatin beglücken könnte.

Eifersucht? Natürlich nicht! Es war nur meine Furcht, dass er seine Kräfte vergeuden könnte…

»Jay?«

Der Offizier und die Soldatin setzten, wie ich sehen konnte, ihre Darbietung noch etwas fort, während Jay schon in seine Hose geschlüpft war.

»Bumst du sie auch noch?«, fragte ich vorsichtig und deutete mit dem Kopf zu der wild keuchenden Frau hin, die im Stehen von ihrem Partner genommen wurde.

Jay schüttelte seine Mähne und sah mich ausdruckslos an. »Eigentlich bin ich jetzt fertig. Will mich nur duschen … und dann …« Er nickte zum Ausgang.

»Du kannst noch hierbleiben. Richard sagte mir, du wärest sozusagen mein Gast, wenn du magst ...«

Jay kramte eine Schachtel Zigaretten aus seiner Hosentasche und steckte sich eine an. Jede seiner Bewegungen setzte endlose Kaskaden an erotischen Aktionen unter seiner Haut in Gang und ich konnte mich nicht von seinen Armen, seinem Bauch und seiner Brust lösen. Es drängte meine Hände danach, diese Perfektion zu berühren.

Ein Geräusch lenkte mich ab und ich schaute in den Hauptraum, wo mittlerweile jeder mit jedem vögelte, als auf einmal eine warme Hand meinen nackten Rücken berührte.

Meine Brust hob sich wie unter einer plötzlichen Anspannung und ich schluckte meinen Atem. Als Jays Lippen sich an meinen Hals schmiegten, war ich verloren. Seine Finger streiften durch mein Haar und begannen, meine Kopfhaut zu kraulen, während sein Mund den meinen suchte. Doch hier verweilte er nur für einen Moment, gerade so, als wolle er sich einfach nur meiner Zustimmung zu seiner Wanderung versichern.

Und je intensiver seine Küsse an meinen Wangen, meinem Hals, meinem Dekolletee wurden, desto fester wurde auch der Druck seiner zärtlich streichelnden Hand.

Meine Nippel stellten sich auf, reckten sich, als sehnten sie sich danach, von ihm berührt und gerieben zu werden. Meine Möse zog sich zusammen und begann zu pulsen, als sei er bereits in sie eingedrungen.

»Oh … Jay …«, seufzte ich wie ein Teenager und schlang meine Arme um seinen breiten Rücken. Wie sehr sehnte ich mich danach, meinen Mund seiner Zunge öffnen zu dürfen und musste mich doch damit zufrieden geben, seinen Atem an meiner nackten Haut zu spüren. Jay krümmte seinen Rücken und schob sein Becken gegen meinen Bauch. Er war so unglaublich hart und ich so feucht, dass jede Bewegung nahezu unangenehm wirkte.

»Emma …«, hauchte er in mein Haar. Seinen Arm um meine Schultern gelegt, gingen wir in den Hauptraum zurück und eroberten uns ein Stück eines riesigen Bettes, auf dem sich jeder tummeln konnte, der dazu Lust hatte. Ein Pärchen liebte sich dort bereits, indem sie auf seinem Riemen Platz genommen hatte und so hatten wir genügend Freiraum, um uns zu streicheln und zu kosen. Jetzt wollte ich ihn in mir spüren. So legte ich mich auf meine rechte Seite und hob meinen linken Schenkel so weit in die Höhe, wie ich nur irgend konnte.

Der männliche Part, der neben uns Vögelnden sah mich an, benetzte seinen Finger und tauchte ihn tief in meine glitschige Röhre hinein.

»Ist es okay, wenn ich deiner Frau meine Finger reinschiebe?«, wollte er höflich wissen. Jay antwortete, indem er mich ebenso fragend ansah, wie der Mann ihn. Ich nickte. Und so tauchte er abwechselnd in mich und überzog meine Lustperle mit meinem eigenen, üppig fließenden Saft.

»Sie ist total nass. Hast du sie so aufgegeilt mit der Show?«

Jays Lächeln reichte bis in seine Augen hinein.

»Das passiert mir immer, wenn ich weiß, dass er mich nehmen wird«, flüstere ich, praktisch nur für Jay hörbar.

»Es war unglaublich geil vorhin, als der Offizier dich gefickt hat. Charles hat normalerweise etwas gegen Gay-Sachen«, erklärte die Frau in Jays Richtung.

»Aber in dem Fall hat es mir echt gut gefallen. Ich würde gern mal versuchen, in dich einzudringen«, fügte ihr Mann hinzu.

Ein Kampf spielte sich auf Jays Gesicht ab.

»Nein, jetzt nicht«, sagte ich sanft. »Heute gehört er nur noch mir.«

Jay sah beinahe erleichtert aus.

»Du kannst auch gern meine Frau haben. So wie du aussiehst, wird sie nicht ablehnen.«

Augenblicklich hatte diese sich von seinem Ständer erhoben und bot Jay ihre offene Auster dar.

Nein! Nicht heute Nacht, schoss es mir durch den Kopf. Ohne zu zögern nahm ich Jay bei der Hand und reckte mich zu seinem Ohr hin. »Bitte, fick sie nicht!«

Er schüttelte leicht die Locken in Richtung der Frau, die sich achselzuckend wieder ihrem Mann zuwandte.

»Vielleicht sollten wir mal da drüben vorbeischauen. Die

haben vielleicht Interesse an einem Vierer«, sagte Charles und beide verschwanden.

So hatten Jay und ich das riesige Bett für uns und konnten ungestört weitermachen, indem ich mein Bein wieder anzog, Jay den Platz nutzte und beinahe provozierend langsam in mich eindrang. Ein Seufzen entrang sich meiner Brust und ich genoss seinen Stab, der mein Innerstes rieb und knetete, der seinen Daumen nutzte, um auch meinen Anus nicht zu kurz kommen zu lassen. Doch wo alle anderen Männer lediglich auf die möglichst intensive Erfüllung ihrer eigenen erotischen Wünsche aus waren, überzog Jay mich mit einer Decke aus Zärtlichkeit. Seine Hände walkten meine Brüste und streichelten meinen Bauch und meine Pobacken. Seine Zähne knabberten an meinem Nacken, nachdem er die Haare beiseitegeschoben hatte. Aber nicht nur seine Hände und seine Beine kosten mich. Auch seine Stimme überzog mich mit den wunderbarsten Ausdrücken der Liebe und des Begehrens.

Wir wechselten die Stellung und ich setzte mich nun in seinen Sattel und begann, ihn zunächst sanft, dann immer energischer zu reiten, während Jay dalag, meine Brüste verwöhnte und mich verliebt ansah.

In gleichmäßigem Rhythmus ließ ich mein Becken über seinen Lenden vorwärts und rückwärts wandern und lauschte verzückt der Tatsache, dass er inzwischen zu keinem artikulierten Wort mehr fähig war, sondern nur noch mit geschlossenen Lidern seine Hübe in mich abgab. Dabei wurde er immer schneller und durchbrach meine eigenen Bewegungen. Derart von ihm überzeugt, stützte ich also meine Hände gegen seine Schultern, hob meinen Unterleib leicht an und ließ Jay einfach machen. Ich genoss die Gefühlsstürme, die er in meinen Labien zu erzeugen vermochte und gab mich den Orgasmen hin, die mich überfluteten, bis Jay sich schlussendlich mit einem lauten Aufschrei heftig in mich verströmte.

Mit tauben Beinen erhob ich mich von seinem erschlaffenden Glied und tauchte meine Finger tief in sein Sperma, das aus mir herauszulaufen begann. Von seinen ermatteten Blicken verfolgt, in denen noch ein letzter Rest Lüsternheit glomm, verrieb ich seine Sahne auf meinen Brüsten.

»Oh Gott … wie ich dich liebe, Emma«, seufzte er.

Mit feuchten Brüsten und tiefer Zufriedenheit sank ich neben ihn, kuschelte mich an seine harte Brust und schlief in seinen starken Armen ein.

***

Das Erwachen kam langsam. Und erst nach einer ganzen Weile wurde mir bewusst, dass ich seitlich leicht in die Matratze eingesunken war. Jemand hatte sich neben mich gesetzt.

An den gleichmäßigen Atemzügen neben mir erkannte ich, dass Jay noch schlief und als meine Augen sich an das Zwielicht gewöhnt hatten, erkannte ich auch, wer sich da zu mir gesetzt hatte: George!

Er beugte sich leicht über mich und streichelte meine Wange. Dann sah er zu Jay, fixierte ihn und löste seine Blicke wieder.

»Willst du mich vögeln?«, fragte ich.

»Nein. Jetzt nicht«, antwortete er ruhig, streichelte gedankenverloren meine Schulter und sah wieder von mir zu Jay.

»Was ist denn, George?« Ich setzte mich halb auf und blickte ihn erwartungsvoll an.

Schließlich seufzte er und sagte leise: »Das wird Derek gar nicht gefallen. Überhaupt nicht.«

Leseprobe:

Trinity Taylor

»Ich will dich ganz«

Liebeshunger

... »Bist du nun ein Mann oder nicht?«

»Was hat das damit zu tun? Ist es denn männlich, gleich nach den ersten beiden Stunden über die Frau herzufallen?«

»Wenn du ein gutes Gewissen hast?«

»Wie bitte?« Sein Gesichtsausdruck veränderte sich.

Grace fuhr sich nun selber mit den Händen über ihre Brüste und zwirbelte an den schon steif hervorstehenden Warzen durch die Bluse. Sein Blick ruhte auf ihren geschickten Händen. Als sie den Mund leicht öffnete, den Kopf in den Nacken legte und ein sanftes Stöhnen über ihre Lippen kam, flüsterte Tyler: »Grace, bitte.«

Sie streichelte ihre Brüste, suchte wieder die Brustwarzen und presste sie fest zusammen, während Grace sagte: »Was ist denn Tyler? Gefällt es dir nicht?«

Er schluckte. »Es ist nicht der richtige Ort. Wenn dich jemand sieht ...«

»Verstehe, du magst das lieber, wenn es im Verborgenen bleibt? Kein Problem.« Grace lehnte sich im Stuhl zurück, streifte sich den Schuh ab und fuhr mit ihrem Fuß zwischen seine Beine. Er sog scharf die Luft ein. Sie spürte, wie hart sein Schwanz gegen die Hose drängte. Sachte fuhr sie auf ihm hin und her, presste ihre Lippen aufeinander und befeuchtete sie mit der Zunge. Er schloss die Augen und atmete schwer.

Sie reagierte auf ihn. Eine Welle der Lust durchströmte ihren Körper und machte sie verlangend. Tyler so zu sehen, wie er sich gegen ihren Fuß, der ihn zwischen den Beinen so geil machte, nicht wehren konnte, machte sie unglaublich scharf. Mit Schrecken sah sie den Kellner ankommen. »Tyler!«, rief sie kurz und leise.

Sofort waren seine Augen auf und sein Pokerface da. Der Kellner fragte, ob er noch etwas bringen dürfte. Tyler verneinte und bat um die Rechnung. Währenddessen hörte Grace nicht auf, Tylers Schwanz zu massieren. Da sie in einer Ecke saßen, Tyler mit dem Rücken zum Coffee Shop, glitt Grace, kurz einen Blick auf die wenigen Gäste werfend, unter den Tisch.

»Grace, was hast du vor? Grace …«, zischte Tyler leise, doch weiter kam er nicht.

Sie hatte bereits seine Hose geöffnet, durch seine Boxershorts gegriffen und sich seinen steifen Schwanz genommen. Langsam bewegte sie ihn mit der Hand auf und ab und hörte, wie Tyler seufzte. Grace hätte nie für möglich gehalten, dass es ihr einerseits Spaß machen könnte und sie andererseits so scharf machen würde.

Mutig beugte sie sich vor, nahm die rote, steife Rute in den Mund und bewegte den Kopf vor und zurück. Sie vernahm ein unterdrücktes Aufstöhnen vom Tisch und machte weiter. Mit einer Hand hielt sie seinen harten Schwanz fest und schlang die Zunge darum. Dann wieder saugte sie an ihm und schob sich selber vor und zurück. Sie bemerkte, wie sich seine Hand in ihre Haare krallte und versuchte, sie wegzuschieben, doch Grace verfolgte ihr Ziel hartnäckig weiter. Schließlich spürte sie, wie er nachgab und sie wieder und wieder zu sich heranzog. An seinem Bauch erkannte sie, wie schwer Tyler atmete.

Plötzlich ließ seine Hand locker und sie verschwand aus ihren Haaren. Für den Bruchteil einer Sekunde fragte Grace sich, ob sie zu weit gegangen war, ob sie etwas falsch gemacht hatte, ob er sich nun der Tatsache bewusst geworden war, dass irgendeine wildfremde Frau in einem Coffee Shop zwischen seinen Beinen hockte und ihm einen blies.

Doch es war nur der Kellner, der ihn in die Realität zurückholte. Allerdings gab es für Grace keinen Grund, von seinem Schwanz abzulassen. Im Gegenteil! Sie gab sich nun richtig viel Mühe, ihn zu verwöhnen und geil zu machen.

Seine gepressten Worte drangen an ihr Ohr und sagten Grace, dass ihr Plan aufging und sie ihn voll im Griff hatte. Tyler konnte sich kaum beherrschen. Das stachelte Grace an. Leicht betupfte sie die kleine Stelle in der Mitte seines Schwanzes mit der Zunge und übte leichten Druck darauf aus, so dass er anfing zu keuchen.

Doch bevor sie ihn so kommen lassen konnte, trat er den Tisch nach hinten und riss sie an den Schultern zu sich nach oben. Keuchend starrte er sie an, während sich ihre Nasen fast berührten. Grace erkannte den lustvollen Glanz in seinen Augen, der sich nach mehr sehnte. In ihrem Körper breitete sich das unbändige Verlangen aus, ihn zu küssen, sich die Klamotten vom Leib zu reißen und heftig von ihm auf dem Tisch genommen zu werden. Hemmungslos und wild! Sie war so ausgehungert nach Sex und Liebe.

»Lass uns gehen«, sagte Tyler und schob sie zur Seite.

Schnell waren sie draußen und die frische, klare Luft schlug ihnen entgegen. Er packte sie am Oberarm. »Komm«, sagte er schlicht.

»Was hast du vor?«, wagte Grace zu fragen.

Doch er antwortete nicht, sondern zog sie einfach weiter bis zum nächsten Hotel. Schnell buchte er ein Zimmer und fuhr mit ihr nach oben.

Kaum hatte er die Zimmertür geschlossen, blickte er sie durchdringend an und ließ ihre Hand los. Etwas Bedrohliches strahlte von ihm aus. Unwillkürlich ging sie einen Schritt rückwärts. Er folgte ihr, so dass sie immer mehr vor ihm zurückwich. Was hatte er vor? Wollte er ihr vielleicht etwas antun, oder war es die reine Lust, die ihn durchflutete?

»Zieh die Bluse aus«, befahl er plötzlich.

Ihr Herz fing laut an zu pochen. Egal, was passieren würde, diese Situation machte sie ungemein an. Sie hätte nur zur Tür laufen und hinausrennen brauchen. Doch sie gehorchte und öffnete den ersten Knopf. Die Wand hinter ihr war erreicht und Grace prallte gegen sie, während ihre Finger zitternd versuchten, die Knöpfe zu finden. Tyler machte noch einen Schritt und stand direkt vor ihr. Sie roch sein Parfüm. Süß und herb – eine Mischung, die zu ihm passte. Nervös öffnete sie einen weiteren Knopf. Anscheinend dauerte es ihm zu lange, denn er packte die Enden der Bluse und riss sie mit einem Ruck auf. Daraufhin betrachtete er mit einer Mischung aus Erstaunen und gieriger Lust das, was er soeben freigelegt hatte. Grace trug keinen BH. Ohne Umschweife griff er an ihre Brüste.

Scharf zog sie die Luft ein. Die Brustwarzen verrieten Graces Verlangen. Sie waren steif und hart, drängten sich seinen Fingern entgegen, die sie voll im Griff hatten. Er zwirbelte an den Warzen, biss sanft hinein und saugte schließlich an ihnen. Grace seufzte.

Tyler erhob sich, ging einen halben Schritt zurück, betrachtete sie, blickte ihr dann in die Augen und sagte: »Zieh den Rock aus.«

Grace konnte ihn nicht richtig einschätzen, was sie verunsicherte und fragen ließ: »Und wenn ich das nicht tue?«

»Dann mache ich es!«

Grace rührte sich nicht.

Er kam auf sie zu und biss ihr in den Hals. Grace erschrak, aber sein Biss war sanft. »Los«, raunte er, »zieh schon dieses verdammte Ding aus, Baby.«

Die Situation hatte Grace bis in die Fingerspitzen sensibilisiert, so dass seine Berührung am Hals mit dem verbundenen Hauchen in ihr Ohr, einen Blitz durch ihren Körper jagte.

Mit einem Ruck zog Tyler den Rock aus. Graces Innerstes fing an zu flattern. Seine Nähe, ihre Nacktheit, die Situation. Sie keuchte und krallte sich in seinen Nacken. Er verstand und presste sich an sie.

»Oh Gott, Tyler ...«

Dann küsste er sie. Seine Lippen waren gierig und verlangend. Er presste sich enger an sie und knetete ihre Brüste. Stürmisch erwiderte sie seine Küsse und stöhnte, wenn er von ihr abließ. Sie wollte mehr, war verrückt nach ihm!

Tyler schien es ähnlich zu gehen. Er bedeckte ihren Hals mit Küssen, während sein Körper sie zum Bett drängte. Schnell zog er seine Sachen aus, während sie sich ihres Slips entledigte. Nackt stand er vor ihr und betrachtete sie. Sein Glied ragte stolz, hart und rot hervor. Seine leicht behaarte Brust war stark und muskulös. Sie hob und senkte sich. Sein Blick war glasig.

Grace Körper verlangte so sehr nach ihm, dass es beinahe schmerzte. Noch nie hatte sie ein derartiges Gefühl verspürt.

»Komm zu mir«, flüsterte sie.

Augenblicklich war er bei ihr und legte sich mit seinem vollen Gewicht auf sie, nahm ihre Handgelenke und presste sie rechts und links von ihrem Kopf in die Kissen. Ihre Münder trafen sich. Seine Zunge schob sich in ihren Mund. Sie seufzte.

Geschickt schob er ein Bein zwischen ihre Schenkel und öffnete sie für sich.

»Oh, Tyler ...«, seufztze Grace.

»Ich werde jetzt das zu Ende führen, was du unerlaubterweise vorhin begonnen hast«, hauchte er in ihr Ohr.

Sie spürte sein steifes Glied an ihrem Geschlecht. Hart drückte er gegen sie, wollte rein.

»Was hast du?«, fragte er, als er ihr Zögern bemerkte.

»Ich weiß nicht, ob es richtig ist.«

»Auf einmal?!«

Grace suchte nach Worten.

»Baby, ich will dich«, hauchte er an ihren Hals. »Du machst mich unglaublich scharf. Ich begehre dich und ich werde dich jetzt richtig vögeln!«

Grace atmete schneller. Sie wollte Tyler auch und spreizte die Beine für ihn. Sofort drang er in sie ein und es durchzuckte ihren Unterleib. Ihre nasse Spalte massierte ihn. Schwer atmend richtete er sich auf und schob seinen harten Schwanz noch tiefer in sie.

Grace stöhnte. Sie konnte sich vorstellen, wie er ihre weiche, willige Möse genoss, denn sein Blick versenkte sich in ihren Augen und er keuchte. Permanent schob er seinen harten Prügel immer wieder in sie hinein und reizte ihre Empfindungen aufs Sensibelste. Mit halb geschlossenen Augen sah er sie an, atmete schwer und lächelte leicht, bis sie es ihm gleich tat. Dann beugte er sich zu ihren Brüsten und umkreiste die steifen Nippel mit der Zunge, biss hinein und saugte schließlich an ihnen. Diese zusätzliche Stimulierung ließ eine heiße Woge durch ihren Körper schießen. Grace musste ihn anfassen. Vorsichtig löste sie sich aus seinem festen Griff, denn er hielt ihre Handgelenke noch immer umfangen, und umfasste seine Schultern. Die warme, nackte Haut, unter denen die Muskeln saßen, die am Arbeiten waren, führten ebenfalls dazu, dass Graces Körper sich mit Sinneslust füllte und sie den Orgasmus kommen spürte. Er bemerkte es wohl an ihrem schnelleren Atmen und zog augenblicklich das Tempo an.

Sein Schwanz stieß gnadenlos in sie rein und rieb ihre geile Möse, bis der Orgasmus angeschossen kam und sie ihre Lust herausschrie. Tyler hielt ihr sofort den Mund zu, stieß aber weiter ihn sie. Er unterdrückte seinen Aufschrei, versuchte, seine Empfindungen zu mäßigen, indem er auf ihr nach vorne sackte und neben ihrem Ohr ins Kissen keuchte.

***

»Na, wie war's? Wie war *er*?«, fragte Melanie.

»Wir waren im Bett«, platzte Grace heraus.

Melanies Miene verfinsterte sich. »Oh mein Gott!« Langsam ließ sie sich nach hinten ins Sofa fallen. »Wie ist es passiert?«

Weitere erotische Geschichten:

Trinity Taylor
Ich will dich noch mehr

Trinity Taylors erotische Geschichten berühren erneut alle Sinne:

Während einer TV-Produktion im Fahrstuhl,
mit dem Ex auf der Massageliege,
mit Gangstern undercover im Lagerhaus
oder im Pferdestall mit dem „Stallburschen"...

Spannend und lustvoll knistern die neuen Storys voller Erotik und Leidenschaft. Sie fesseln den Leser von der ersten bis zur letzten Minute!

Trinity Taylor
Ich will dich ganz & gar

Lassen Sie sich von der Wollust mitreißen und fühlen Sie das Verlangen der neuen erotischen Geschichten:

Gefesselt auf dem Rücksitz,
auf der Party im Hinterzimmer,
»ferngesteuert« vom neuen Kollegen
oder in der Kunstausstellung ...

»Scharfe Literatur! - Bei Trinity Taylor geht es immer sofort zur Sache, und das in den unterschiedlichsten Situationen und Varianten.« BZ, die Zeitung in Berlin

Sara Bellford
LustSchmerz Erotischer SM-Roman

Sir Alan Baxter hat eine Passion:
Er sammelt Frauen!

Er will sie um ihretwillen besitzen

Sie wollen vom ihm gedemütigt und geliebt werden

Gemeinsam zelebrieren sie die schönsten Höhepunkte aus Lust, Schmerz und Qual ...